KB118441

바다

THE SEA
by John Banville

이 도서의 국립중앙도서관 출판예정도서목록(CIP)은 서지정보유통지원시스템 홈페이지(http://seoji.nl.go.kr)와
국가자료공동목록시스템(http://www.nl.go.kr/kolisnet)에서 이용하실 수 있습니다.
(CIP제어번호: CIP2016024566)

세계문학전집
144

John Banville : The Sea

바다

존 밴빌 장편소설

정영목 옮김

문학동네

일러두기

1. 주석은 모두 옮긴이주이다.
2. 본문 중 고딕체는 원서에서 이탤릭체로 강조한 부분이다.

차례 ▮

컴, 더글러스, 엘런, 앨리스에게

1부

그들은, 신들은 떠났다. 조수가 이상한 날이었다. 아침 내내 우윳빛 하늘 아래 만灣의 물이 계속 부풀어올라, 마침내 들어본 적이 없는 높이에 이르렀다. 오랫동안 비 외에는 적셔본 적이 없는 바싹 마른 모래 위로 작은 파도들이 기어올라 모래언덕 기슭에서 찰싹거렸다. 우리 누구의 기억에도 없는 오래전 옛날에 만의 맞은편 끝에 올라가버린 녹슨 화물선은 자신이 다시 물에 뜰 기회를 얻었다고 생각했을 것이다. 나는 수영을 하지 않는다, 그날 이후로는. 새들은 가냘프게 울면서 급강하했다. 거대한 사발에 담긴 듯한 물이 수포처럼 부풀며, 납빛을 띤 푸르스름한 악의를 번쩍이는 광경에 불안해진 듯했다. 그들은, 그날 그 새들은 부자연스러울 정도로 하얗게 보였다. 파도는 해안선을 따라 누리끼리한 거품을 술 장식처럼 쌓고 있었다. 높은 수평선을 허무는 돛은 하나도 없었다. 나는 수영을 하지 않는다. 안 한다, 두 번 다시는.

누군가 막 내 무덤터 위를 걸어갔다. 누군가가.

그 집 이름은 시더스Cedars다, 옛날 그대로. 왼편에는 여전히 삼나무 줄기들이 뻣뻣하게 솟은 숲이 자리잡고 있다. 타르의 악취를 풍기는 원숭이 빛 갈색 나무의 줄기들은 악몽처럼 엉켜 있다. 숲은 건너편 커다란 곡선형 창문 앞의 지저분한 잔디밭을 바라보고 있다. 창문은 예전에 거실이었던 곳에 달린 것인데, 배버수어Vavasour 양은 셋집 여주인답게 그곳을 휴게실이라고 부르는 것을 더 좋아한다. 현관문은 창문 맞은편이다. 문을 열고 나가면 기름이 얼룩진 네모난 자갈밭이 나오고, 그 너머에 철대문이 서 있다. 철대문은 지금도 녹색이지만, 기둥은 녹이 슬어 누가 떨리는 손으로 줄 세공을 해놓은 것처럼 보인다. 놀랍다. 내가 여기에 마지막으로 와본 지 50년도 더 되었는데 어쩌면 이렇게 변한 게 없을까. 동시에 실망한다. 경악했다고까지 말해도 좋을 것이다. 그러나 이유는 나도 잘 모르겠다. 사실 내가 왜 변화를 바라겠는가? 과거의 잡석더미 속에 살러 돌아온 사람이. 왜 집을 저렇게 옆으로 비스듬하게, 잔돌 섞은 시멘트를 바른 창 없는 하얀 바깥벽이 도로로 향하게 지었을까 궁금하다. 어쩌면 예전에 철도가 생기기 전에는, 도로가 완전히 다른 방향으로 달렸을지도, 현관문 바로 앞을 지나갔을지도 모른다. 하긴 뭔들 불가능할까. V양은 연도까지는 잘 모르지만, 이곳에 작은 집이 처음 지어진 때가 지난 세기 초일 것이라고 생각한다. 아, 지지난 세기 초. 천 년 단위가 바뀐 걸 늘 깜빡

해서, 어쨌든 그뒤에 세월이 지나면서 제멋대로 증축을 했다는 것이다. 그럼 이곳이 이렇게 뒤죽박죽인 이유가 설명된다. 작은 방이 더 큰 방으로 통하고, 창문이 텅 빈 벽을 마주보고, 어디를 가나 천장이 낮은 이유가. 소나무 바닥에서는 뱃마루 소리가 난다. 방추 모양 등받이가 달린 내 회전의자에서 나는 소리와 같다. 마침내 바다가 몸에 붙지 않아, 겨울 센바람이 창틀을 흔들 때 불가에서 졸고 있는 늙은 뱃사람이 떠오른다. 아, 내가 그라면. 그였다면.

오래전, 신들의 시절에 내가 이 동네에 와 있을 때, 시더스는 여름 별장이었다. 보름이나 한 달씩 세를 주는 곳이었다. 매년 6월에는 부자 의사와 그의 시끄러운 가족이 이곳에 몰려들었다. 우리는 의사의 목소리가 큰 아이들을 좋아하지 않았다. 그들은 우리를 비웃었으며, 침범할 수 없는 문 너머에서 돌을 던졌다. 의사 가족 다음에는 수수께끼의 중년 남녀 한 쌍이 왔다. 그들은 아무하고도 이야기를 하지 않았다. 다만 매일 아침 똑같은 시간에 입을 꾹 다문 채 섬뜩한 표정으로 닥스훈트를 데리고 스테이션 로드를 따라 바닷가까지 산책을 했다. 시더스에서는 8월이 가장 재미있는 달이었다, 우리한테는. 그 무렵이면 매년 다른 세입자가 들었다. 잉글랜드나 유럽 대륙에서 오기도 하고, 우리가 훔쳐보려 하던 묘한 신혼여행객들도 오고, 한번은 심지어 순회극단 패거리도 왔다. 그들은 함석지붕이 덮인 마을 영화관에서 오후 공연을 했다. 그러다 그해에는 그레이스 가족이 왔다.

그 가족을 봤을 때 가장 먼저 눈에 띈 것은 자동차였다. 차는 대문 안 자갈밭에 주차되어 있었다. 차대가 낮고, 긁히고 쭈그러진 데가 많은 검은색 차였다. 다갈색 가죽 좌석에, 커다란 목재 운전대는 바퀴처

럼 살이 달리고 광택이 났다. 날렵하게 경사를 그리는 뒤쪽 창문 밑 선
반에는 표지의 색이 바래고 귀퉁이가 접힌 책들이 아무렇게나 던져져
있었다. 닳고 닳은 프랑스 여행지도도 있었다. 집의 현관문은 활짝 열
려 있어, 안에서, 아래층에서 나는 목소리들이 들렸다. 위층에서는 맨
발로 바닥을 달려가는 소리와 여자아이가 깔깔대는 소리가 들렸다. 나
는 대문 옆에 발을 멈추고 서 있었다. 노골적으로 엿듣고 있었다. 그때
갑자기 손에 술잔을 든 남자가 집밖으로 나왔다. 남자는 키가 작았고
위쪽이 무거워 보였다. 어깨와 가슴, 크고 둥근 머리만 눈에 들어왔다.
짧게 자른 머리카락은 곱슬곱슬했는데, 반짝거리는 검은색에 때 이르
게 흰색이 점점이 박혀 있었다. 뾰족한 검은 턱수염에도 흰 점들이 박
혀 있었다. 카키색 반바지에, 헐렁한 녹색 셔츠는 풀어헤친 채 신발도
신지 않았다. 살갗은 해에 짙게 그을려 자줏빛 광채가 났다. 가만 보니
발등도 갈색이었다. 내 경험상 아버지들은 대부분 옷깃 선 밑으로는
물고기 배처럼 하얬는데. 남자는 술잔―담청색 진과 얼음 조각과 레몬
조각이 담겨 있었다―을 차 지붕에 위태로운 각도로 올려놓더니 조수
석 문을 열고 몸을 안으로 기울여 대시보드 밑에서 뭔가를 찾았다. 보
이지 않는 위층에서 여자아이가 다시 웃음을 터뜨리더니 짐짓 겁에 질
린 듯 떨리는 목소리로 크게 비명을 질렀다. 다시 후다닥 뛰어가는 발
소리가 들렸다. 술래잡기 놀이를 하고 있었다. 그 여자아이와 목소리
가 들리지 않는 상대가. 남자는 허리를 펴더니 차 지붕에서 진 잔을 들
고 문을 쾅 닫았다. 뭘 찾는지 몰라도 찾지 못했다. 남자가 집으로 방
향을 틀다가 내 눈과 마주치자 한쪽 눈을 찡긋했다. 그러나 보통 어른
들의 교활하면서도 알랑거리는 윙크가 아니었다. 동료끼리의, 뭔가를

공모하는 듯한, 프리메이슨 단원들끼리 하는 듯한 윙크였다. 마치 우리, 두 낯선 사람, 어른과 소년이 함께 나누는 이 순간이 비록 겉으로 보기에는 중요하지도 않고 내용도 없지만, 그래도, 그럼에도 어떤 의미가 있다는 것처럼. 남자의 눈은 아주 옅어서 투명해 보이기까지 하는 파란색이었다. 이윽고 남자는 안으로 들어갔고, 문을 닫기도 전에 말을 시작했다. "그 염병할 게 아마……" 남자는 사라졌다. 나는 잠시 더 미적거리며 위층 창문들을 살폈다. 그곳으로는 어떤 얼굴도 나타나지 않았다.

나는 그때 그렇게 그레이스 가족과 처음 만났다. 높은 곳에서 내려오는 여자아이의 목소리, 달려가는 발소리, 그리고 나한테 그렇게 쾌활하고 친밀하고 어딘지 사악한 느낌을 주는 윙크를 하던 여기 아래 있던 그 파란 눈의 남자.

막 나도 모르게 다시 시작했다. 최근 들어 습관이 된, 앞니 사이로 겨울 같은 가냘픈 소리가 나는 휘파람 불기. 디들 디들 디들. 그렇게 치과 의사의 드릴 같은 소리가 난다. 아버지가 예전에 그렇게 휘파람을 불곤 했다. 내가 아버지가 되어가는 걸까? 복도 건너편 방에서 블런던 대령이 라디오를 틀어놓았다. 그는 오후의 대담 프로그램을 좋아한다. 국민이라고 일컬어지는 성난 사람들이 전화를 해서 비열한 정치가나 술값 등 언제나 짜증을 일으키는 문제들에 대해 불만을 토로하는 프로그램 말이다. "벗삼아." 블런던 대령은 간단하게 말하고는 헛기침을 한다. 약간 겸연쩍어하는 표정이다. 내가 아무런 도전을 하지 않았음에도, 살짝 데친 것처럼 보이는 튀어나온 눈이 내 눈을 피한다. 그가 침대에 누워 라디오를 듣고 있을까? 타이는 풀고 셔츠 칼라는 열어놓은 채, 두 손은 그 힘줄이 불거신 늙은 목덜미에 깍지를 끼고, 두꺼운 회색 양모 양말 속의 발가락을 꼼지락거리는 모습은 상상하기 힘들다. 대령은 방밖으로 나오면 여러 번 수선을 한 광택이 나는 구두 바닥에서부터 원뿔형 두개골 꼭대기에 이르기까지 수직적 인간 그 자체다. 매주 토요일 아침이면 마을 이발사에게 가서 머리를 깎는다. 뒤와 양옆은 짧게, 인정사정없이. 정수리에만 매처럼 뻣뻣한 잿빛 볏을 남겨둘 뿐이다. 귓불이 길쭉한 가죽 같은 질감의 귀는 양옆으로 툭 튀어나왔는데, 말려서 훈제를 해놓은 듯한 느낌을 준다. 눈의 흰자위도 연기에 그을린 듯 노르스름하다. 라디오에서 웅웅거리는 소리가 들리지만, 무슨 말을 하는지는 알아듣기 힘들다. 여기 있다가 미칠지도 모르겠다. 디들 디들.

그날, 그러니까 그레이스 가족이 온 날 나중에, 아니, 다음날인가, 그다음날인가, 어쨌든 나는 검은 차를 다시 보았다. 철도를 가로지르는 작은 곱사등이 다리를 튀어오르며 넘어가는 그 차를 보는 즉시 알아보았다. 그것은, 그 다리는 지금도 거기에 있다. 역 바로 너머에. 그래, 사물들은 지속된다, 살아가는 것은 조금씩 퇴보하지만. 차는 마을에서 나와 10여 마일 떨어진 읍, 내가 밸리모어라고 부를 읍 방향으로 가고 있었다. 읍은 밸리모어이고, 이 마을은 밸리레스다.* 우스꽝스러운 것 같지만 상관없다. 나한테 눈을 찡긋했던 턱수염을 기른 남자가 운전대를 잡고, 뭔가 말을 하며 웃음을 터뜨렸다. 머리가 뒤로 젖혀졌

---

* bally는 '빌어먹을' 정도의 의미인 속어. more는 더 많다는 뜻이고, less는 더 적다는 뜻이다.

다. 옆에 앉은 여자는 내린 창문 밖으로 팔꿈치를 내밀었는데, 그녀의 머리 역시 뒤로 젖혀져 있었다. 창으로 들어오는 강한 바람에 노르스름한 머리카락이 흔들렸지만, 그녀는 소리는 내지 않고 그냥 웃고만 있었다. 그 남자만을 위한 웃음이었다. 회의적이고, 관용적이고, 나른하면서도 즐거운 듯한 웃음. 여자는 하얀 블라우스에 하얀 뿔테가 달린 선글라스를 쓰고 담배를 피우고 있었다. 나는 어디 있을까? 어느 좋은 위치에 자리를 잡고 숨어 차를 보고 있을까? 나 자신은 보이지 않는다. 그들은 곧 사라졌다. 미끄러지듯 나아가는 차의 꽁무니가 배기가스를 울컥 뿜으며 도로의 굽은 곳을 급히 돌아갔다. 여자의 머리카락처럼 금빛인, 도랑의 키 큰 풀들은 잠깐 몸을 떨다가 이전의 꿈꾸는 고요로 돌아갔다.

나는 햇빛이 쏟아지는 텅 빈 오후에 스테이션 로드를 따라 걸어갔다. 산기슭과 맞닿은 해변은 쪽빛 아래 담황색으로 은은하게 빛났다. 바닷가에서는 모든 것이 수평선으로 납작해졌다. 세상은 땅과 하늘 사이에 눌린 긴 직선 몇 개로 줄어버렸다. 나는 빙 둘러서 시더스로 다가갔다. 어린 시절에는 어째서 내 관심을 끄는 새로운 것마다 초자연적인 분위기를 풍겼던 것인지? 권위자들은 모두 초자연적인 것이란 새로운 것이 아니라, 알려진 것이 다른 형태로 돌아온 것이라던데. 유령이 된 것이라던데. 그러나 대답할 수 없는 그 많고 많은 것 가운데 이것은 가장 하찮은 것이다. 시더스로 다가가자 녹슨 쇠가 규칙적으로 삐거덕거리는 소리가 들렸다. 내 나이 또래의 남자아이가 녹색 대문을 몸으로 덮고 축 늘어져 있었다. 두 팔을 맨 위의 봉에서 아래로 축 늘어뜨린 채, 한쪽 발로 중심을 잡고 대문을 밀고 당겨 자갈 위로 4분의 1짜리 원을 그리며 왔다갔다했다. 자에 탔던 여자와 마찬가지로 머리카락은 밀짚 같은 노란색이었으며, 눈은 남자의 하늘색이 틀림없었다. 나는 천천히 지나갔다. 아니, 어쩌면 발을 멈추었는지도 모른다. 멈칫거렸다고 하는 게 낫겠다. 그 아이는 플림솔* 끝을 자갈밭에 박아 움직이던 대문을 멈추고 적대적인 궁금증을 드러낸 표정으로 나를 보았다. 그것이 우리 모두가, 우리 아이들이 처음 만났을 때 서로를 보는 방법이었다. 아이의 뒤로 집 뒤편의 좁은 정원과 그 너머 철로변을 따라 대각선으로 늘어선 나무들이 보였다. 지금은 사라지고 없다, 그 나무들은. 한 줄로 늘어선 인형 집 같은 파스텔 색조의 방갈로들을 짓느라 베어버렸다. 나무들 너머로는 내륙 쪽으로, 심지어 솟아오른 들판도 보였다. 소도 있었다. 노란색으로 아주 작게 폭발한 것들은 가시금작화 덤불이었다. 그리고 멀리 외따로 서 있는 뾰족탑, 그 너머로는 두루마리 같은 흰구름들이 펼쳐진 하늘. 갑자기 아이가 나를 보고 괴상한 표정으로 얼굴을 찌푸리는 바람에 나는 깜짝 놀랐다. 사팔뜨기처럼 눈동자를 모으고 혀를 아랫입술 너머로 축 늘어뜨리고 있었다. 나는 아이의 조롱하는 눈이 따라오는 것을 느끼며 계속 걸어갔다.

플림솔. 자, 이제는 더 들을 수 없는 말, 가끔, 아주 가끔만 들을 수 있는 말이다. 원래는 뱃사람들의 신발이며, 내 기억에 따르면 누군가의 이름에서 왔다고 하는데, 어쨌든 배와 관련이 있다. 대령은 다시 화장실에 갔다. 틀림없이 전립선이 문제다. 대령은 내 방문 앞을 지나면서 발에 힘을 빼고 발끝으로 걸으며 삐거덕거리는 소리를 낸다. 유족

---

* 캔버스 천에 얇은 고무창을 댄 운동화.

18

에 대한 예의 때문이다. 관례를 까다롭게 따지는 사람이다, 우리 이 정중한 대령은.

나는 스테이션 로드를 따라 걸어가고 있다.

당시, 우리가 어렸을 때에는 삶의 많은 부분이 고요했다. 어쨌든 지금은 그렇게 보인다. 늘 곁에 머무는 고요. 살핌. 우리는 아직 모양이 정해지지 않은 우리의 세계 안에서 기다리며, 그 남자아이와 내가 서로를 살피듯, 들판의 병사들처럼 무엇이 다가올지 지켜보며 미래를 살피고 있었다. 나는 언덕 밑에서 발을 멈추고 세 방향을 보았다. 스트랜드 로드를 따라가는 길, 스테이션 로드로 돌아가는 길, 그리고 나머지 하나, 함석지붕 영화관과 공용 테니스코트로 가는 길. 아무도 없었다. 테니스코트 너머에 있는 길은 클리프 워크라고 불렀다. 옛날에는 그곳에 절벽이 있었는지 몰라도 오래전에 바다의 침식으로 다 사라져버렸다. 그 아래 바다의 모랫바닥에는 교회가 잠겨 있다는 이야기를 들었다. 종탑과 종까지 말짱하게 달려 있다는 것이었다. 원래는 지금은 사라진 곳에 서 있었는데, 먼 옛날 어느 날 밤 폭풍우가 치면서 어마어마하게 큰물이 밀려오는 바람에 넘실거리는 파도 속으로 고꾸라졌다고 했다. 그것이 낙농장 일꾼 뒤그넌이나 바닷물에 빠진 골프공을 건져 팔아 먹고사는 귀머거리 콜퍼 같은 동네 사람들의 이야기였다. 우리처럼 머물다 가는 사람들에게 그들의 온순해 보이는 바닷가 작은 마을이 그래도 예전에는 무시무시한 곳이었다는 인상을 심어주려는 심산이었을 것이다. 스트랜드 카페 위에는 구명대, 아, 그게 아니고 둥글게 만 밧줄이었나, 어쨌든 그 안에 든 턱수염 난 수병의 그림과 함께 '네이비 컷'이라는 담배를 광고하는 간판이 소금기에 녹슨 경첩에 매달려 바닷

바람에 삐거덕거리는 소리를 내고 있었다. 시더스의 대문이 내는 소리의 메아리 같았다. 아마 그 아이는 여전히 그 대문을 타고 놀고 있을 터였다. 그것들이 삐거덕거린다. 이 현재의 대문이, 그 과거의 간판이, 오늘까지, 오늘밤까지, 내 꿈들 속에서. 나는 스트랜드 로드를 따라갔다. 집, 상점, 골프와 비치라는 이름의 두 호텔, 화강암으로 지은 교회, 마일러의 식료품점 겸 우체국 겸 선술집, 그다음이 목조 샬레*들의 밭. 이름도 '필드'인 그곳의 한 샬레가 우리가 휴가 때 묵는 집이었다. 아버지의 집, 어머니의 집, 나의 집.

차에 탄 사람들이 아이의 부모였다면, 그들은 남자아이만 집에 혼자 두고 간 것일까? 여자아이, 웃음을 터뜨리던 여자아이는 어디 갔을까?

과거가 내 속에서 두번째 심장처럼 고동친다.

의사의 이름은 토드였다. 이것은 여러 나라 말을 아는 사람의 운명에서 보자면 악취미의 농담으로 생각할 수밖에 없다.** 그러나 이보다 더 심한 경우도 있다. 디애스De'Ath라는 이름도 있으니까. 중간에 예쁘장하게 대문자를 쓰고 귀신을 쫓는 아포스트로피까지 찍어놓았지만, 아무도 속이지 못한다. 어쨌든 이 토드라는 사람은 애나를 모든Morden 부인으로, 나는 그냥 맥스라고 불렀다. 무뚝뚝하면서도 허물없게 구는 그의 말투나 이렇게 나와 애나를 차별하여 부르는 방식이 내 마음에 들었는지는 잘 모르겠다. 그의 진료실, 아니, 그의 방, 사람들은 그를 닥터 대신 토드 씨라고 부르고 그곳도 그냥 방이라고 부르는데, 어쨌

* 스위스 농가(풍)의 집.
** '토드(Todd)'는 독일어에서 죽음을 뜻하는 'Tod'와 철자가 비슷하다.

든 그 방은 첫눈에 높은 곳에 있다는 느낌을 주었다. 그러나 실은 4층에 불과했다. 건물은 새로 지어 죄다 유리 아니면 강철이었다. 심지어 유리와 강철로 만든 대롱 같은 엘리베이터 통로도 있어, 장소에 어울리게 주사기를 암시하는 듯했다. 그 통로를 통해 마치 거대한 주사기의 피스톤을 뺐다 눌렀다 하듯이 엘리베이터가 부드러운 소리를 내며 오르내렸다. 그의 제1상담실의 두 벽은 바닥에서 천장까지 판유리로 덮여 있었다. 애나와 내가 안내를 받아 들어갔을 때, 나는 그 거대한 유리창으로 쏟아져 들어오는 초가을의 번쩍거리는 햇빛 때문에 눈이 부셨다. 접수원은―간호사복 차림에 삑삑거리는 소리가 나는 고급스러운 구두를 신은 금발이라는 것만 기억날 뿐 얼굴은 흐릿한데, 하긴 그런 상황에서 누가 접수원을 유심히 보겠는가?―애나의 파일을 토드 씨의 책상에 내려놓더니 삑삑 소리를 내며 방을 나갔다. 토드 씨는 우리더러 앉으라고 했다. 나는 의자에 가만히 앉아 있는 것을 견딜 수 없어, 유리벽으로 가서 밖을 내다보며 서 있었다. 바로 내 밑에 떡갈나무가 한 그루 서 있었다. 아니, 너도밤나무였을지도 모른다. 그런 낙엽수들은 도무지 분간이 가지 않으니까. 하지만 느릅나무는 분명히 아니었다. 느릅나무는 다 죽었으니까. 어쨌든 고상해 보이는 나무였다. 가을 서리에도 불구하고 그 널찍한 우듬지의 여름 녹색은 아직 은빛으로 바래지 않았다. 자동차 지붕들이 강한 빛을 반사했다. 거무스름한 정장 차림의 젊은 여자가 주차장을 가로질러 빠른 속도로 걷고 있었다. 먼 거리였지만 그녀의 하이힐이 주석을 밟듯 또각또각 아스팔트를 때리는 소리가 들리는 듯했다. 내 앞의 유리에 애나의 모습이 창백하게 비쳤다. 금속 의자에 4분의 1쯤 옆으로 돌아앉은 자세로 모범적인 환자처럼 아주 꼿꼿하게 앉아 있었다. 다리는 꼬았고, 맞잡은 두 손은 허벅지에 올려놓았다. 토드 씨는 책상 앞에 비스듬히 앉아 그녀의 서류를 들추어 보고 있었다. 서류철의 옅은 분홍색 판지를 보자 여름방학이 끝난 뒤 학교에 다시 가서 맞이하던 그 오싹한 첫 아침이 생각났다. 새 교과서의 촉감, 그리고 어쩐지 불길한, 잉크와 깎은 연필 냄새. 이렇게 집중할 수밖에 없는 경우에도 정신이 제멋대로 흘러가다니.

나는 유리에서 몸을 돌렸다. 바깥은 이제 견딜 수 없다.

토드 씨는 굵고 억센 남자였다. 키가 크거나 육중하지는 않지만 아주 넓었다. 사각형 같다는 인상을 주었다. 그는 사람을 안심시키는 구식의 습관을 몸에 익혔다. 트위드 양복 안으로 조끼와 회중시계 줄까지 보였다. 밤색 단화는 블런던 대령이라도 괜찮다고 할 만한 것이었다. 머리는 예전 스타일로 기름을 발라 이마에서부터 뒤로 바짝 넘겼다. 구레나룻은 짧고 뻣뻣하여 완강한 느낌을 주었다. 그러나 품위를 고려한 이런 계산된 효과에도 불구하고, 그가 쉰을 많이 넘기지 않았을 거라는 사실을 깨닫고 나는 약간 충격을 받았다. 언제부터 의사들이 나보다 어린 나이가 된 거지? 그는 계속 뭔가를 쓰며 시간을 벌고 있었지만, 나는 그를 탓하지 않았다. 나 같아도 그의 입장이라면 그랬을 것이다. 마침내 토드 씨가 펜을 내려놓았지만, 여전히 입을 열고 싶지는 않은 것 같았다. 어디서부터 어떻게 시작해야 좋을지 모르겠다는 진솔한 인상을 주었다. 그러면서도 이런 머뭇거림은 어딘지 연구한 결과물이라는 느낌이 들었다. 어딘지 극적이었다. 이것 역시 나는 이해했다. 의사란 전공 분야 말고 배우로도 훌륭해야 하니까. 애나는 초조한지 의자에서 몸을 들썩였다.

"음, 닥터." 애나가 말했다. 약간 큰 목소리였다. 40년대 영화배우들의 그 밝고 강인한 말투를 사용하고 있었다. "사형선고인가요, 아니면 무기징역인가요?"

방은 조용했다. 분명히 연습했을 그녀의 재치를 부린 농담 때문에 외려 분위기가 썰렁해졌다. 나는 앞으로 달려나가 소방수처럼 그녀를 들쳐 안고 방을 빠져나가고 싶은 충동을 느꼈다. 그러나 꼼짝하지 않았다. 토드 씨는 토끼 눈을 뜨고 약간 공황에 빠진 듯한 표정을 짓고 있었다. 눈썹이 이마로 반쯤 올라가다 멈추었다.

"아, 우리는 아직 부인을 포기하지 않을 겁니다, 모든 부인." 토드 씨는 끔찍한 미소로 커다란 회색 치아들을 드러내며 말했다. "그럼요, 포기하지 않고말고요."

다시 정적이 이어졌다. 애나는 두 손을 무릎 위에 올리고 얼굴을 찌푸린 채 손을 바라보았다. 마치 전에는 손이 거기 있는 줄 몰랐다는 듯. 내 오른쪽 무릎이 겁에 질려 씰룩거리기 시작했다.

토드 씨는 설득력 있는 강연을 시작했다. 자주 사용해서 윤이 나는 듯한 강연이었다. 가능성 있는 치료법, 신약, 자신이 구사할 수 있는 화학무기들이 들어찬 막강한 병기고 등. 마법의 묘약, 연금술사의 약 이야기를 하는 것 같았다. 애나는 계속 얼굴을 찌푸리고 자기 손만 보았다. 듣고 있지 않았다. 마침내 토드 씨가 말을 멈추고 전처럼 필사적인 토끼 같은 표정으로 애나를 물끄러미 바라보았다. 숨소리가 들렸다. 마치 추파를 던지듯이 입술이 위로 말려 올라가고, 그 바람에 다시 치아가 드러났다.

"고맙습니다." 애나가 이제는 아주 먼 곳에서 들리는 듯한 목소리로 정중하게 말했다. 그녀는 자신에게 고개를 끄덕였다. "그래요." 더 멀어진 것 같았다. "고맙습니다."

그 말에 마치 해방이라도 된 듯 토드 씨는 두 손바닥으로 빠르게 자기 무릎을 치더니 벌떡 일어나 상당히 부산스럽게 우리를 문까지 안내했다. 애나가 문을 나가자 토드 씨는 나를 돌아보더니 남자 대 남자로서 불굴의 웃음을 지어 보이며 악수를 했다. 메마르고, 활기차고, 단호한 악수였다. 분명히 이런 순간에 배우자들을 위해 준비해둔 악수다.

양탄자가 깔린 복도는 우리 발소리를 빨아들였다.

엘리베이터는 위에서 주사기를 누른 듯 밑으로 쑥 내려갔다.

우리는 햇빛 속으로 걸어나갔다. 새로운 행성에 발을 내딛는 느낌이었다. 우리 말고는 아무도 살지 않는 행성에.

***

우리는 집에 도착해서도 차 안에 한참을 앉아 있었다. 알고 있는 것 속으로 냅다 들어가기가 싫었다. 아무 말도 하지 않았다. 갑자기 우리 자신에게, 서로에게 낯선 사람들이 되어 있었다. 애나는 돛을 만 요트들이 반짝거리는 햇빛에 돛대를 털처럼 곤두세우고 있는 만을 건너다보았다. 배가 불룩했다. 둥글고 단단한 덩어리가 치마 허리띠를 압박했다. 그녀는 사람들이 임신한 줄 알 거라고 말하곤 했다. "이 나이에!" 그러면서 우리는 웃음을 터뜨렸다, 서로를 보지 않고. 우리집 굴뚝에 둥지를 튼 갈매기들은 이제 바다로 가고 없었다. 아니면 철이 바뀌어 이동인가 뭔가를 했나. 그 울적한 여름 내내 갈매기들은 하루종일 우리 지붕 꼭대기를 맴돌며, 모든 게 괜찮은 척, 잘못된 것이 없는 척, 세상이 계속되는 척하려는 우리의 시도를 조롱하는 듯했다. 사실 그것이 그녀의 허벅지에 쭈그리고 앉아 있었다. 불룩 튀어나온 것, 디애스라는 커다란 아기. 그것이 그녀 안에서 자라며, 자기 때를 기다리고 있었다.

마침내 우리는 안으로 들어갔다. 달리 갈 곳이 없었다. 부엌 창으로 한낮의 밝은 빛이 흘러들어, 모든 것이 윤곽을 또렷하게 드러낸 채 유리질의 광채를 뿜었다. 마치 카메라 렌즈를 통해 방을 훑어보는 것 같았다. 전부 입을 꼭 다물고 있는 것처럼 어색했다. 눈에 익은 그 모든 것—선반 위의 단지, 스토브 위의 소스 팬, 톱니 달린 칼이 놓인 빵 써는 도마—이 갑자기 그들 한가운데로 우리가 낯설고 괴로운 모습으로 나타나자 눈길을 돌려버리는 것 같았다. 이렇게, 나는 비참하게 깨닫고 있었다, 앞으로는 늘 이렇게 되겠지. 애나가 어디를 가든 그녀보다 앞서 문둥이의 종이 소리 없이 땡땡거리겠지. 정말 건강해 보이네! 사람들은 탄성을 지르겠지. 이야, 이렇게 건강한 모습은 처음 보네! 그러면 그녀는 환한 웃음을 머금고, 용감한 얼굴을 보여주겠지, 가엾은 본즈* 부인은.

그녀는 외투를 입고 목도리를 두른 채 방 한가운데 서서, 엉덩이에 두 손을 얹고 난처한 표정으로 주위를 둘러보고 있었다. 그때만 해도 그녀는 잘생긴 모습이었다. 높은 광대뼈에, 결이 고운 종이 같은 살갗은 투명했다. 나는 특히 그녀의 옆모습에 늘 감탄했다. 이마에서 똑 떨어지다가 상아 조각처럼 가는 선을 그리는 코.

---

*Bones. 해골처럼 말랐다는 뜻으로 부른 별명.

"이게 뭔지 알아?" 애나는 씁쓸하게 힘을 주어 말했다. "온당치 못하다는 거야, 바로 그거야."

나는 내 눈이 속을 드러낼까 두려워 얼른 눈길을 돌렸다. 사람 눈이란 늘 다른 사람의 눈이다. 그 안에는 발악하는 미치광이 난쟁이가 웅크리고 있다. 나는 그녀 말이 무슨 뜻인지 알았다. 이런 일은 그녀에게 일어나서는 안 된다는 뜻이었다. 우리에게 일어나서는 안 된다는 뜻이었다. 우리는 그런 종류의 사람들이 아니었다. 불행, 병, 때 이른 죽음, 이런 것들은 선한 사람들, 겸손한 사람들, 세상의 소금에게 일어나는 일이지, 애나에게, 나에게 일어나는 일은 아니다. 우리가 함께한 인생이라는 당당하게 전진하는 흐름 한가운데서 환호하는 군중으로부터 무뢰한 하나가 빠져나오더니 싱긋 웃으며 조롱하듯 머리를 숙이고는 나의 비극의 왕비에게 탄핵 영장을 건네준 것이다.

애나는 물을 끓이려고 주전자를 올려놓더니 외투 주머니를 뒤져 안경을 꺼내 쓰고 안경에 달린 줄을 목 뒤로 늘였다. 그녀는 울기 시작했다. 그냥 방심한 상태인 것 같기도 했다. 소리도 내지 않았다. 나는 그녀를 끌어안으려고 서툴게 움직였으나, 그녀는 얼른 몸을 뺐다.

"제발 유난 좀 떨지 마!" 그녀가 쏘아붙였다. "그냥 죽는 것뿐이잖아."

물이 끓자 주전자 전원이 저절로 꺼졌다. 안에서 끓어오른 물이 언짢은 소리를 내며 가라앉았다. 처음 있는 일도 아니었지만, 나는 평범한 사물들의 잔인한 자기만족에 놀랐다. 아니, 잔인한 것은 아니고, 자기만족도 아니고, 그저 무심할 뿐이었다. 하긴 어떻게 그렇지 않을 수 있을까? 이제부터는 내가 상상한 대로가 아니라 있는 그대로 사물을 대해야 할 터였다. 그것이 새로운 형태의 현실이었기 때문이다. 나는 찻주전자와 차를 집어들었다. 덜거덕거리는 소리가 났다. 손이 떨렸다. 그러나 애나는, 아니, 마음이 바뀌었어, 브랜디를 마시고 싶어, 브랜디, 그리고 담배 한 개비, 하고 말했다. 담배는 피우지도 않고, 술도 거의 마시지 않는 사람이. 애나는 외투를 입은 채 탁자 옆에 서서 반항적인 아이처럼 흐릿한 눈으로 나를 노려보았다. 눈물은 그쳤다. 애나는 안경을 벗더니 아래로 떨어뜨렸다. 안경은 줄에 매달려 목 밑으로 늘어졌다. 그녀는 손바닥 아래쪽으로 눈을 비볐다. 나는 브랜디 병을 찾아 떨리는 손으로 잔에 따랐다. 병목과 잔의 테두리가 부딪쳐 이빨처럼 덜그럭거렸다. 집에는 담배가 없었다. 어디 가서 담배를 얻는다? 애나는 상관없다고, 진짜로 담배를 피우고 싶은 것은 아니라고 말했다. 강철 주전자가 반짝거렸다. 주둥이에서 김이 느릿느릿 피어올랐다. 언뜻 지니와 요술램프 같기도 했다. 아, 소원을 말하십시오, 한 가지만.

"최소한 외투라도 좀 벗어." 내가 말했다.

하지만 왜 최소한일까? 정말 만만치 않아, 인간의 담화란.

나는 애나에게 브랜디 잔을 주었다. 그녀는 잔을 쥐고 서 있었지만 마시지는 않았다. 내 뒤의 창으로 들어온 빛이 그녀의 쇄골 옆에 걸린 안경의 렌즈 위에서 반짝여, 마치 또하나의 애나, 축소판 애나가 눈을 내리깔고 큰 애나의 턱밑에 바짝 붙어 서 있는 듯한 기이한 느낌을 주었다. 그녀는 갑자기 축 늘어지더니 무겁게 주저앉아, 두 팔을 앞의 탁자에 펼쳤다. 묘하게도 필사적으로 보이는 몸짓이었다. 그녀 맞은편에 앉아 심판을 내리는 어떤 보이지 않는 타자他者에게 탄원을 하는 듯했다. 손에 쥔 잔은 나무판에 부딪혀 내용물의 반이 밖으로 튀었다. 나는 무력하게 그녀를 물끄러미 바라보았다. 아찔한 한순간 나는 다시는 그녀에게 할 말을 찾을 수 없을 것 같다는, 우리가 이런 말 못하는 괴로운 모호함 속에서 이런 식으로 끝까지 계속 갈 것 같다는 생각에 사로잡혔다. 나는 허리를 굽혀 애나의 정수리의 희끄무레한 부분에 입을 맞추었다. 그녀의 검은 머리카락이 나선을 그리는 곳으로 동전만한 크기였다. 애나는 얼굴을 들어올려 어두운 표정으로 잠깐 나를 보았다.

"당신한테서 병원 냄새가 나네." 애나가 말했다. "나한테서 나야 하는데."

나는 애나의 손에서 잔을 가져와 안에 남은 타는 듯한 브랜디를 입에 갖다대고 단숨에 마셔버렸다. 순간 그날 아침 거울처럼 빛나는 토드 씨의 진료실로 들어간 뒤로 나를 에워싸고 있던 감정이 무엇인지 깨달았다. 당혹감이었다. 애나도 그것을 느끼고 있었다. 틀림없었다. 당혹감, 그래. 공황에 사로잡혀 무슨 말을 해야 좋을지, 어디를 봐야 할지, 어떻게 해야 할지 모르는 느낌. 다른 것도 있었다. 우리가 빠져들게 된 냉혹한 상황에 대한, 꼭 분노라기보다는 일종의 찌무룩한 짜증, 찌무룩한 울화였다. 마치 어떤 비밀이 우리에게 전해진 것 같았다. 그 비밀은 아주 더럽고, 아주 지저분해서 함께 있는 것도 견디기 힘들었지만, 그렇다고 서로에게서 벗어날 수도 없었다. 서로 상대가 아는 지저분한 것을 알고 있었으며, 바로 그렇게 아는 것으로 둘은 함께 묶여 있었다. 이날부터 앞으로는 모두 속을 드러내지 않을 것이다. 그러지 않고는 죽음과 더불어 살아갈 방법이 없을 테니까.

애나는 여전히 탁자 앞에 꼿꼿이 앉아 나를 외면했다. 두 팔을 쭉 뻗은 채 손바닥을 맥없이 펼치고 있었다. 그 위로 뭔가 떨어지기를 바라는 것 같았다.

"자," 애나가 돌아보지 않고 말했다. "이제 어떻게 할까?"

대령이 간다. 살금살금 자기 방으로 돌아가고 있다. 화장실에서 꽤 오래 있었다. 유통성 배뇨 곤란, 멋진 말이다. 내 방은 이 집에서, 배버수어 양이 새침 떠는 작고 부루퉁한 얼굴로 한 말을 빌리면, 앙 쉬트*인 유일한 방이다. 게다가 내 방은 전망도 있다. 아니, 정원 아래쪽에 있는 그 지긋지긋한 방갈로들만 아니면, 전망도 있었을 것이다. 내 침대는 위압적이다. 높고 당당한 이탈리아식으로, 베네치아 총독한테나 어울릴 것 같다. 머리판은 두루마리처럼 말렸으며, 스트라디바리우스처럼 광택을 냈다. V양에게 출처를 물어봐야겠다. 그레이스 가족이 이곳에 있었을 때는 이 방이 부부 침실이었을 것 같다. 그 시절에나는 아래층에서 위로 올라와본 적이 없었다. 꿈에서는 달랐지만.

이제야 오늘이 며칠인지 깨달았다. 애나와 내가 어쩔 수 없이 토드씨의 방을 처음 찾아간 뒤로 꼭 1년이 되는 날이다. 이런 우연의 일치가. 아니, 우연이 아닐지도 모르지. 플루톤**의 영토에도, 내가 수금 없는 오르페우스***처럼 헤매는 그 길 없는 황무지에도 우연의 일치가 있을까? 하지만 열두 달이라니! 일기를 썼어야 하는데. 재앙의 해의 일기를.

---

* 화장실이 딸린 방.
** 로마신화에 나오는 명부(冥府)의 신.
*** 그리스신화에 나오는 수금의 명인. 아내 에우리디케를 명부에서 데려오려 하지만 실패한다.

나를 이곳으로 끌고 온 것은 꿈이었다. 꿈에서 나는 시골길을 따라 걷고 있었다. 그것이 전부였다. 겨울이었다. 어스름녘이었다. 아니면 침침하게 빛이 나는 묘한 밤이었는지도 모른다. 꿈에서만 만나는 그런 밤 말이다. 축축한 눈이 내리고 있었다. 나는 굳은 마음으로 어딘가로 가고 있었다. 집으로 가는 것 같았다. 대체 집이 무엇인지, 어디인지 나도 몰랐지만. 오른쪽은 넓은 땅이었다. 평평하고 별다른 특색이 없었으며, 집이나 헛간도 보이지 않았다. 왼쪽으로는 도로를 따라 나무들이 키를 낮추며 멀리까지 거무스름하게 한 줄로 늘어서 있었다. 겨울임에도 가지는 헐벗지 않았다. 거의 검은색에 가까운 빽빽한 나뭇잎들이 뭉텅이져 늘어진 채, 위에는 부드럽고 투명한 얼음으로 변한 눈을 얹고 있었다. 뭔가가 고장 났다. 자동차인가. 아냐, 자전거. 남자아이가 타는 자전거였다. 나는 지금 내 나이이기도 하고 또 소년이기도 했다. 몸집이 크고 어줍은 소년. 그래, 그리고 집으로 가는 길이었다. 틀림없이 집이었다. 아니면 집이었던 곳. 한때는. 거기에 도착하면 다시 집인 줄 알아보게 될 터였다. 몇 시간을 걸어야 했지만 상관없었다. 이유는 모르지만 대단히 중요한 여행이었기 때문이다. 반드시 해야 하고, 또 완수해야 하는 여행. 속은 차분했다. 아주 차분했다. 집에 간다는 것 외에는 정확히 어디로 가는지도 몰랐지만, 자신도 있었다. 도로에는 나 혼자였다. 하루종일 천천히 바람에 날리며 떨어진 눈에는 지나간 자국이라고는 찾아볼 수 없었다. 타이어든 장화든 발굽이든. 이 길로는 아무도 지나가지 않았고 또 아무도 지나가지 않을 터였기 때문이다. 내 발에, 왼발에 뭔가 문제가 있었다. 부상을 당한 것이 분명했다. 하지만 오래전 일이었다. 아프지 않았기 때문이다. 그래도 걸을 때마다 마치 반원을 그리듯이 어색하게 발을 바깥쪽으로 휘저어야 했다. 그것이 성가셨다. 아주 성가시지는 않았지만 성가실 만큼 성가셨다. 나는 나 자신에게 동정심을 느꼈다. 그러니까 꿈을 꾸는 내가 꿈의 대상인 나에게 동정심을 느꼈다는 말이다. 이 가엾고 어리바리한 녀석은 눈이 내리고 날은 저무는데, 집에 갈 수 있다는 보장도 없는데, 하나밖에 없는 도로를 따라 겁도 없이 걸어가고 있었으니.

그것이 꿈의 전부였다. 여행은 끝나지 않았고, 나는 어디에도 이르지 못했고, 아무 일도 일어나지 않았다. 그냥 걷기만 했다. 다 잃었지만 꿋꿋하게, 눈과 겨울의 땅거미를 헤치고 끝도 없이 터벅터벅 걷고 있었다. 그러나 어두컴컴한 새벽에 눈을 떴을 때 요즘 평소에 그러던 것과는 달리 밤사이에 나를 보호하는 피부가 또 한 껍질 벗겨졌다는 느낌이 들지 않았다. 뭔가를 성취했다는, 적어도 시작은 했다는 확신을 느꼈다. 정말 얼마 만인지 모르지만, 오랜만에 처음으로 밸리레스와 스테이션 로드의 그 집, 그리고 그레이스 가족, 그리고 클로이 그레이스 생각을 했다. 어째서인지는 생각할 수 없지만, 마치 어둠 속에 있다가 갑자기, 소금으로 씻어낸 듯 옅은 빛을 튀기는 햇살 속으로 나선 것 같았다. 그것은, 그 행복하고 경쾌한 밝음은 겨우 1분밖에, 아니 1분도 채 지속되지 않았다. 하지만 내가 무엇을 해야 할지, 어디로 가야 할지 일러주었다.

그애를, 클로이 그레이스를 처음 본 곳은 해변이었다. 화창하고 바람이 강한 날이었다. 그레이스 가족은 바람과 조수가 모래언덕에 얇고 우묵하게 파놓은 곳에 들어가 있었다. 약간 야한 차림새 때문에 그곳은 꼭 극장의 앞무대 같은 느낌이 들었다. 그들은 당당하게 장비를 갖추고 있었다. 쌀쌀한 바람을 막으려고 두 장대 사이에 색이 바랜 줄무늬 캔버스 천을 길게 걸어놓았고, 그 안에 접의자와 작은 접이탁자를 설치했다. 작은 옷가방만한 밀짚 바구니에는 병, 보온병, 샌드위치와 비스킷이 든 깡통이 들어 있었다. 그들은 심지어 진짜 찻잔에 잔 받침까지 가져왔다. 이곳 해변은 약속이나 한 듯이 골프 호텔 투숙객들만 사용했다. 호텔의 잔디밭이 바로 그 모래언덕들 뒤에서 끝났기 때문이다. 그래서 멋진 해변용 가구와 포도주병을 들고 와 제멋대로 자리를 차지한 이 별장 사람들에게 분개한 눈길이 꽂혔다. 그러나 그것을 아는지 모르는지 그레이스 가족은 태연했다. 그레이스 씨, 칼로 그레이스, 그러니까 이 가족의 아버지는 다시 반바지 차림이었고, 마치 솜털이 덮인 작은 날개 한 쌍을 활짝 펼쳐놓은 듯 빽빽하고 곱슬곱슬한 커다란 가슴털 외에는 아무것도 없는 맨가슴에 단색 줄무늬 블레이저만 걸치고 있었다. 그렇게 매혹적으로 털이 난 사람은 그전에도 만난 적이 없고, 아마 그후에도 만난 적이 없을 것이다. 머리에는 아이의 모래 양동이를 뒤집어놓은 듯한 캔버스 모자가 꽉 물려 있었다. 그는 접의자 한 곳에 앉아 앞에 신문을 펼쳐들고, 바다에서 강한 바람이 불어왔음에도 어떻게 불을 붙였는지 담배를 피우고 있었다. 금발의 소년, 대문에서 그네를 타던 아이—아이는 마일스였다, 그래, 이름을 이야기하는 게 낫겠다—는 아버지의 발 옆에 웅크리고 뚱한 표정으로 입을 삐죽거리며 바닷물에 씻겨 윤이 나는 삐쭉삐쭉한 나무토막으로 모래를 파고 있었다. 그들 뒤로 약간 떨어진 곳, 모래언덕 벽이 바람을 막아주는 곳에, 여자아이, 아니 젊은 여자가 커다란 붉은 수건으로 몸을 감싸고 모래에 무릎을 꿇고 있었다. 여자는 뭔가에서 벗어나려고 수건 밑에서 몸을 꿈틀대며 안달했는데, 나중에 보니 젖은 수영복이었다. 여자는 눈에 띄게 창백했으며, 감정이 풍부한 표정에 아주 검고 묵직한 머리가 길고 갸름한 얼굴을 덮고 있었다. 여자는 울화가 치미는 듯한 표정으로 칼로 그레이스의 뒤통수를 계속 흘끔거렸다. 남자아이 마일스는 나와 마찬가지로 여자의 몸을 보호해주는 수건이 미끄러지기를 바라는 것이 분명한 표정으로 계속 곁눈질을 했다. 따라서 여자가 남자아이의 누나일 가능성은 거의 없었다.

그레이스 부인이 해변으로 올라왔다. 그녀는 그때까지 바다에 들어가 있었으며, 검은 수영복 차림이었다. 몸에 딱 달라붙는 수영복은 바다표범 가죽처럼 거무스름한 광택이 났다. 그 위에 어떤 투명한 천으로 만든, 몸을 감싸는 치마 같은 것을 걸치고 있었다. 치마는 허리에서 단추 하나로 고정하는 것이었으며, 그녀가 걸을 때마다 부풀어오르며 벌어져, 약간 굵기는 하지만 멋지게 뻗은, 햇볕에 그을린 맨다리가 드러났다. 그레이스 부인은 남편 앞에서 걸음을 멈추더니 하얀 테 선글라스를 머리 위로 밀어올리고 기다렸다. 남편은 한 박자쯤 흘려버린 뒤에 신문을 내리고 고개를 들어 아내를 쳐다보았다. 담배를 든 손을 올려, 소금 때문에 강렬해진 빛을 막으려고 눈 위에 갖다댔다. 그레이스 부인이 무슨 말을 하자 남편은 고개를 한쪽으로 기울이며 어깨를 으쓱하고 웃음을 지었다. 희고 작고 고른 치아가 여러 개 드러났다. 그레이스 씨 뒤에서 여전히 수건을 두르고 있던 여자는 마침내 벗어버린 수영복을 내던지더니 등을 돌리고 모래에 앉아 다리를 끌어당겼다. 수건이 그녀를 둘러싼 텐트가 되었다. 여자는 이마를 무릎에 얹었다. 마일스는 실망감을 실어 막대기로 모래를 강하게 쑤셨다.

그렇게 그들은, 그레이스 가족은 그곳에 있었다. 칼로 그레이스와 부인 콘스턴스, 그들의 아들 마일스, 첫날 내가 그 집에서 들었던 웃음소리의 주인공은 아닌 것이 분명한 여자아이 또는 젊은 여자. 그들의 물건이 주위에 널려 있었다. 접의자와 찻잔과 백포도주가 담긴 잔, 코니 그레이스의 속살이 드러나는 치마와 남편의 우스꽝스러운 모자와 신문과 담배, 그리고 마일스의 막대기, 그리고 젊은 여자의 수영복. 그것은 여자가 던진 그 자리에 제멋대로 접힌 채 축 늘어져 있고, 젖은 한쪽 가장자리를 따라 모래가 장식처럼 달라붙어 있었다. 바다에 빠졌다가 물 밖으로 밀려나온 것처럼.

클로이가 뛰어내리기 전에 모래언덕 위에 얼마나 오래 서 있었는지 모르겠다. 내내 그곳에 서서 내가 다른 사람들을 지켜보는 것을 지켜보고 있었는지도 모른다. 그녀는 처음에는 실루엣으로 보였다. 그녀 뒤에서 빛나는 해 때문에 짧게 자른 머리가 빛나는 투구처럼 보였다. 이윽고 그녀는 두 팔을 들어올리고 두 무릎을 붙인 다음 모래언덕의 벽에서 뛰어내렸다. 바람 때문에 반바지가 잠시 풍선처럼 부풀어올랐다. 맨발이었다. 뒤꿈치가 바닥에 닿자 모래가 물줄기처럼 솟구쳤다. 수건 밑에 있던 젊은 여자―로즈였다. 그래, 이 여자의 이름도 말하자, 가엾은 로지―는 겁에 질려 짧은 비명을 토했다. 클로이는 비틀거렸다. 두 팔은 여전히 들어올리고 두 뒤꿈치는 모래에 박혀 있었다. 고꾸라질 것 같았다. 적어도 세게 엉덩방아는 찧을 것 같았다. 그러나 클로이는 결국 균형을 유지했고, 눈에 모래가 들어가는 바람에 입을 삐죽 내밀고 머리를 털며 눈을 깜빡이는 로즈를 향해 심술궂은 표정으로 경멸이 섞인 웃음을 흘렸다. "클로-이!" 그레이스 부인이 말했다. 구슬프게 꾸짖는 소리였다. 그러나 클로이는 부인을 무시하고 앞으로 오더니 남동생 옆에 무릎을 꿇고, 동생 손에서 막대기를 빼앗으려 했다. 나는 수건에 엎드려 두 손으로 뺨을 받치고 책을 읽는 척했다. 클로이는 내가 자기를 보는 것을 알았지만, 상관하지 않는 듯했다. 우리가 몇 살이었더라? 열 살, 열한 살? 열한 살이라고 해두자. 그 정도면 된다. 클로이의 가슴은 마일스의 가슴과 다를 바 없이 평평했고, 엉덩이도 내 엉덩이보다 넓지 않았다. 반바지 위에는 하얀 셔츠를 입고 있었다. 햇볕에 표백된 머리카락은 거의 흰색이었다. 막대기를 지키려고 싸우던 마일스는 마침내 그녀의 손을 뿌리치자 막대기로 그녀의 손등을 때렸다. 그녀는 "아야!" 하고 소리치며, 작고 예리한 주먹으로 동생의 갈비뼈를 쳤다.

"이 광고 좀 봐." 그녀의 아버지가 특별히 누구에게랄 것 없이 말하더니, 웃음을 터뜨리며 신문에 난 것을 크게 읽었다. "베니션 블라인드 영업사원으로 산 족제비 급구. 운전면허 소지 필수. 원서 접수 사서함 23호." 그는 다시 웃음을 터뜨리더니 기침을 하고, 또 기침을 하고, 다시 웃었다. "산 족제비라니!" 그가 소리쳤다. "나 원."

바닷가에서는 모든 소리가 얼마나 납작하게 들리는지. 납작하지만 그래도 힘은 실려 있다, 먼 데서 들리는 대포 소리처럼. 모래가 너무 많아 소음기 역할을 하기 때문일 것이다. 내가 언제 대포 쏘는 소리를 들을 기회가 있었는지는 모르겠지만.

그레이스 부인은 혼자 포도주를 따르더니 맛을 보고 얼굴을 찌푸렸다. 그녀는 접의자에 앉아 단단한 한쪽 다리를 다른 다리에 걸쳤다. 샌들이 대롱거렸다. 로즈는 수건 밑에서 더듬어가며 옷을 입고 있었다. 이번에는 클로이가 두 무릎을 가슴으로 끌어당기더니―그렇게 앞으로 고꾸라진 Z자처럼 앉는 것이 모든 여자아이들이 하는 일인가? 적어도 과거에는 그랬나?―손으로 발을 잡았다. 마일스가 막대기로 그녀의 옆구리를 찔렀다. "아빠." 클로이가 늘쩍지근하게 짜증을 내며 말했다. "얘 좀 그만하라고 해주세요." 그녀의 아버지는 계속 신문만 읽었다. 코니 그레이스의 대롱거리는 샌들은 그녀의 머릿속의 어떤 박자에 맞추어 흔들리고 있었다. 강한 햇볕을 받은 내 주위의 모래가 고양이 같은 묘한 냄새를 풍겼다. 멀리 만에서 하얀 돛 하나가 부르르 떨더니 바람 불어가는 쪽으로 기울었고, 그 순간 세상 전체가 기울었다. 해변 저 아래쪽에서 누군가가 다른 누군가를 부르고 있었다. 아이들. 해수욕하는 사람들. 털이 철삿줄 같은 불그스름한 개. 돛이 다시 바람이 불어오는 쪽으로 방향을 틀었고, 나는 바다 지멀리에서 돛의 천에 주름이 잡혔다가 퍽 하며 팽팽해지는 소리를 분명히 들었다. 이윽고 바람이 꺾이더니 일순 사위가 고요해졌다.

그들은, 클로이와 마일스와 그레이스 부인은 놀이를 하고 있었다. 아이들은 자기네 어머니 머리 위로 높이 공을 주고받았고, 어머니는 공을 잡으려고 달리고 뛰어올랐으나, 대부분은 잡지 못했다. 그녀가 달리면 뒤로 치마가 부풀어오르고, 나는 그녀의 드러난 허벅지 끝, 팽팽하고 검게 불거진 곳에서 눈을 뗄 수가 없다. 그녀는 펄쩍 뛰고, 허공을 움켜쥐고, 헐떡거리며 비명을 지르고, 웃음을 터뜨린다. 젖무덤이 튄다. 그녀의 모습은 거의 경악스러울 정도다. 그렇게 들어가고 나온 곳이 많은 살을 지니고 다니는 사람은 이토록 날뛰면 안 된다. 저러다 안의 뭔가가, 부드럽게 배치된 지방 조직이나 진주 같은 연골이 상하고 말 거다. 그녀의 남편도 신문을 내리고 그녀를 지켜보고 있다. 손가락으로 턱수염을 빗질하며 차갑게 웃음을 짓자 입술이 그 희고 작은 치아들로부터 약간 뒤로 물러나고, 콧구멍은 그녀의 냄새를 잡아내려는 듯 탐욕스럽게 벌어진다. 흥분, 즐거움, 희미한 경멸이 섞인 표정이다. 그녀가 모래밭에 넘어져 다치는 걸 보고 싶은 것 같다. 나는 그에게 주먹을 한 대 먹이는 상상을 한다. 클로이가 동생에게 주먹을 날리듯이 그의 털 많은 가슴 한가운데를 치는 상상. 나는 이미 이 사람들을 알고 있고, 나도 그들 가운데 하나다. 그리고 나는 그레이스 부인을 사랑하게 되었다.

로즈가 마법사의 주홍색 안감을 댄 망토 밑에서 나타나는 여자 조수처럼 빨간 셔츠에 검은 슬랙스 차림으로 수건에서 빠져나와, 아무것도, 특히 놀고 있는 여자와 아이들을 안 보느라 바쁘다.

갑자기 클로이가 놀이에 흥미를 잃고 자리를 뜨더니 모래밭에 주저앉는다. 내가 앞으로 그애의 이런 갑작스러운 기분 변화를, 이런 갑작스러운 토라짐을 얼마나 잘 알게 되는지. 어머니가 와서 다시 놀자고 부르지만 아무런 대답이 없다. 클로이는 팔꿈치로 몸을 받치고 모로 누워 발목을 꼰 채 눈을 가늘게 뜨고 내 너머 바다를 본다. 마일스는 그녀 앞에서 원숭이 춤을 춘다. 겨드랑이 밑에서 두 손을 퍼덕거리며 깩깩댄다. 클로이는 마일스를 뚫고 그 너머를 볼 수 있는 척한다. "못된 것 같으니라고." 어머니가 놀이의 흥을 깬 딸을 두고 그렇게 말하지만, 거의 자족적인 말투다. 그녀는 자기 의자로 돌아가 앉는다. 숨을 헐떡인다. 가슴에 파인 모래 색깔의 부드러운 비탈이 들썩인다. 그녀는 손을 높이 들어올리더니 축축한 이마에 달라붙은 머리카락 한 올을 걷어내고, 나는 그녀의 겨드랑이 은밀한 그늘에 눈을 박는다. 자두의 푸른빛, 앞으로 며칠 밤 동안 내 축축한 환상을 물들일 색조. 클로이는 시무룩하다. 마일스는 다시 막대기로 모래를 격렬하게 파기 시작한다. 그들의 아버지는 신문을 접더니 눈을 가늘게 뜨고 하늘을 본다. 로즈는 셔츠의 늘어진 단추를 살핀다. 작은 파도들이 머리를 들고 철썩이고, 불그스름한 개가 짖는다. 그리고 내 삶은 영원히 바뀌어버렸다.

하긴, 우리의 모든 순간들 가운데, 삶이 완전히, 완전히 바뀌지 않는 순간이 어디 있을까? 그 모든 변화 가운데 마지막, 가장 중대한 변화가 오기 전까지는.

우리는, 아버지와 어머니와 나는 매년 여름 이곳에서 휴가를 보냈다. 물론 우리 같으면 그런 식으로 표현하지는 않았을 것이다. 우리는 휴가차 이곳에 왔다, 그렇게 말했을 것이다. 그때 말하던 것처럼 말한다는 것이 지금은 얼마나 어려운지. 우리는 매년 여름휴가차 이곳에 왔다. 오래, 아주 오랫동안, 아버지가 그 시절의 아버지들이 가끔 그러듯이 잉글랜드로 달아나기 전까지는. 하긴, 요즘도 여전히 달아나기는 하더라만. 우리가 세낸 샬레는 나무로 만든 실물 크기의 주택 모형보다 약간 작았다. 방은 셋으로, 앞쪽의 거실은 부엌을 겸했고, 뒤쪽에 아주 작은 침실 두 개가 있었다. 천장은 따로 없고, 루핑을 덮은 지붕의 경사진 아랫면이 전부였다. 벽에는 의도와 관계없이 우아한, 빗각이 진 좁은 판자들을 붙여 놓았는데, 화창한 날이면 페인트와 송진 냄새가 났다. 어머니는 등유 풍로에 요리를 했다. 나더러 풍로를 청소하라고 할 때면 아주 작은 연료 구멍 때문에 왠지 은밀한 기쁨을 맛보곤했다. 잘 휘는 주석 막대기로 만든 섬세한 청소도구를 사용했는데, 그 끝에는 뻣뻣한 실 같은 철사가 직각으로 튀어나와 있었다. 지금 그건, 그 작은 프리머스 풍로는 어디 있을까? 아주 단단하고 변함이 없었는데. 전기가 안 들어와 밤이면 우리는 등잔을 켜놓고 살았다. 아버지는 밸리모어에서 일했는데, 저녁이면 기차를 타고 내려왔다. 말없는 분노에 사로잡혀, 주먹에 꽉 움켜쥔 짐처럼 그날의 좌절을 들고 왔다. 아버지가 출근하고 내가 거기 없으면 어머니는 무엇을 했을까? 그 작은 목조주택의 유포가 덮인 탁자에 앉은 어머니의 모습을 그려본다. 한 손으로 머리를 받치고 긴 하루가 이울도록 불만을 키워가는 모습을. 그때는 어머니도 아직 젊었다. 그들 둘 다, 아버지와 어머니 모두 젊었다. 물론 지금 나보다는 훨씬 젊었다. 생각해보면 얼마나 이상한 일인가. 모두가 지금의 나보다 젊은 것 같으니. 심지어 죽은 사람들도. 그곳에 있는 그들의 모습, 세상의 유년기에 원한에 사무쳐 소꿉장난을 하고 있는, 나의 가엾은 부모의 모습이 보인다. 그들의 불행은 내 가장 어린 시절의 상수常數 가운데 하나였다. 청각이 미치는 범위를 살짝 넘어선 곳에서 쉬지 않고 들리는 높은 윙윙거림이었다. 나는 그들을 미워하지 않았다. 아마 사랑했을 것이다. 다만 그들은 나를 방해하고, 미래를 바라보는 내 시야를 흐려놓았다. 그러나 시간이 지나면서 그들을, 나의 투명한 부모를 뚫고 그 너머를 볼 수 있게 된다.

어머니는 해변 저 위쪽, 호텔 사람들의 무리와 당일치기 여행을 온 사람들의 시끄러운 야영지로부터 멀리 떨어진 곳에서만 해수욕을 했다. 그 위, 골프 코스가 시작되는 곳을 지나가면, 해변에서 안쪽으로 약간 들어간 곳에 모래톱이 있었다. 조수가 딱 맞으면 이 모래톱 안에 야트막한 석호가 생겼다. 그 수프 같은 물에서 어머니는 허우적거리며, 스스로 미심쩍어하는 작은 기쁨을 맛보았다. 수영은 하지 않았다. 할 줄 몰랐기 때문이다. 대신 수면에 몸을 쭉 뻗고 손으로 바닥을 짚으며 돌아다녔고, 찰싹거리는 작은 파도들 위로 입을 내밀고 있으려고 안간힘을 썼다. 어머니의 쥐 같은 분홍색 크림플린 수영복은 수줍어하는 듯한 좁은 가두리가 사타구니 바로 밑을 수평으로 가로지르며 팽팽하게 뻗어 있었다. 물을 막느라 꽉 눌러쓴 고무 수영모자가 죄는 바람에 얼굴은 헐벗고 무방비 상태인 것처럼 보였다. 아버지는 수영을 상당히 잘했다. 기계적으로 팔을 저어 뭔가가 가로막는 곳을 수평으로 기어오르는 것처럼 앞으로 나아갔다. 옆얼굴을 찌푸리며 숨을 헐떡거리고, 한쪽 눈을 움찔거렸다. 길게 한 번 가서 맞은편에 닿으면 일어서서 숨을 헐떡이며 침을 뱉었다. 머리는 회반죽을 바른 듯 바짝 달라붙었고, 귀는 튀어나왔고, 검은 트렁크 수영복은 잔뜩 부풀어올랐다. 아버지는 허리에 두 손을 얹고 서서 희미하게 빈정거리는 웃음을 입에 물고 어머니의 서툰 노력을 지켜보았다. 턱 근육 하나가 꿈틀거렸다. 아버지는 어머니의 얼굴에 물을 튀기더니 어머니의 손목을 잡고 경중경중 뒷걸음질치며 어머니를 잡아끌었다. 어머니는 격노해서 눈을 질끈 감고 아버지에게 그만하라고 소리를 질렀다. 나는 이런 날이 선 장난을 지켜보며 발작처럼 혐오감을 느꼈다. 마침내 아버지는 어머니를 놓아주고 내 쪽으로 방향을 틀었다. 아버지는 나를 일으켜 세운 다음 발목을 잡고 마치 외바퀴 손수레를 밀듯이 내 몸을 모래톱에서 물로 밀어내며 웃음을 터뜨렸다. 아버지 손이 얼마나 강하던지. 마치 차갑고 유연한 강철 수갑 같았다. 지금도 발목에 그 난폭한 손아귀의 느낌이 남아 있는 듯하다. 아버지는 난폭한 사람, 몸짓이 난폭하고, 농담이 난폭한 사람이었으나, 또 소심한 사람이기도 하였으니, 아버지가 우리를 떠난 것, 우리를 떠나야 했던 것도 놀랄 일은 아니다. 나는 물을 삼켰고, 공황에 빠져 몸을 비틀며 아버지의 손아귀에서 빠져나와 벌떡 일어서서 파도 속에 선 채로 구역질을 했다.

클로이 그레이스와 남동생이 물가의 단단한 모래밭에 서서 구경하고 있었다.

평소처럼 반바지 차림이었고, 맨발이었다. 둘은 아주 똑같아 보였다. 남매는 조개껍질을 줍고 있었고, 클로이는 그것을 귀퉁이를 묶어 주머니처럼 만든 손수건에 담았다. 그들은 마치 우리가 쇼라도 하는 것처럼, 그러나 그들을 위해 우스꽝스러운 연기를 했음에도 별로 재미있지도 않고, 웃기지도 않고, 그냥 별나기만 할 뿐이라는 듯 표정 없이 우리를 바라보며 서 있었다. 온몸에 닭살이 돋고 얼굴이 하얗게 질린 상태임에도, 나는 틀림없이 얼굴을 붉혔을 것이고, 또 내 트렁크 수영복의 축 늘어진 앞자락에서 바닷물이 가는 냇물을 이루어 쉬지 않고 호를 그리며 쏟아져나간다는 사실을 강하게 의식하고 있었다. 내 힘으로 할 수만 있는 일이라면, 나를 망신시킨 부모를 그 자리에서 지워버렸을 것이다. 뚱뚱하고 작고 헐벗은 얼굴의 어머니와 돼지기름으로 만든 듯한 몸을 가진 아버지를 바다의 물보라가 일으킨 거품처럼 터뜨려버렸을 것이다. 바람이 해변을 찰싹 때리고는 비스듬하게 가로지르며 마른 모래를 더껑이처럼 들어올리고, 이어 물위로 건너가 수면을 씰이 바다를 작고 날카로운 쇳조각들로 부수어버렸다. 나는 몸을 떨었다. 이번에는 추위 때문이 아니었다. 뭔가, 소리 없고, 빠르고, 저항할 수 없는 것이 나를 뚫고 지나간 것 같았다. 해변의 남매는 몸을 돌리더니 난파한 화물선 쪽으로 멀어져갔다.

마일스의 발가락에 물갈퀴가 있다는 사실을 알아챈 것이 그날이었던가?

배버수어 양이 아래층에서 피아노를 치고 있다. 들리지 않게 하려고 계속 아주 약하게 건반을 건드린다. 내가 여기 위에서 상상할 수 없을 정도로 거창하고 중요한 일에 몰두해 있다고 생각해 나를 방해할까봐 걱정한다. 배버수어 양은 쇼팽을 아주 잘 친다. 존 필드*는 시작하지 않기를 바란다. 그것은 견딜 수가 없다. 초기에 나는 그녀가 포레**에게, 특히 내가 찬탄해 마지않는 후기 녹턴에 관심을 가지게 하려고 노력했다. 심지어 악보까지 사주었는데 런던에서 주문한 터라 비용이 꽤 들었다. 그러나 내 야심이 너무 컸다. 손가락이 음표를 따라 움직여주지 않는다는 것이다. 손가락이 아니라 당신 마음이겠지요, 나는 그렇게 대답하지 않는다. 비겁한, 비겁한 생각들. 놀랍게도 그녀는 결혼을 한 적이 없다. 그녀는 한때, 그녀 나름의 고상한 방식으로 아름다웠다. 요즘 그녀는 길고 흰 머리, 한때는 아주 검었던 머리를 뒤로 단단하게 말아 묶어 뜨개질바늘만큼이나 커다란 핀 두 개를 엇갈려 찌르고 다닌다.

---

* 19세기 초 아일랜드의 작곡가 겸 피아니스트. 녹턴을 고안해 쇼팽에게 영향을 주었다.
** 프랑스 작곡가이자 오르가니스트.

너무 엉뚱하기는 하지만, 나는 그것을 보며 속으로 게이샤의 집을 연상한다. 그녀가 아침이면 입는, 허리띠를 묶는 기모노 같은 비단 드레싱가운에서도 그런 일본풍의 느낌은 계속된다. 환한 색깔의 새와 대나무 잎이 찍힌 비단이다. 그녀는 다른 시간에는 품위 있는 트위드 옷을 즐겨 입지만, 저녁식사 때는 종아리까지 내려오는 연녹색 주름장식 옷을 입고 띠를 묶은 모습, 또는 스페인풍의 주홍색 볼레로 재킷에 밑이 좁은 검은 슬랙스를 입고 반짝거리는 예쁘장한 검은 슬리퍼를 신은 모습으로 바스락거리며 식탁으로 다가와 우리를, 대령과 나를 놀라게 하기도 한다. 배버수어 양은 아주 우아한 늙은 여인이며, 말없이 동요하는 표정으로 나의 흡족해하는 눈길을 받아들인다.

시더스는 과거를, 내가 이곳에서 아는 과거를 거의 보존하지 못했다. 나는 아무리 작고 하찮아 보이더라도 그레이스 가족의 흔적을 분명하게 보여주는 것을 만나기를 바랐다. 예를 들어 잊힌 채 서랍 속에 남아 있는 바랜 사진, 머리카락 다발, 아니면 마루판 사이에 낀 머리핀이라도. 그러나 아무것도, 그런 것은 아무것도 없었다. 입에 올릴 만한, 머릿속에 떠오르는 분위기 같은 것도 없었다. 살아 있는 사람들이 너무도 많이 거쳐가는 바람에—사실 여기는 하숙집 아닌가—죽은 사람들의 흔적은 모두 닳아 없어진 것 같다.

오늘은 바람이 얼마나 사납게 불어대는지, 크긴 하지만 부드러워 아무런 효과가 없는 주먹으로 유리창을 쿵쿵 두드려댄다. 이것이 내가 늘 사랑해온 바로 그런 가을 날씨, 광포하면서도 맑은 날씨다. 나는 가을이 자극적이라고 생각한다. 어떤 사람들은 봄을 그렇게 생각하지만. 가을은 일을 할 때이며, 그 점에서 나는 푸시킨과 생각이 같다. 아, 그래, 알렉산드르와 나는 둘 다 10월당 당원이다. 그러나 전체적인 변비 상태, 가장 푸시킨적이지 않은 상태가 시작되어 나는 일을 할 수가 없다. 그래도 계속 탁자에 붙어 앉아, 이제는 하는 방법을 잊어버린 게임에서 칩을 옮기듯이 문단을 이리저리 옮기고 있다. 탁자는 작고 허약하며, 날개판이 달려 있지만 역시 부실하다. 그래도 V양이 직접 여기까지 들고 와 어떤 수줍은 의도로 나에게 선사한 것이다. 삐거덕, 요놈의 나무토막, 삐거덕. 선장의 회전의자도 있다. 우리가, 애나와 내가 오래전에 살던 셋집에서 내가 쓰던 의자와 똑같은 것인데, 심지어 등을 뒤로 기댈 때 토하는 신음도 똑같다. 내가 해야 할 일은 보나르*에 관한 논문을 쓰는 일이다. 별것 아닌 일임에도 헤아리고 싶지 않을 정도로 긴 세월 동안 수렁에 빠진 듯 거기에 빠져 있다. 내가 평가하기에 보나르는 아주 위대한 화가이나 오래전에 깨달았듯이 그에 관해 독창적인 이야기는 할 것이 없다. '욕조의 신부들', 애나는 그를 그렇게 부르며 깔깔대곤 했다. 보나르, 본아르, 본나르그.** 그래, 나는 일을 하지 못한다. 이렇게 낙서나 할 뿐이다.

어쨌든 내가 하는 것에는 일이라는 말을 적용할 수 없다. 일은 너무 큰 말이고, 너무 심각한 말이다. 일꾼들이 일을 한다. 위대한 일꾼들이 일을 한다. 우리 같은 그저 그런 사람들에게는 적당히 겸손하면서도, 우리가 하는 것과 그것을 하는 방식을 적절하게 묘사할 만한 말이 없

* Pierre Bonnard. 반인상파 나비파를 결성한 프랑스 화가.
** Bonnard, Bonn'art, Bon'nargue. 모두 발음은 비슷하지만 프랑스어로 'Bonnard'는 화가의 이름이면서 '멍청하다'는 뜻이며, 뒤의 두 단어는 '좋다'는 뜻의 'bon(bonne)'에 예술을 뜻하는 'art'와 업신여김을 뜻하는 'nargue'를 붙인 것이다.

다. 그렇다고 장난이라는 말을 받아들일 수는 없다. 장난삼아 해보는 사람은 아마추어들이다. 반면 우리, 내가 말하는 종류나 부류는 전문적이지 않으면 아무것도 아니다. 뷔야르와 모리스 드니 같은 벽지 제조업자들도 그들의 친구 보나르만큼 부지런했다—이 말도 또하나의 핵심어다. 그러나 부지런함만으로는 결코 충분하지 않다. 우리는 게으름뱅이가 아니다, 우리는 나태하지 않다. 사실 우리는 열광적일 정도로 기운차다, 발작 상태다. 그러나 우리는 영속永續의 저주라고 부를 수 있는 것으로부터 자유롭다, 운명적으로 자유롭다. 우리는 뭔가를 끝낸다. 반면 시인 발레리 같은 진짜 일꾼이라면, 일을 끝낸다는 것은 없다, 단지 방기가 있을 뿐이다, 하고 단언했을 것 같다. 보나르에게도 그런 멋진 예가 하나 있다. 보나르는 친구와 함께 뤽상부르 박물관에 갔다. 내 기억이 틀리지 않다면, 그 친구는 뷔야르였다. 보나르는 뷔야르가 박물관 경비의 시선을 끄는 동안 얼른 화구통을 꺼내 오랫동안 거기 걸려 있던 자기 그림의 한 부분을 수정했다. 진정한 일꾼들은 모두 좌절감에 빠져 안절부절못하다 죽는다. 할 일이 이렇게 많은데, 하지 못하고 남겨둔 일이 이렇게 많은데!

아야. 다시 따끔거리는 통증이 찾아왔다. 혹시 무슨 심각한 병의 전조가 아닐지 궁금하지 않을 수 없다. 애나가 느낀 첫 신호도 아주 미약했으니까. 나는 지난 1년 동안 의학적인 문제에는 전문가가 다 되었는데, 이는 당연하다고 할 수 있다. 예를 들어 팔다리가 바늘로 찌르듯이 따끔거리는 것은 다발성 경화증의 초기 증상 가운데 하나다. 내가 느끼는 통증도 바늘로 찌르듯이 따끔거리는 것이라고 할 수 있는데, 다만 더 심할 뿐이다. 팔이나 목덜미를 아프게 쿡 찌르는 것 같다. 아니,

연달아 찌르는 것 같다. 한번은 심지어 오른쪽 엄지발가락 마디 위쪽이 쑤시는 바람에 아파서 애처롭게 징징거리며 한 발로 방을 뛰어다니는 잊기 어려운 일이 일어난 적도 있다. 이 통증, 또는 욱신거림은 지속 시간은 짧지만 심하게 아픈 경우가 많다. 마치 누가 나의 생명 징후를 검사하는 것 같다. 감각의 징후, 삶의 징후를.

애나는 내가 심기증에 걸린 사람처럼 군다며 웃음을 터뜨리곤 했다. 닥터 맥스. 그녀는 나를 그렇게 부르곤 했다. 오늘 닥터 맥스는 어떠신가요, 기분이 안 좋으신가요? 물론 애나가 옳았다. 나는 늘 끙끙댔으며, 조금만 쑤시거나 아파도 법석을 떨었다.

저기 그 울새가 있다. 매일 오후에 어딘가에서 날아와 정원 창고 옆의 호랑가시나무 가지에 앉는다. 나는 이 울새가 뭐든 세 번씩 하는 것을 좋아한다는 사실을 알게 되었다. 꼭대기 가지에서 아래 가지로, 거기서 다시 더 낮은 가지로 내려와 멈추고, 날카롭고 단정적인 소리로 세 번 운다. 생물은 저마다 습관이 있다. 이번에는 정원 반대편에서 이웃의 얼룩무늬 고양이가 기어온다. 발소리를 내지 않는 표범이다. 조심해라, 새야. 저쪽 풀은 베어줘야겠다. 올해에는 한 번만 더 베면 될 것 같다. 내가 하겠다고 해야지. 그 생각을 하자마자 바로 나는 그곳에 있다. 와이셔츠 바람에 신축성 있는 바지를 입고, 잔디 깎는 기계 뒤에서 땀범벅이 되어 비틀거린다. 입에서 풀줄기가 씹히고 머리 주위에서 파리가 윙윙거린다. 이상한 일이다, 요즘에는 나 자신이 이런 식으로, 멀리서 보이는 일이 잦으니. 다른 사람이 되어 오직 다른 사람만이 할 만한 일을 하고 있는 모습이. 잔디를 깎다니, 참. 창고는 황폐한 상태지만 호의적인 시선으로 보면 사실 꽤 잘생긴 편이다. 나무는 비바람에 쓸려 은빛을 띤 회색 비단 같은 느낌이다. 반들반들하게 손때가 묻은 연장, 예를 들어 삽이나 믿음직한 도끼의 손잡이 같다. 그놈의 '욕조의 신부들'도 바로 그런 질감을 포착했을 것이다. 그 은은한 광택과 가물거리는 빛. 두들 디들 디.

 클레어, 내 딸 클레어가 어떻게 지내느냐고 안부를 묻는 편지를 보냈다. 좋지 않아, 이렇게 말할 수밖에 없어 안타깝지만, 총명한 클래런다, 전혀 좋지가 않아. 클레어는 전화하지 않는다. 어떤 전화도, 심지어 그애가 하는 전화도 받지 않겠다고 미리 이야기를 했기 때문이다. 그렇다고 무슨 전화가 걸려오는 것은 아니다. 클레어 외에는 내가 어디로 간다고 이야기해준 사람이 없기 때문이다. 클레어가 이제 몇이더라, 스물 몇인가, 나도 잘 모르겠다. 아이는 아주 총명하다, 문학가다. 하지만 아름답지는 않은데, 이건 오래전에 나 스스로 인정했다. 이것이 실망스러운 일이 아닌 척할 수는 없다. 그애가 또 한 사람의 애나가 되기를 바랐기 때문에. 클레어는 키가 너무 크고 뻣뻣하다. 불그스름한 녹 빛깔의 머리카락은 거칠고 억세, 주근깨 가득한 얼굴 주위로 제멋대로 뻗어 있으며, 웃음을 지을 때는 위쪽 잇몸, 반들거리는 희끄무레한 분홍색 잇몸이 드러난다. 그 껑충한 다리와 커다란 엉덩이, 그 머리카락, 특히 그 긴 목—그나마 그래도 그것이 제 어미한테서 물려받은 것이다—을 볼 때마다 나는 창피스럽게도 테니얼이 그린 앨리스, 특히 마법의 버섯을 한 입 깨물었을 때의 앨리스가 생각난다. 그러나 클레어는 용감하고, 자신과 세상에서 최선을 이끌어낸다. 그애는 무엇을 해도 왠지 애처롭고, 그냥 하는 짓도 우스꽝스럽고, 몸놀림이 유연하지가 못하다. 못생긴 여자아이들이 흔히 그렇듯이. 지금 그애가 이 곳에 온다면 방을 쓸듯이 허둥지둥 들어와 내 소파에 털썩 주저앉은 다음 맞잡은 두 손을 두 무릎 사이로, 바닥에 닿을 정도로 쑥 내리밀고 입을 꾹 다물어 볼을 잔뜩 부풀렸다가 푸! 하는 소리를 뱉어내면서 우리가 지난번에 만난 뒤로 그애가 겪은 우스꽝스러운 재난들을 연달아 읊어댈 것이다. 사랑하는 클레어, 내 착한 딸.

그애는 내가 그 꿈, 눈 속에서 집으로 걸어가던 꿈을 꾼 뒤 여기 밸리레스로 처음 내려올 때 나를 따라왔다. 내가 물에 뛰어들어 자살할 작정일까봐 걱정했던 것 같다. 그러고 보면 그애는 내가 얼마나 겁쟁이인지 모르는 게 틀림없다. 함께 내려오다보니 옛 시절이 약간 떠올랐는데, 그애하고 나는 전부터 함께 소풍 나가는 것을 좋아했기 때문이다. 딸아이가 어렸을 때 밤에 잠을 못 자면—그러니까 그애는 처음부터 꼭 제 아비처럼 불면증 환자였던 셈이다—나는 그애를 담요에 둘둘 말아 차에 싣고 옆에 어두운 바다가 누워 있는 해안도로를 따라 몇 마일씩 달리곤 했다. 가사를 조금이라도 아는 노래는 다 불렀다. 그러나 그애는 내 노래에 잠이 들기는커녕 꼭 비웃는 것만은 아닌 표정으로 즐거워하고 손뼉을 쳐대면서 더 불러달라고 소리를 질렀다. 나중에 한번은 심지어 함께, 우리 둘이만 휴일에 아예 자동차 여행을 떠나기도 했지만, 그것은 실수였다. 그때 아이는 사춘기였고, 포도밭과 성과 나와 함께 있는 것에 금방 싫증을 냈기 때문이다. 꾸준하고 맹렬하게 귀에 거슬리는 잔소리를 해대는 바람에 나는 마침내 포기하고 일찍 집으로 돌아왔다. 사실 이곳으로 함께 오는 여행도 결국 그보다 별로 나을 것이 없었다.

호화로운, 아, 정말이지 호화로운 가을날이었다. 티에폴로의 그림에 나오는 듯한, 에나멜을 칠한 파란색 하늘 밑으로 온통 비잔틴풍의 구리와 황금색이었다. 유리질로 고정된 시골 풍경은 실제라기보다는 잔잔한 호수에 비친 그 자신의 그림자 같았다. 그즈음 자주 느끼던 것이지만, 나는 괴로워 꿈틀거리고 있는데 태양이 세상의 뚱뚱한 눈처럼 아주 즐겁게 입맛을 다시며 나를 굽어보는 듯한, 그런 날이었다. 클레어는 커다란 암갈색 스웨이드 외투를 입고 있었는데, 차 안의 더운 공기 때문에 외투에서 악취가 풍겼다. 희미하지만 틀림없이 살냄새였다. 불평은 하지 않았지만 몹시 괴로웠다. 지나치게 예민하게 의식한다고 생각하기는 하지만, 나는 늘 인간 무리로부터 발산되는 뒤섞인 냄새들 때문에 괴로웠다. 아니, 어쩌면 괴로웠다는 것은 틀린 말일지도 모르겠다. 예를 들어 감지 않은 여자 머리카락에서 나는, 갈색의 느낌을 주는 냄새는 좋아하니까. 괴팍한 독신녀—슬프지만 나는 그애가 절대 결혼하지 않을 것이라고 확신한다—인 내 딸은 보통 아무런 냄새를, 적어도 내가 맡을 수 있는 냄새는 풍기지 않았다. 이것 역시 아이가 제 어미와 다른 여러 가지 가운데 하나였다. 내가 그 오래전 애나에게 처음 끌리게 된 것도 그녀의 야성적인 악취 때문이었다. 그것은 나에게는 삶 자체를 졸인 듯한 향기였으며, 그 아무리 강한 향수로도 완전히 가려지지 않았다. 괴상하게도 지금 내 손에서는 바로 그 냄새, 애나의 냄새의 흔적이 남아 있다. 손에서 그 냄새를 없앨 수가 없다, 손을 아무리 부르쥐어도. 마지막 몇 달 동안 그녀에게서는, 가장 좋은 상태였을 때 이야기지만, 약물 냄새가 났다.

이곳에 도착했을 때 나는 내가 기억하는 마을의 아주 많은 부분이 그대로 있다는 것을 알고 놀랐다. 물론 어디를 봐야 할지 아는 눈, 그러니까 내 눈으로 봐야만 보이는 것이었지만. 마치 오래전 연인, 세월에 의해 뭉툭해진 이목구비 뒤로 이전의 내가 그렇게 사랑했던 그 날렵한 얼굴 윤곽을 아직도 선명하게 더듬을 수 있는 연인을 우연히 만난 것 같았다. 우리는 텅 빈 역을 통과하여 작은 다리를 미끄러지듯 넘어갔다. 다리는 여전히 말짱하게, 여전히 그 자리에 그대로 있었다! 내 뱃속은 다리의 정점에서 갑자기 위로 뜨다가 푹 떨어지던 느낌을 기억하고 그대로 되풀이했다. 다음 순간 모든 것이 내 앞에 있었다. 언덕 길, 바닥의 해변, 그리고 바다. 나는 그 집에서 멈추지 않고, 지나가면서 속도만 늦추었다. 과거가 워낙 강력한 힘을 발휘하여 나 자신이 그 힘에 의해 지워질 것 같은 느낌이 드는 순간들이 있다.

"바로 저거야!" 나는 흥분해서 클레어에게 말했다. "시더스!" 내려가면서 나는 아이한테 그레이스 가족에 관하여 다, 아니 거의 다 이야기해주었다. "저 집이 그 가족이 묵던 곳이다."

클레어는 자리에서 고개를 돌려 보았다.

"왜 차를 멈추지 않았어요?" 아이가 물었다.

뭐라고 대답해야 했을까? 갑자기 이 잊힌 세계 한가운데서 수줍음에 사로잡혀 어쩔 줄 몰랐다고? 나는 계속 차를 달리다가 스트랜드 로드로 빠져나갔다. 스트랜드 카페는 사라졌다. 그 자리에는 크고, 납작하고, 지독하게 추한 집이 들어서 있었다. 그 옆에 호텔이 두 개 있었는데, 물론 내 기억 속의 호텔들보다 작고 초라했다. 그래도 골프 호텔은 지붕에 꽤 웅장한 기를 당당하게 펄럭이고 있었다. 차 안에서도 우리는 호텔 앞 잔디밭의 야자나무들이 꿈을 꾸듯 마른 잎을 비벼 재잘거리는 소리를 들을 수 있었다. 오래전 자줏빛 여름밤이면 아라비아의 모든 것을 약속하는 듯하던 소리였다. 그러나 이미 그림자를 길게 뽑는 10월 오후의 청동 햇빛 아래서는 모든 것이 야릇하게 바랜 듯한 모습이었다. 마치 낡은 엽서에 나오는 사진 같았다. 마일러의 선술집 겸 우체국 겸 식료품점은 앞에 포장한 주차장까지 갖춘 번지르르한 슈퍼마켓으로 팽창했다. 50년 전 사람 없고, 고요하고, 햇빛이 눈부시던 오후에 마일러의 가게 밖 자갈이 깔린 마당에서 무서워 보이지 않는 작은 개 한 마리가 나에게 옆걸음질로 다가오던 기억이 났다. 내가 손을 내밀자 개는 이를 드러냈고, 나는 그것을 내 비위를 맞추는 웃음으로 오해했다. 개는 놀라울 정도로 빠르게 입을 놀려 내 손목을 물고 달아나며 낄낄거렸다. 어쨌든 내 귀에는 그렇게 들렸다. 집에 가자 어머니는 짐승한테 손을 내민 어리석음을 심하게 꾸짖더니 나 혼자 마을 의사에게 보냈다. 우아하고 점잖은 의사는 자줏빛으로 예쁘장하게 부풀어오른 손목에 대충 반창고를 붙이더니 옷을 다 벗고 자기 무릎에 앉으라고 했다. 그는 멋지다는 느낌을 줄 정도로 창백하고, 통통하고, 또 어김없이 손톱까지 단정하게 다듬은 손으로 내 하복부를 따뜻하게 누르며, 제대로 숨쉬는 법을 가르쳐주겠다고 했다. "배를 집어넣는 대신 부풀리는 거야, 알겠지?" 의사는 가르랑거리는 듯한 목소리로 부드럽게 말했다. 크고 온화한 얼굴의 온기가 내 귀를 간질였다.

클레어는 색깔 없는 웃음을 터뜨렸다. "어느 게 아버지한테 더 지속적인 흔적을 남겼어요?" 아이가 물었다. "개의 이빨이에요, 아니면 의사의 손모가지예요?"

나는 클레어에게 손목을 보여주었다. 척골의 경상돌기 위 피부에 여전히 희미한 흉터가 남아 있었다. 개의 송곳니가 남긴 흰 쌍의 구멍이었다.

"이곳은 카프리가 아니었어." 내가 말했다. "그리고 닥터 프렌치는 티베리우스*가 아니었고."

사실 나에게 그날은 좋은 기억뿐이다. 지금도 의사의 숨결에서 나던 점심 식후의 커피 향기, 나를 앞문까지 바래다주던 가정부의 회전고리처럼 돌아가던 탁한 눈이 기억난다.

클레어와 나는 필드에 도착했다.

사실 이제 그곳은 이름과는 달리 들판이 아니다. 아주 혼란스럽고 황량한 별장 지구로, 분명 날림으로 지은 방갈로들이 빽빽하게 들어차게 될 것이다. 아마 이곳 정원 아래쪽의 눈에 거슬리는 것들을 설계한 그 금 하나 제대로 못 긋는 자가 설계했을 것이다. 그러나 그곳에 붙인 이름이 비록 이름값을 못하기는 하지만 '루핀스'라는 것에, 그리고 그곳을 지은 사람—나는 지은 사람이 한 일일 것이라고 추측했다—이 도로로부터 진입하는 그 고딕 양식을 흉내낸 우스꽝스러울 정도로 웅장한 출입구 옆에 이 수수한 야생 관목의 높은 숲을 살려둔 것에 만족했다. 루피누스, 콩과의 한 속. 방금 찾아보았다. 아버지가 2주에 한 번씩 아주 깜깜한 밤에 삽과 손전등을 들고 나가 나지막이 욕을 중얼거리며 모래가 섞인 부드러운 땅에 구멍을 파고 우리의 화학 처리식 변소의 양동이에 찬 똥오줌을 묻던 곳이 바로 이 루핀 숲 밑이었다. 그래서인지 나는 루핀 꽃의 약하지만 묘하게 인간적인 향기를 맡을 때마다

---

* 고대 로마의 2대 황제로, 말년에 카프리에 머물며 '괴물 티베리우스'라고 불릴 정도로 악행을 자행했다.

그 뒤에 달착지근한 거름 냄새가 미적거리는 듯한 느낌을 받는다.

"차를 아예 안 세우실 거예요?" 클레어가 말했다. "멀미가 나려고 해요."

세월이 가면서 나는 내 딸이 나이로 나를 따라잡아, 이제 우리가 거의 동년배가 되었다는 착각에 사로잡힌다. 아마 그렇게 영리한 자식을 두었기 때문에 생긴 일일 것이다. 아이가 버티기만 했다면 나로서는 언감생심 꿈도 못 꿀 훌륭한 학자가 되었을 텐데. 그애는 또 내가 불안해질 정도로 나를 이해하며, 나를 잘 알지 못해 그만큼 나를 더 두려워하는 사람들과는 달리 내 약점이나 지나친 점을 받아주려 하지 않는다. 하지만 나는 지금 상처喪妻하여 상처를 받았으니 응석이 필요하다. 사형 집행 전에 참회의 시간을 길게 주는 곳이 있다면, 내가 지금 가야 할 곳이 그곳이다. 날 좀 내버려둬. 나는 속으로 클레어에게 외쳤다. 조롱당하는 낡은 시더스를, 사라진 스트랜드 카페를, 루핀스와 필드였던 곳을, 이 모든 과거를 살금살금 지나갈 수 있도록 해줘. 여기서 멈추면 녹아서 부끄러운 눈물의 웅덩이가 될 것 같단 말이야. 그러나 나는 순순히 도로변에 차를 세웠고, 클레어는 성이 나 입을 다문 채 차에서 내리더니 따귀를 후려갈기듯 문을 쾅 닫았다. 내가 뭘 어쨌기에 그렇게 짜증을 내는 건지? 클레어도 제 어미처럼 제멋대로이고 변덕스러울 때가 있다.

그때 갑자기, 정말 가능성이 없다고 생각한 일인데, 루핀스의 혼잡스럽게 얽혀 있는 작은 요정의 집들 뒤로 뒤그넨네 골목길이, 늘 그랬듯이 바큇자국이 파인 채로, 산사나무가 뒤얽힌 산울타리와 먼지를 뒤집어쓴 가시나무 사이를 느릿느릿 움직여가고 있었다. 화물차와 크레인의 약탈에서, 땅 파는 기계와 인간의 약탈에서 어떻게 살아남았을

까? 어린 시절 나는 매일 아침 맨발로 쭈그러진 주전자를 들고 저 골목
길을 따라 낙농장 주인 뒤그년이나 그의 엉덩이가 큰 부인, 자제심이
강하면서도 왠지 명랑해 보이는 부인에게 그날 치 우유를 사러 가곤
했다. 해가 하늘 위로 한참을 올라간 뒤에도 밤의 축축하고 서늘한 기
운이 남아 있곤 하던 자갈을 깐 마당에서는 닭 여러 마리가 자기들이
싸놓은, 올리브빛이 섞인 백악질의 똥 사이를 까다로운 걸음으로 돌아
다녔다. 세워놓은 수레 밑에는 늘 끈에 묶인 개가 누워, 내가 지나가면
재듯이 지켜보곤 했고, 나는 닭똥이 발에 묻지 않도록 뒤꿈치를 들고
비틀거리며 걸어갔다. 그러면 수레를 끄는 더러운 백마가 다가와 헛간
의 반만 가린 문 위로 머리를 내밀고 이마 갈기 밑의 쾌활하면서도 회
의적인 눈으로 나를 비스듬히 바라보았다. 이마 갈기는 인동덩굴 꽃과
똑같은 뿌연 크림색이었다. 나는 농가의 문을 두드리는 것을 좋아하지
않았다. 뒤그년의 어머니가 무서웠기 때문이다. 작은 키에 몸은 네모
진 이 노인은 네모 모서리마다 뭉툭한 다리를 달고 있는 듯했으며, 숨
을 쉴 때마다 가쁘게 헐떡거렸고, 아랫입술 위로 혀의 희끄무레하고
축축한 종양이 축 늘어져 있었다. 나는 헛간의 보랏빛 그늘에서 서성
거리며 뒤그년이나 그의 부인이 나타나 노파와 만나는 일을 면해주기
를 기다렸다.
　뒤그년은 핀 대가리같이 생긴 호리호리한 사람으로, 숱이 적은 머리
카락은 모랫빛이었으며 속눈썹은 보이지 않았다. 입고 다니는 칼라 없
는 캘리코 셔츠는 그때도 이미 옛날 물건이었으며, 볼품없는 바지는
진흙이 덕지덕지 묻은 웰링턴 장화에 쑤셔넣었다. 뒤그년은 낙농장에
서 국자로 우유를 푸면서 외설적인 느낌이 드는 가늘고 쉰 목소리—곧

목에 병이 생겨 죽게 되는데—로 나에게 여자 이야기를 하곤 했다. 나에게도 귀여운 여자친구가 있을 것이 틀림없는데, 여자친구가 키스를 하게 해주는지 알려달라는 거였다. 뒤그넌은 말을 하면서도 내 깡통으로 들어가는 길고 가느다란 피리 같은 우유 줄기에 눈을 고정시키고 있었으며, 혼자 웃음을 지으면서 그 색깔 없는 속눈썹을 빠르게 깜빡거렸다. 섬뜩한 사람이기는 했지만 그래도 나는 그에게 어떤 매력을 느꼈다. 그는 늘 뭔가를 보여줄 듯 말 듯 약을 올리는 것 같았다. 외설적인 사진이라도 한 장 보여줄 것처럼, 오직 어른들만 아는 거창하고 전체적이면서도 역겨운 지식을 한 조각이라도 알려줄 것처럼. 낙농장은 천장이 야트막하고 네모난 지하실로, 회반죽이 너무 희어 거의 푸르스름해 보일 정도였다. 강철 우유 들통은 납작한 모자를 쓰고 웅크린 보초들처럼 보였다. 보초마다 어깨에 똑같은 하얀 장미꽃 장식이 타오르고 있었는데, 문간으로 들어온 빛이 그 장식에 반사되었다. 모슬린에 덮인 채 침묵에 빠진 크고 야트막한 우유 팬들은 거르기를 하느라 바닥에 놓여 있었다. 나무로 된 버터 교유기에는 손으로 돌리는 크랭크가 달려 있었는데, 늘 그것을 돌리는 모습을 한번 보고 싶었지만 끝내 보지 못했다. 우유의 서늘하고 진하고 은밀한 냄새를 맡으면 그레이스 부인 생각이 났다. 그럴 때면 뒤그넌의 감언이설에 넘어가 그녀 이야기를 털어놓고 싶은 어둡고 짜릿한 충동을 느꼈지만, 결국 참았다. 틀림없이 지혜로운 판단이었을 것이다.

이제 나는 그 농장 대문에 다시 와 있었다. 그 시절의 아이는 살이 찌고 반백이 되었다. 늙어버렸다. 대문 기둥에 페인트로 서툴게 적은 표지판은 침입자를 고소하겠다고 경고하고 있었다. 클레어가 뒤에서

농부가 이렇다는 둥 산탄총이 저렇다는 둥 이야기를 했지만, 나는 주의를 기울이지 않았다. 나는 자갈밭을 가로질러 걸어갔다. 여전히 자갈이 깔려 있다니! 걷는 게 아니라 뛰는 것 같았다. 과거로부터 연달아 숨이 멎을 듯한 타격을 받아, 공기가 반쯤 빠진 방공기구防空氣球처럼 어색한 몸짓이었다. 헛간과 앞을 반만 가린 문도 그대로였다. 뒤그년의 수레가 있던 곳에는 녹슨 써레가 세워져 있었다. 수레는 내 기억의 착오였을까? 낙농장도 그대로였지만 쓰이지 않았다. 당장이라도 떨어져나갈 것 같은 문에는 맹꽁이자물쇠가 달려 있었지만 누구를 막으려는 것인지 도무지 상상할 수가 없었다. 유리창은 때가 묻거나 부서졌고, 지붕에는 풀이 자랐다. 농가의 앞쪽에는 공들여 현관을 지어놓았다. 유리와 알루미늄으로 지은 전망대인 셈이었는데, 마치 거대한 곤충의 퇴화한 눈처럼 보였다. 그 안쪽에서 문이 열리더니 나이를 꽤 먹은 듯한 여자가 나타나 유리 뒤에서 발을 멈추고 경계하는 눈으로 나를 바라보았다. 나는 아직 개종하지 않고 행복하게 살아가는 피그미족의 아주 작은 여왕에게 비틀비틀 다가가는 커다란 선교사처럼 싱글거리고 고개를 끄덕이며 머뭇머뭇 앞으로 나아갔다. 내가 유리를 통해 말을 하는 동안 처음에 여자는 신중한 태도로 현관 안에서 나오지 않았다. 나는 큰 소리로 내 이름을 이야기하고, 흥분하며 두 손으로 손짓을 했다. 그래도 여자는 서서 멀뚱멀뚱 보기만 했다. 여자는 늙어 보이려고 정교하게 분장을 했지만 효과가 영 시원치 않은 젊은 배우 같은 인상을 주었다. 갈색 구두약 색깔로 염색을 하고, 파마를 하여 반짝거리는 곱슬곱슬한 웨이브 덩어리로 보이는 그녀의 머리는 작고 여윈 얼굴에는 너무 커 보였다. 빽빽한 가시로 이루어진 후광처럼 그녀의 얼굴을 둘러싸고 있어, 진짜 머리라기보다는 가발 같다는 느낌을 주었다. 직접 짰다고 생각할 수밖에 없는 스웨터 위에는 색 바랜 앞치마를 둘렀고, 밑에는 무릎이 닳은 남자용 코르덴 바지를 입었으며, 감청색 모조 벨벳으로 만든, 지퍼 달린 앵클부츠를 신었다. 내가 어렸을 때 나이든 부인들 사이에 엄청나게 유행했지만, 나중에는 여자 거지들과 술꾼들 차지가 된 신발이었다. 나는 유리를 통해 여자에게 내가 어렸을 때 저 아래쪽, 필드의 샬레에 머물곤 했으며, 아침이면 우유를 사러 농장에 오곤 했다고 고래고래 소리를 질렀다. 여자는 귀기울여 들으며 고개를 끄덕였고, 웃음을 억누르기라도 하듯 입가에 주름이 나타났다가 사라졌다. 마침내 여자는 현관문을 열더니 자갈로 나왔다. 나는 반쯤 발광한 듯—정말이지 나는 우스꽝스러울 정도로 흥분했다—행복감에 젖어 여자를 끌어안고 싶은 충동을 느꼈다. 나는 빠른 속도로 뒤그년 가족, 그러니까 그들 부부에 관해서, 또 뒤그년의 어머니에 관해서, 낙농장에 관해서, 심지어 그 비참한 개에 관해서 이야기했다. 그녀는 여전히 믿지 못하겠다는 듯이 눈썹을 추켜올리고 고개를 주억거리며 나를 지나 클레어가 서서 기다리는 문간을 보았다. 클레어는 팔짱을 끼고 테두리에 모피를 댄 크고 비싼 외투로 몸을 꽉 죄고 있었다.

　애브릴. 젊은 여자는 자기 이름이 그것이라고 했다. 애브릴. 성은 말해주지 않았다. 희미하게, 오랫동안 죽은 듯 보였던 것이 몸을 일으키듯이, 깃발로 장식한 농가의 입구에서 어슬렁거리던, 더러운 겉옷을 입은 아이의 기억이 다가왔다. 구부린 통통한 팔에 머리가 벗어지고 벌거벗은 분홍색 인형을 되는대로 안은 채 어떤 것도 비껴갈 수 없을 듯한 땅속 요정 같은 눈길로 나를 지켜보고 있었다. 하지만 눈앞에 있는 이 사람이 그 아이였을 리는 없었다. 그 아이는 지금이면, 얼마야, 오십대가 되었을까? 어쩌면 내가 기억한 아이는 이 여자의 자매일지도 몰랐다. 하지만 나이가 훨씬 많은, 그러니까 훨씬 더 일찍 태어난 자매? 그런 걸까? 아니야, 뒤그넌은 젊어서 죽었어, 사십대에. 따라서 이 애브릴이라는 여자가 그의 딸이라는 것은 물론 가능하지 않은 일이었다. 뒤그넌은 내가 어렸을 때 이미 어른이었으니까…… 내 정신은 지치고 혼란에 빠진 늙은 짐말처럼 이 계산에서 더이상 앞으로 나아가지 못했다. 하지만 애브릴이라는 이름. 이 동네에서 누가 자기 아이한테 미묘하게 봄내음이 날 듯한 이런 이름을 지어줄 수 있었을까?*

나는 다시 뒤그넌 가족에 관해 물었고 애브릴은, 그래요, 크리스티 뒤그넌—크리스티? 뒤그넌의 이름이 크리스티였던가?—은 돌아가셨어요, 하지만 부인은 살아 계세요, 해안 어디 양로원에 계세요, 하고 말했다. "그리고 패치는 올드본 근처에 살고, 메리는 잉글랜드에 가 있지만, 가엾은 윌리는 죽었어요." 나는 고개를 끄덕였다. 갑자기 그들, 뒤그넌 왕조의 자손 이야기를 듣게 되자 맥이 빠졌다. 그냥 이름만 들어도 그렇게 견고해 보이고, 그렇게 세속적인 현실감을 주는 자손들. 농부 패치와 이민자 메리와 죽은 막내 윌리. 그들 모두가 화려한 장례식에 초대받지 못한 가난한 친척들처럼 나의 개인적인 기억의 축제에 몰려와 우글거리고 있었다. 조금 전까지 느끼던, 허공에 둥둥 뜰 것 같던 행복감은 이제 사라지고, 이 순간 나는 너무 살이 많고 어울리지 않는 사람이 된 느낌이 들었다. 그냥 그 자리에 서서 웃음을 지으며 힘없

---

* Avril. 프랑스어로 4월을 뜻한다.

이 고개만 끄덕였다. 나에게서 마지막 공기가 새어나가고 있었다. 애브릴은 여전히 이름 외에는 자신에 관해 밝히지 않았다. 내가 자신을 안다고, 자신을 알아보았다고 생각하는 것 같았다. 하지만 내가 어떻게, 어디에서 보았다고 그녀를 안단 말인가? 아무리 그녀가 한때 뒤그넌의 집이었던 곳 문간에 서 있다 해도. 애브릴이 뒤그넌 집안 사람이 아니면서도 그들에 관해 그렇게 많은 것을 안다는 게 놀라웠다. 그녀가 그 집안 사람이 아닌 것, 적어도 가까운 친척은 아닌 것이 분명해 보였기 때문이다. 그 월리니 메리니 패치니 하는 사람들 가운데 그녀의 부모가 있는 것도 아닌 게 분명했다. 그랬다면 지금쯤은 틀림없이 그렇다고 이야기를 했을 것이다. 갑자기 내 우울이 모여 그녀에 대한 시큼한 원한으로 솟구쳐올랐다. 마치 그녀가 그녀 나름의 어떤 치명적인 이유 때문에 일부러 나의 신화적인 과거의 한구석을 찬탈하려고 이런 설득력 없는 위장을 하고—머리를 헤나 물감으로 물들이고, 노파들이나 신는 저런 신을 신고—여기에 자리를 잡기라도 한 것처럼. 가만보니 얼굴의 잿빛이 섞인 살갗은 온통 자디잔 주근깨투성이였다. 클레어 같은 황갈색 주근깨도 아니었고, 크리스티 뒤그넌의 묘하게 소녀같은 팔뚝 위에 떼를 지어 몰려다니던 그 물방울이 튄 듯한 커다란 주근깨도 아니었다. 또 그러고 보면 요즘 내 손등이나 어깨 쇄골의 양쪽 비스듬한 곳의 닭살처럼 창백한 살에 나타나기 시작한 걱정스러운 주근깨도 아니었다. 훨씬 진한 색, 클레어의 외투 같은 칙칙한 갈색에 가까운 색이었으며, 바늘로 찍어놓은 점만한 크기밖에 안 되었다. 이런 말 하기는 뭐하지만, 전체적으로 오랫동안 청결하지 못한 생활을 한 탓에 생긴 것인 듯한 느낌을 주었다. 그것을 보자 뭔가가 불편하게 마음에 떠오르는 듯했으나, 무엇인지는 정확히 집어낼 수가 없었다.

"그냥, 뭐," 내가 말했다. "집사람이 죽어서요."

도대체 무슨 생각으로 불쑥 그런 이야기를 했는지 알 수가 없다. 뒤에 있던 클레어가 듣지 못했어야 하는데. 애브릴은 아무런 표정 없이 내 얼굴을 빤히 바라보았다. 더 이야기하기를 기대하는 것이 틀림없었다. 하지만 더 무슨 이야기를 할 수 있을까? 어떤 소식에는 설명을 붙이는 것이 불가능하다. 애브릴은 동정심을 보이려고 어깨를 으쓱했다. 한쪽 어깨와 한쪽 입꼬리가 올라갔다.

"안됐군요." 애브릴이 분명하고 단조로운 말투로 말했다. "안타까운 일이네요." 그러나 어쩐지 진심으로 들리지가 않았다.

가을 해가 비스듬하게 마당으로 떨어져 자갈들이 푸르스름하게 반짝거렸다. 현관의 제라늄 화분에는 이 계절의 마지막 꽃들, 솔직히 말하면 이 세상의 마지막 꽃들이 높고 무성하게 피어 있었다.

부드러운 털로 둘러싸인 듯 고요한 골프 호텔에는 우리가, 내 딸아이와 내가 유일한 손님인 것 같았다. 클레어가 오후의 차를 마시고 싶어서 내가 주문하자, 우리는 뒤쪽의 사람 없는 추운 온실로 안내되었다. 바닷가와 썰물을 볼 수 있는 곳이었다. 빙하 같은 공기에도 불구하고 사람들이 흥청거리던 흔적이 소리 없이 남아 있었다. 공기에는 넘쳐흐른 맥주와 오래된 담배 냄새가 섞여 있었고, 구석의 연단 위에는 어울리지 않게 미국 개척시대의 서부를 증언하는 듯한 직립형 피아노가 서 있었는데, 열린 뚜껑 밑에는 건반들이 듬성듬성 이가 빠진 채 얼굴을 찌푸리고 있었다. 농장 마당에서 그 여자를 우연히 만난 뒤로 몸이 떨리고 우울했다. 고음이 깨지고, 들어갈 순간을 놓치고, 무대장치를 부수는 등 비참한 밤을 보낸 뒤에 비틀거리며 무대를 내려오는 프리마돈나 같은 느낌이었다. 클레어와 나는 소파에 나란히 앉았다. 곧 머리가 생강빛에 왠지 어줍어 보이는 청년이 웨이터답게 검은 재킷과 양옆에 줄무늬가 있는 바지를 차려입고 쟁반을 들고 들어와 우리 앞의 낮은 탁자에 쨍강거리며 내려놓더니 커다란 구두 때문인지 비틀거리는 걸음으로 달아나듯이 가버렸다. 티백은 혐오스러운 발명품이다. 어쩌면 지나치게 까다로울지도 모르는 내 눈에는 부주의한 사람이 화장실에서 물을 내리지 않고 남겨둔 것처럼 보인다. 나는 그 토탄土炭색깔의 차를 한 잔 따른 뒤 거기에 주머니에 넣어두었던 병의 내용물을 약간 보강해주었다. 언제든지 마취가 될 만한 것을 가지고 다녀라, 그것이 내가 지난 한 해 동안 배운 것이었다. 오후의 빛은 이제 더러워졌고 겨울 느낌을 풍겼으며, 수평선에는 진창처럼 푸르스름한 구름의 벽이 빽빽하게 쌓여가고 있었다. 파도는 해안선을 따라 자신의 영토를 확보하려고 얌전한 모래밭을 할퀴고 헤적였지만 연거푸 실패했다. 그쪽 바깥에는 야자나무가 더 많았다. 헝클어진 허약한 모습에, 잿빛 껍질은 코끼리 가죽처럼 두껍고 단단해 보였다. 이렇게 추운 북쪽 기후에서도 살아남다니 강인한 종자가 틀림없었다. 그 세포들은 사막의 용광로 같은 더위를 기억할까? 딸아이는 외투에 푹 파묻힌 채 온기를 얻으려고 두 손으로 찻잔을 감싸쥐고 있었다. 그 아기 같은 손톱, 그 옅은 라일락 빛깔을 보자 마음이 알싸했다. 자식은 언제까지나 자식일 뿐이다.

나는 필드, 샬레, 뒤그넌 가족 이야기를 했다.

"과거 속에서 사시네요." 클레어가 말했다.

나는 신랄하게 대꾸하려다가 말을 끊었다. 사실 아이 말이 옳았다. 삶, 진정한 삶이란 투쟁, 지칠 줄 모르는 행동과 긍정, 세상의 벽에 뭉툭한 머리를 들이대는 의지, 그런 것이어야 한다. 그러나 돌아보면 내 에너지의 많은 부분은 늘 피난처, 위안, 또 그래, 솔직히 인정하거니와, 아늑함, 그런 것들을 찾는 단순한 일에 흘러들어가버렸다. 이것은 충격까지는 아니라 해도 놀랄 만한 깨달음이었다. 전에는 나 자신을 단검을 입에 물고 다가오는 모든 사람과 맞서는 해적 같은 사람으로 보았다. 하지만 지금은 그것이 망상이었음을 인정할 수밖에 없다. 숨겨지고, 보호받는 것, 그것이 내가 진정으로 원하던 것이었다. 자궁처럼 따뜻한 곳으로 파고들어 거기에 웅크리는 것, 하늘의 무심한 눈길과 거친 바람의 파괴들로부터 숨는 것. 그래서 과거란 나에게 단지 그러한 은둔일 뿐이다. 나는 손을 비벼 차가운 현재와 더 차가운 미래를 털어내며 열심히 그곳으로 간다. 하지만 정말이지 그것이, 과거가 이떤 존재를 가지고 있을까? 결국 과거란 현재였던 것, 한때 그랬던 것, 지나간 현재일 뿐이다. 그 이상이 아니다. 그래도.

클레어는 거북이처럼 껍질 같은 외투 속으로 머리를 깊이 내리고 구두를 걷어차듯 벗더니 두 발을 작은 탁자 가장자리에 밀듯이 갖다댔다. 스타킹을 신은 여자의 발을 보면 왠지 늘 감동적이다. 발가락들이 한데 겹쳐져 통통하게 융합된 것처럼 보이기 때문인 것 같다. 마일스 그레이스의 발가락들은 자연스럽게, 부자연스럽게 그런 식으로 생겼다. 그가 발가락을 벌리면, 마치 손가락을 벌리듯이 쉽게 벌릴 수 있었는데, 발가락들 사이의 막이 얇디얇은 물갈퀴처럼 펼쳐졌고, 분홍색의 투명한

막에는 마치 잎맥 같은 가는 핏줄들이 무늬를 그리며 퍼져나갔다. 덮개를 덮은 불길처럼 붉은 핏줄이었다. 작은 신의 표지였다, 아무렴.

점점 짙어져가는 저녁의 푸름 한가운데서 갑자기 클레어가 어린 시절 내내 함께 지냈던 장난감 곰 가족이 떠올랐다. 나는 그것들이 약간 역겹고, 살아 있는 것처럼 보이는 것들이라고 생각했다. 클레어의 몸 위로, 침대 옆 램프의 야한 불빛 속으로 몸을 기울여 밤 인사를 할 때면 아이의 이불 가장자리 위에서 여섯 쌍의 작은 유리 눈들이 반짝거리며 나를 바라보곤 했다. 촉촉하게 젖은 갈색에, 움직임이 전혀 없고, 초자연적일 정도로 빈틈이 없는 눈들이었다.

"네 라레스 파밀리아레스* 말이다." 나는 클레어에게 말했다. "지금도 갖고 있겠지? 네가 어릴 때 쓰던 침상에 세워놓았겠지?"

해변을 따라 가파르게 햇빛이 떨어지자 해안선 위의 모래가 뼈처럼 희게 변하고, 구름의 벽을 배경으로 눈부시게 빛나는 하얀 바닷새 한 마리가 낫처럼 생긴 날개로 날아올라 소리도 없이 딱 하고 방향을 꺾더니 좁다란 갈매기 무늬가 되어 제멋대로 꿈틀거리는 바다의 등으로 곤두박질쳤다. 클레어는 잠시 꼼짝도 않고 앉아 있다가 이내 울기 시작했다. 소리는 없고 눈물뿐이었다. 우리 앞의 높은 유리벽에서 떨어지는 바다의 마지막 광채를 받아 반짝거리는 수은 구슬들 같았다. 우는 것, 그렇게 소리 없이 우발적으로 우는 것도 아이가 자기 어머니를 닮은 점이다.

"아버지만 힘든 게 아니에요." 클레어가 말했다.

---

* 로마신화에 나오는 가족의 수호신들.

나는 그애, 정말이지 내 딸에 관해 아는 것이 너무 없다. 그애가 어렸을 때, 열둘인가 열셋인가, 막 사춘기의 문지방에 서 있던 어느 날, 욕실 문을 확 열고 들어갔다가 그애와 마주친 적이 있다. 아이가 깜빡 잊고 문을 잠그지 않은 것이다. 머리에 터번처럼 수건 한 장만 바싹 동여맸을 뿐 벌거벗은 채였다. 아이는 서리가 긴 창문으로 폭포처럼 흘러내리는 고요한 빛 속에서 고개를 돌려 어깨 너머로 나를 보았다. 전혀 당황하지 않고, 자기 자신의 모습 그대로 물끄러미 나를 바라보았다. 가슴은 여전히 봉오리였지만, 이미 엉덩이는 지금처럼 커다란 멜론 같은 느낌을 주었다. 나는 무엇을 느꼈을까, 거기서 아이를 보면서? 부드러움, 그리고 어떤 겁 같은 것이 겹쳐진 내적 혼돈. 10년 뒤 클레어는 미술사 공부, 보블랭*과 페트 갈랑트 양식 공부를 포기했다. 그게 내 딸이다. 아니, 내 딸이었다. 아이는 대신 도시에 점점 불어나는, 끓어오르는 슬럼 한 곳에서 뒤처진 아이들을 가르치는 일을 시작했다. 이 무슨 재능의 낭비인가. 나는 아이를 용서할 수 없었고, 지금도 용서할 수가 없다. 용서하려 하지만, 되지 않는다. 그게 다 어떤 청년 때문이었다. 턱이 빈약한 책벌레 같은 녀석이었는데, 극단적인 평등주의적 견해의 소유자였다. 딸애는 그 녀석한테 마음을 두었다. 그 연애는, 과연 연애였는지 모르겠지만—나는 딸아이가 지금도 처녀라고 생각한다—어쨌든 아이한테 안 좋게 끝이 났다. 그 무뢰한은 딸아이가 평생할 수 있었을 만한 일을 포기하고 쓸데없는 사회적 행동에 나서도록 설득한 뒤에 달아나버렸고, 내 가엾은 딸은 궁지에 몰렸다. 나는 그 녀

---

* Jean Vaublin. 존 밴빌이 자기 이름의 철자를 이용해 만든 가상의 화가.

석을 쫓아가 죽여버리고 싶었다. 나는 좋은 변호사를 사서 약속을 깬 죄로 그 녀석을 고발하는 일 정도는 하게 해달라고 말했다. 애나는 그 만하라고, 내가 사태를 더 악화시킬 뿐이라고 말했다. 애나는 이미 아플 때였다. 내가 어쩌겠는가?

밖은 어스름이 짙어갔다. 조금 전까지 잠잠하던 바다는 이제 희미하게 출렁거리기 시작했다. 조수가 바뀐 것 같았다. 클레어는 눈물을 그쳤지만 닦아내지는 않았다. 그게 거기 있는지도 모르는 것 같았다. 나는 몸을 떨었다. 요즘에는 교회 마당을 가득 채울 만한 조객들이 내 무덤 위를 무심하게 배회하고 있다.

모닝코트를 입은 몸집이 커다란 남자가 우리 뒤쪽 문간에서 하인의 걸음걸이로 소리 없이 다가와 정중하게 묻는 태도로 우리를 보다가 나와 눈이 마주치자 다시 멀어져갔다. 클레어는 콧소리를 내더니 주머니를 뒤져 손수건을 꺼내 힘차게 코를 풀었다.

"힘들다는 게 무슨 뜻이냐에 따라 다르지." 내가 부드럽게 말했다.

클레어는 아무 대꾸도 없이 손수건을 집어넣더니 일어서서 얼굴을 찌푸리고 주위를 둘러보았다. 뭔가를 찾는 듯했지만, 자기도 뭘 찾는지 모르는 것 같았다. 클레어는 차에서 기다리겠다고 말하더니, 고개를 숙이고 그 외투 모양으로 생긴 모피의 주머니에 두 손을 푹 찌르고 걸어가버렸다. 나는 한숨을 쉬었다. 시커메지는 둥근 천장 같은 하늘을 배경으로 바닷새들이 솟아오르더니 찢어진 넝마쪽처럼 흩어졌다. 순간 머리가 아프다는 사실을 깨달았다. 이 피로한 공기가 가득한 유리 상자에 처음 앉았을 때부터 나도 모르게 두통이 내 두개골 속을 두드려대고 있었던 것이다.

어린 웨이터가 여우 새끼처럼 머뭇거리는 발걸음으로 돌아와 쟁반을 치우려고 했다. 이마에 당근 같은 머리카락이 맥없이 앞으로 늘어져 있었다. 그 색깔을 보니 이 웨이터 역시 뒤그넌 씨족의 한 사람일지도 모른다는 생각이 들었다. 막내 쪽에서 흘러나온 핏줄일까. 나는 웨이터에게 이름을 물어보았다. 웨이터는 동작을 멈추더니 허리 위를 어색하게 앞으로 기울이며 옅은 색 눈썹 밑의 눈으로 나를 보았다. 호기심과 놀라움이 섞인 표정이었다. 재킷은 군데군데 닳아서 번들거렸으며, 셔츠의 너덜너덜한 소매는 더러웠다.

"빌리입니다." 웨이터가 말했다.

나는 웨이터에게 동전 한 닢을 주었다. 그는 고맙다고 말하고 동전을 집어넣더니 쟁반을 들고 몸을 돌리다 머뭇거렸다.

"괜찮으세요?"

나는 자동차 열쇠를 꺼내 바라보며 당황하고 있었다. 모든 것이 다른 것으로 보였다. 나는, 그래, 괜찮아, 하고 대꾸했고 웨이터는 자리를 떴다. 주위의 적막이 바다처럼 무거웠다. 단 위의 피아노가 싱긋 그 무시무시한 웃음을 던졌다.

로비를 나서는데 모닝코트를 입은 남자가 그곳에 서 있었다. 납빛의 커다란, 묘하게도 특색이 없는 얼굴이었다. 그는 나에게 고개를 숙이며 활짝 웃었다. 가슴 앞에서 두 손을 맞잡고 있었다. 오페라에 나오는 사람의 몸짓 같은, 약간 과하게 느껴지는 몸짓이었다. 그런 사람들의 무엇 때문에 내가 그들을 기억하게 되는 걸까? 그의 표정은 반드러우면서도 어딘가 모르게 위협적이었다. 어쩌면 자신에게도 팁을 주기를 기대한 것인지 모른다. 내가 늘 말하지만, 이 세상이란.

클레어는 차 옆에서 어깨를 웅크린 채 기다리고 있었다. 늘어진 외투 소매가 벙어리장갑 노릇을 했다.

"열쇠를 달라고 하지 그랬냐." 내가 말했다. "내가 안 줄 거라고 생각했어?"

집으로 돌아가는 길에 클레어는 내가 완강하게 저항했음에도 운전대를 잡겠다고 고집을 부렸다. 이제 밤이 깊었다. 아직 잎을 벗지 않은 무시무시하게 생긴 나무들이 꼼짝도 않고 있다가 둥글게 뜬 눈으로 쏘아보는 전조등 불빛을 보더니 우리 앞으로 갑자기 튀어나왔다. 나무들은 나타날 때처럼 갑자기 사라져버렸다. 마치 우리가 지나가는 압력에 밀려 양쪽의 어둠 속으로 쓰러져버리는 것 같았다. 클레어는 몸을 앞으로 바짝 기울이고 있었기 때문에 코가 앞유리에 닿을 것 같았다. 대시보드에서 올라오는 녹색 가스 같은 불빛 때문에 그애의 얼굴에 유령의 색조가 번졌다. 나는, 그러게 내가 운전을 한다지 않았냐, 하고 말했다. 클레어는 내가 술을 너무 많이 마셔서 운전할 수 없다고 말했다. 나는 많이 마시지 않았다고 말했다. 아이는 내가 뒷주머니의 술병을 다 마셨다고, 그것을 비우는 걸 자기가 보았다고 말했다. 나는 이런 식으로 나를 비난하는 것은 주제넘은 일이라고 말했다. 아이는 다시 울면서, 울음 사이로 소리를 질렀다. 나는 설사 술에 취했다 해도 네가 이런 식으로 운전하는 것보다는 내가 하는 게 덜 위험하겠다고 말했다. 그런 식으로 계속되었다. 망치로 부젓가락을 때려대듯, 이빨로 물고 손톱으로 할퀴듯, 아니면 또 뭐라고 부르든 어쨌든 그런 식으로 계속되었다. 나는 받은 만큼, 아니 당한 만큼 갚았다. 그냥 사실을 바로 잡으려고, 어미가 죽어간 1년 동안 그 가장 좋은 기간*에, 아니 그 가장 나쁜 기간에―언어란 얼마나 부정확한지, 그것이 필요한 때에 얼마나 불충분한지―그애는 편리하게도 해외에 나가 있었고, 자기 공부나 쫓아다녔고, 나 혼자 남아 전력을 다해 감당했다는 사실을 일깨워주었다. 이것이 정곡을 찔렀다. 클레어는 이를 악물고 쉰 목소리로 고함을 질렀으며, 손바닥의 도톰한 부분으로 운전대를 쾅쾅 쳐댔다. 이어 나에게 온갖 비난을 퍼붓기 시작했다. 아이는 내가 제롬을 몰아냈다고 말했다. 나는 입을 다물었다. 제롬? 제롬? 물론 그 턱이 없는 선행가―클레어한테 퍽이나 많은 선행을 했지―이자 언젠가 딸아이의 애정의 대상이었던 녀석 이야기였다. 제롬, 그래, 그게 그 악당의 어울리지 않는 이름이었다. 어떻게, 말해봐라, 나는 자제하며 물었다, 어떻게 내가 그 녀석을 몰아냈다는 거냐? 그 질문에 클레어는 머리를 쳐들며 콧소리만 냈다. 나는 생각에 잠겼다. 그 녀석이 어울리지 않는 구혼자라고 생각했고, 또 실제로 그렇게 말한 것, 날카롭게, 한 번 이상 말한 것은 사실이었다. 하지만 이 아이는 마치 내가 말채찍을 휘두르거나 산탄총을 쏴댄 것처럼 말하지 않는가. 게다가 내 반대로 그 녀석이 물러난 것이라면, 도대체 그 녀석의 성품이나 목적을 추구하는 끈기 같은 것은 어떻게 봐줘야 한단 말인가? 아냐 아냐, 그런 녀석에게서 벗어났으니 잘된 거야, 그건 확실해. 그러나 당장은 그 이상 이야기하지 않았다. 내 생각을 이야기하지 않았다. 1, 2마일 더 가자 아이 속에서 타던 불이 꺼졌다. 내가 본 여자들은 늘 그랬다. 오래 기다리기만 하면 내 뜻대로 할 수 있었다.

---

* 영어에서는 이렇게 말하면 '대부분의 기간'이라는 뜻이 된다.

집에 도착하자 나는 아이한테 주차를 맡겨두고 곧장 집안으로 들어가 전화번호부에서 시더스의 번호를 찾아 배버수어 양에게 전화해 방을 하나 빌리고 싶다고 말했다. 이어 위층으로 올라가 속옷만 입고 침대로 기어들어갔다. 갑자기 몹시 피곤했다. 딸과 싸우면 어김없이 진이 다 빠진다. 그 무렵 나는 애나와 함께 쓰던 방에서 부엌 위의 빈방으로 옮겨가 있었다. 예전에 육아실로 쓰던 방으로, 침대는 낮고 좁았다. 간이침대에 가까웠다. 아래 부엌에서 클레어가 움직이는 소리가 들렸다. 단지와 팬이 덜거덕거렸다. 그애한테는 이 집을 팔기로 했다는 이야기를 아직 하지 않았다. V양은 전화에서 얼마나 있을 계획이냐고 물었다. 어리둥절한, 심지어 믿지 못하겠다는 듯한 말투였다. 나는 일부러 모호한 태도를 유지했다. 몇 주 정도입니다. 나는 말했다. 어쩌면 몇 달이 될 수도 있고요. 그녀는 한참 입을 다물고 생각했다. 이윽고 그녀는 대령 이야기를 했다. 그분은 상주자예요. 그녀가 말했다. 생활방식이 딱 정해져 있어요. 나는 그 점에 대해서는 먼저 나서서 말하지 않았다. 대령들이 나하고 무슨 상관인가? 장교만 한 부대 들인다 해도 나는 아무 상관 없었다. V양은 세탁물을 밖으로 내보내야 한다고 말했다. 나는 그녀에게 나를 기억하느냐고 물었다. "아, 그럼요." 그녀는 아무런 음조 변화 없이 말했다. "네, 물론이죠, 기억해요."

층계에서 클레어의 발소리가 들렸다. 이제 아이의 분노는 다 빠져나가버렸다. 무거운 발을 처량하게 질질 끌고 있었다. 틀림없이 그애도 그런 말다툼이 피곤할 것이다. 방문이 약간 열려 있었지만 아이는 들어오지 않고 그냥 열린 틈으로 께느른하게 배고프냐고 묻기만 했다. 방안의 등을 켜지 않기 때문에 아이가 서 있는 층계참으로부터 리놀

룸을 가로질러 점점 좁아지는 긴 사다리꼴 모양의 빛이 새어 들어왔다. 그 빛은 유년으로, 그애의 유년과 나의 유년으로 곧장 통하는 통로였다. 클레어가 어려서 이 방에서, 이 침대에서 잘 때, 아래층 서재에서 들리는 내 타자기 소리 듣는 걸 좋아했는데. 마음이 편해지더라고요. 그애는 말했다. 생각하는 소리를 듣는 것처럼 말이에요. 나로서야 내가 생각하는 소리가 어떻게 누군가에게 위로가 될 수 있는지 알 도리가 없었지만. 그 반대겠지, 나는 그렇게 말했어야 했다. 아, 하지만 얼마나 먼가, 지금은, 그날들이, 그 밤들이. 역시 아이는 차 안에서 나한테 그렇게 소리를 지르지 말았어야 했다. 나는 그런 일을 당할 만한 짓을 하지 않았다. "아버지." 클레어가 다시 말했다. 이번에는 약간 성깔이 묻어났다. "저녁 드실래요, 안 드실래요?" 나는 대답하지 않았고, 아이는 가버렸다. 과거 속에서 사시네요. 그래, 그렇다.

나는 빛에 등을 돌리고 벽을 향해 방향을 틀었다. 무릎을 굽혔는데도 발이 여전히 침대 밖으로 삐져나왔다. 뒤엉킨 시트들—침대보는 도무지 감당이 안 되는 물건이다—위에서 몸을 들어올리다 치즈 같은 따뜻한 냄새, 내 냄새가 확 풍기는 것을 느꼈다. 애나가 아프기 전에는 나의 신체적 자아를 좋아하면서도 역겨워하는 정도였다, 사람들이 대부분 그러듯이—그러니까 내 자아를 가지고 그런다는 게 아니라, 각자 자기 자아를 가지고 그런다는 뜻이다. 그때는 부득이하게 나의 애처롭고 피할 길 없는 인간됨의 산물들을 참아내며 살았다. 다양한 악취들, 앞과 뒤에서 나오는 트림, 만성 요도염, 비듬, 땀을 비롯한 다른 새어나오는 것들, 그리고 심지어 하트퍼드의 음유시인*이 색다르게 하계의 미립자들이라고 부르는 것까지. 그러나 애나의 몸이 그녀를 배반하는 바람에 그녀가 자신의 몸과 그 낯선 가능성들을 두려워하게 되자, 나도 신비한 전이과정에 의해 나 자신의 살에 근질거리는 혐오를 느끼게 되었다. 늘 이런 자기혐오의 느낌이 있는 것은 아니다. 어쨌든 늘 그것을 의식하지는 않는다. 물론 그 감정은 늘 그 자리에 있을지도 모르지만, 내가 혼자가 되기를 기다리면서. 밤에, 특히 이른 아침에, 그 혐오는 습지의 독기 서린 가스처럼 내 주위에서 피어오른다. 나는 또 내 몸의 공정들, 점진적으로 이루어지는 공정들에도 느글거리는 매혹을 느끼게 되었다. 예를 들어 내가 어떤 상태든, 내가 어떤 괴로움을 겪든, 머리카락과 손톱이 집요하게 자라는 것. 이미 죽은 물질의 이런 무자비한 발생은 너무 배려가 없고, 상황에 무심한 것 같다. 위층의 차가운 침대에 입을 벌리고 눈이 흐려진 채 널브러진 주인이 다시는 거칠게 빻은 먹이를 접시에 쏟아줄 수도, 마지막 정어리 통조림을 가져오려고 열쇠를 집어들 수도 없다는 사실을 모르고, 또는 그런 사실에 개의치 않고 동물이 계속 동물로서 자기 할 일을 하는 것과 마찬가지다.

타자기 이야기가 나와서 말인데—내가 했다, 조금 전에 타자기 이야기를 했다—어젯밤 꿈에서 타자기가 막 나에게로 돌아왔다. 나는 나라는 말이 없는 타자기로 유언장을 쓰려 하고 있었다. 그러니까 소문자와 대문자 I 자판이 없는 타자기로.

여기 아래, 바닷가의 밤의 정적에는 뭔가 특별한 것이 있다. 내가 그러는 것인지도 모르겠다. 그러니까 내 방, 심지어 집 전체의 정적에 내

---

* 미국 시인 월리스 스티븐스를 가리킨다.

가 그 특별한 것을 가져오는지도 모르겠다는 말이다. 아니면 이 동네이기 때문에 그럴 수도 있다. 어쩌면 공기 중의 소금 때문일 수도 있고, 바닷가의 일반적인 기후 때문일 수도 있다. 어릴 때 필드에 묵을 때는 이런 정적을 느낀 기억이 없다. 이 정적은 밀도가 높으면서도 속이 텅 빈 듯하다. 이 정적이 나에게 일깨우는 것이 무엇인지 확인하는데 오랜 시간, 여러 밤이 걸렸다. 이 정적은 어린 시절 병실에서 알게된 정적과 같다. 나는 열이 높아 뜨겁고 축축한 담요 더미 속에, 마치고치 속에 들어간 듯 누워 있었다. 공허가 마치 공 모양의 잠수함 속공기처럼 내 고막으로 비집고 들어왔다. 그 시절의 병病은 특별한 곳, 동떨어진 곳, 다른 누구도 들어올 수 없는 곳이었다. 몸에 소름이 돋게만드는 청진기를 목에 건 의사도, 심지어 내 불타는 이마에 서늘한 손을 올려놓는 어머니도 못 들어왔다. 병은 지금 내가 있다고 느끼는 곳과 비슷하다. 어디로부터도, 누구로부터도 멀리 떨어진 곳이다. 나는집안의 다른 사람들, 배버수어 양, 대령, 각자의 방에 잠들어 있을 사람들을 생각한다. 그러다 어쩌면 그들이 잠들어 있지 않을 거라는, 깨어 있을 거라는, 나처럼, 어두운 얼굴에 퀭한 눈으로 납빛을 띤 푸르스름한 어둠을 바라보고 있을 거라는 생각이 든다. 어쩌면 뒤에 말한 사람은 앞에 말한 사람을 생각하고 있을 것이다. 대령은 우리 여주인에게 어떤 마음을 품고 있으니까. 그 점은 확실하다. 하지만 여주인은 대령의 등뒤에서 대령을 '실수 대령'이니 '우리의 용감한 군인'이니 하고부르며 비웃는다. 그렇다고 호감이 전혀 섞이지 않은 것은 아니지만. 어떤 날 아침에 보면 밤새 운 것처럼 그녀의 눈 주위가 새빨갛다. 일어난 모든 일이 자기 탓이라고 생각하며 여전히 비통해하는 걸까? 그러고 보면 우리는 슬픔의 작디작은 배들이 아닌가, 어두운 가을을 헤치며 이 먹먹한 정적을 떠돌아다니는 작은 배.

　나는 특히 밤이면 그레이스 가족을 생각했다. 샬레의 열린 창문 밑에 놓인 비좁은 철제 침대에 누워 있으면, 저 아래 해변에서 계속 부서지는 귀에 거슬리는 단조로운 파도 소리, 잠이 없는 바닷새가 혼자 우는 소리, 가끔은 멀리서 흰눈썹뜸부기가 재잘거리는 소리, 마지막 느린 왈츠를 연주하는 골프 호텔 댄스밴드의 희미하고 화려한 신음 소리, 앞방에서 어머니와 아버지가 싸우는 소리가 들렸다. 어머니와 아버지는 내가 잠이 들었다고 생각하면 싸웠다. 낮은 목소리로 끝도 없이 서로에게 달려들었다. 매일 밤, 매일 밤 그러다가 마침내 어느 마지막 밤에 아버지는 우리를 떠났고, 다시는 돌아오지 않았다. 하지만 그때는 겨울이었고, 어디 다른 곳이었고, 몇 년 뒤였다. 나는 어머니와 아버지가 말하는 소리를 듣지 않으려고 드라마를 만들며 그쪽으로 정신을 팔았다. 드라마 속에서는 어떤 크고 광범한 재난이 벌어졌고, 난파를 당하거나 파괴적인 폭풍이 밀려왔고, 그런 곤경에서 나는 그레이스 부인을 구해 동굴에 안전하게 피신시켰다. 동굴은 편리하게도 건조하고 따뜻했다. 동굴로 비쳐드는 달빛 속에서—배는 이제 가라앉았고, 폭풍은 잠잠해졌다—나는 부드러운 손길로 그녀가 흠뻑 젖은 수영복을 벗는 것을 도와주고, 인광을 발하는 그녀의 나체에 수건을 둘러주었다. 우리는 함께 누웠다. 그녀는 내 팔에 머리를 기대고 감사하는 마음으로 내 얼굴을 어루만지며 한숨을 쉬었다. 그렇게 우리는 함께 잠이 들었다, 그녀와 내가, 광활하고 부드러운 여름밤에 휘감긴 채.

그 시절에 나는 신들에게 흠뻑 빠져 있었다. 유일신 하느님 이야기가 아니라, 일반적인 신들 이야기다. 또는 신들이라는 생각, 그러니까 신들의 가능성 이야기다. 나는 열심히 책을 읽었으며, 그리스신화에 대한 상당한 지식을 갖추고 있었다. 물론 거기 나오는 인물들을 다 꿰기는 힘들었다. 하도 자주 변신을 하고, 하도 여러 가지 모험을 했기 때문이다. 그 신들은 어쩔 수 없이 양식화된 이미지로 나에게 나타났다. 공작용 점토로 만든 듯한 거의 벌거벗은 커다란 형상들, 온통 힘줄이 불거진 근육으로 덮여 있거나 깔때기를 뒤집어놓은 듯한 젖가슴이 달린 형상들. 이탈리아 르네상스의 위대한 거장들, 특히 미켈란젤로의 작품들에서 파생된 이미지일 터인데, 아마 나는 책이나 잡지에서 그런 그림들의 복제품을 보았을 것이다. 나는 늘 드러난 살이 나온 곳을 찾아다녔으니까. 물론 내가 가장 좋아한 것은 이 천상의 존재들의 에로틱한 행동이었다. 가운이나 우연히 놓인—아마 우연이겠지만 그럼에도 로즈의 비치타월, 그리고 무엇보다도 코니 그레이스의 수영복처럼 정숙을 완전하게 보호해주는 바람에 좌절감을 안겨주는—자그마한 거즈 외에는 아무런 방해물 없이 긴장된 또 긴장되어 떨리는 벌거벗은 그 모든 살과 관련된 생각들은 내 미숙하지만 이미 과열된 상상 속에 사랑과 사랑으로 인한 일탈의 백일몽을 넘치도록 채워넣었다. 그 모두가 쫓고 붙잡고 폭력적으로 정복한다는 변함없는 형식을 갖추고 있었다. 그리스의 황금가루가 덮인 이 실랑이의 세부적인 내용에 관해서는 거의 이해를 하지 못했다. 나는 황갈색의 허벅지들이 상하로 움직이며 부르르 떨리는 모습, 희끄무레한 허리가 그 허벅지에 자신을 내맡기는 동시에 움츠러드는 모습을 상상했고, 환희와 달콤한 고통이 뒤섞인 신음을 들었다. 그러나 그 행동의 기계적인 부분은 알지를 못했다. 한번은 버로Burrow—해안과 들판 사이에 띠 모양의 잡목이 우거진 땅을 그렇게 불렀다—의 엉겅퀴가 덮인 좁은 길을 따라 걸어가다가 얕은 모래웅덩이에 들어가 우비를 덮고 사랑을 나누던 남녀에게 걸려 넘어질 뻔했다. 그들이 열심히 움직이는 통에 우비가 위로 밀려올라가, 그들의 머리는 가려주었지만 꼬리는 가려주지 못했다. 어쩌면 일부러 그렇게 한 것인지도 모른다. 어차피 엉덩이보다는 훨씬 더 쉽게 알아볼 수 있는 얼굴을 가리는 쪽을 택한 건지도 모른다는 말이다. 어쨌든 그곳에서 그것을 보자, 새의 차골叉骨을 똑바로 세워놓은 것처럼 들어올려 넓게 벌린 여자의 두 다리 사이에서 남자의 양 옆구리가 바쁘게 율동적으로 움직이는 것을 보자, 목안이 부어오르고 뻑뻑해지는 듯했고, 피가 솟구쳐오르면서 공포와 더불어 전율이 섞인 혐오감을 느꼈다. 그래, 이런 거구나. 나는 생각했다. 아니, 생각되어졌다. 그래, 이것이 사람들이 하는 거구나.

다 큰 사람들 사이의 사랑. 그것을 그려보니, 그려보려니 이상했다. 별들만 지켜보는 밤의 어둠에 싸여 올림포스의 침대에서 드잡이를 하는 모습, 붙들며 죄고, 애무하며 헐떡거리고, 기쁨에 겨워 고통스러운 듯 소리를 지르는 모습. 어떻게 이런 어두운 행위를 대낮의 자아 앞에서 정당화할까? 그것이 내가 몹시 곤혹스러워하던 것이었다. 왜 부끄러워하지 않을까? 예를 들어 일요일 아침이면 토요일 밤의 야단법석으로 인한 흥분이 남은 몸으로 교회에 간다. 사제는 입구에서 그들을 맞이하고, 그들은 순결하게 웃음을 지으며, 순박한 말을 중얼거린다. 여자는 성수반에 손끝을 담가 집요하게 남은 애액의 자취를 성수와 섞는다. 일요일 정장의 천이 스치는 허벅지는 쾌락을 기억한다. 십사가에서 그들을 응시하는 그들의 구세주 상의 애처롭고 책망하는 눈길도 거슬리지 않는 듯 태연하게 무릎을 꿇는다. 정오에 일요일 정찬을 먹은 뒤에는 아이들을 밖에 나가 놀라고 내보내고 커튼을 드리운 침실이라는 성소로 들어가 내 마음의 충혈된 눈이 깜빡거리지도 않고 자신들에게 고정되어 있다는 사실을 모르는 채 다시 그 일을 할 것이다. 그래, 나는 그런 종류의 아이였다. 아니, 나의 일부는 여전히 그때의 그런 종류의 아이라고 말하는 것이 낫겠다. 말을 바꾸면, 마음이 더러운 작은 짐승이라는 것이다. 그렇다고 다른 종류가 있는 것도 아니겠지만. 우리는 결코 자라지 않는다. 어쨌든 나는 결코 자라지 않았다.

낮이면 나는 그레이스 부인을 한 번 훔쳐보기라도 할 수 있을까 싶어 스테이션 로드 주위를 배회했다. 녹색 철대문 옆을 지나가다 몽유병자의 속도로 발걸음을 늦추고, 내가 그녀의 남편을 처음 보았던 날처럼 그녀도 현관문에서 걸어나와주기를 바랐지만, 그녀는 고집스럽게 집안에만 있었다. 나는 절망에 사로잡혀 집 너머 정원의 빨랫줄을 살피곤 했으나, 눈에 보이는 것은 아이들 빨래뿐이었다. 아이들의 반바지와 양말, 그리고 시시하게도 클로이의 빈약한 속옷가지 한두 개 정도. 물론 아이들 아버지의 흐늘흐늘한 잿빛 속옷도 있었다. 한번은 심지어 그의 모래 양동이 같은 모자가 맵시를 낸 각도로 집게에 걸려 있기도 했다. 거기 걸려 있는 것들 가운데 내가 유일하게 본 그레이스 부인의 옷가지는 검은 수영복뿐이었다. 어깨끈을 집어 걸어두었는데, 축 늘어져 심하다 싶을 정도로 텅 비어 보였다. 게다가 이제는 말라서 바다표범 가죽보다는 퓨마의 모피 같았다. 나는 창문 안을 들여다보기도 했다.

특히 위층의 침실 창문들을 보았다. 덕분에 하루는 보답을 받았다―심장이 얼마나 망치질을 하던지! 어둑한 창문 뒤로 벗은 허벅지 같은 것을 잠깐 본 것이다. 그레이스 부인의 허벅지일 수밖에 없었다. 그러나 그 경배를 받을 살이 움직이더니, 털이 무성한 남편의 어깨로 바뀌어버렸다. 변기에 앉아 있는지 두루마리 화장지로 손을 뻗고 있었다.

문이 실제로 열린 날이 있었다. 그러나 나온 사람은 로즈였다. 그녀는 나에게 눈길을 주었는데, 나는 그 눈길 때문에 눈을 내리깔고 서둘러 지나갔다. 그래, 로즈는 처음부터 나를 꿰뚫어보았다. 틀림없이 지금도 그럴 것이다.

나는 집안으로 들어가 그레이스 부인이 걸었던 곳을 걷고, 그녀가 앉았던 곳에 앉고, 그녀가 만졌던 것을 만지기로 결심했다. 그 목적을 달성하려고 클로이와 그녀의 남동생을 사귀기 시작했다. 그것은, 어린 시절에는 이런 일들이 그렇듯이, 나처럼 신중한 아이한테도 아주 쉬운 일이었다. 그 나이에는 잡담을 할 필요가 없다. 정중하게 다가가서 만나는 의식이 필요 없다. 그냥 가까이 밀고 들어가 어떤 일이 생기는지 기다려보기만 하면 된다. 나는 어느 날 두 아이가 스트랜드 카페 바깥의 자갈밭에서 어슬렁거리는 것을 보았다. 그 아이들이 나를 보기 전에 내가 먼저 보았다. 나는 길을 대각선으로 가로질러 그 아이들이 서 있는 곳에 가서 발을 멈추었다. 마일스는 완전히 집중해서 아이스크림을 먹고 있었다. 마치 고양이가 새끼 고양이를 핥듯이 사방을 골고루 핥고 있었다. 클로이는 자기 것을 다 먹은 뒤인 것 같았는데, 카페 문간에 기대어 무기력한 권태가 피어오르는 자세로 동생이 다 먹기를 기다리고 있었다. 샌들을 신은 한 발은 다른 쪽 발등에 올려놓고, 얼굴은 무표정하게 햇빛을 향해 들어올리고 있었다. 나는 아무 말도 하지 않았고, 그들도 마찬가지였다. 우리 셋은 그냥 거기에서 아침 햇살을 받으며 바닷말과 바닐라와 스트랜드 카페에서 커피라고 부르는 것의 냄새들 사이에 서 있었다. 마침내 클로이가 먼저 머리를 숙여 눈길을 내 무릎으로 낮추면서 이름을 물었다. 내가 말해주자 클로이는 자기 입으로 되뇌어보았다, 이로 씹어봐야 할 수상쩍은 동전이라도 되는 것처럼.

"모든?" 클로이가 말했다. "무슨 이름이 그래?"

우리는 스테이션 로드를 따라 천천히 걸어갔다. 클로이와 내가 앞에 서고 마일스는 뒤에서 따라왔다. 뒤에 바짝 붙어 까불거리고 있었다─그렇게 덧붙이고 싶은 마음이다. 우리는 도시에서 왔어, 클로이가 말했다. 그것은 나도 쉽게 짐작할 수 있는 사실이었다. 클로이는 내가 어디 묵고 있느냐고 물었다. 나는 모호하게 손짓을 했다.

"저 아래." 내가 말했다. "교회 지나서."

"주택에 아니면 호텔에?"

클로이는 머리가 얼마나 빠르게 돌아가던지. 나는 거짓말을 할까 생각했다─"사실, 골프 호텔에 있어." 그러나 거짓말이 결국 어디에 이를지 빤히 보였다.

"샬레에." 나는 웅얼거렸다.

클로이가 생각에 잠긴 표정으로 고개를 끄덕였다.

"나도 샬레에 한번 묵어보고 싶었는데." 클로이가 말했다.

그러나 그 말은 위안이 되지 않았다. 외려 순간적이지만 아주 선명하게, 내 방 창문 너머 루핀 숲 사이에 서 있는 기울어진 작은 목재 변소의 모습이 떠올랐다. 심지어 문 바로 안쪽의 녹슨 못에 꽂혀 있는,

78

네모나게 잘라놓은 신문지에서 나는 메마른 목질의 냄새가 확 풍겨오는 것 같기도 했다.

우리는 시더스에 이르러 대문 앞에 멈추었다. 자갈밭에는 차가 주차되어 있었다. 방금 들어온 것이 분명했다. 엔진이 식으면서 수다스럽게 불평을 하며 자신에게 혀를 차는 소리가 들렸기 때문이다. 집안 라디오에서는 어느 팜코트 악단*의 사탕을 녹이는 듯한 음악이 희미하게 흘러나왔다. 나는 그레이스 부인과 그녀의 남편이 안에서 함께 춤을 추며 가구 주위를 쓸고 돌아다니는 모습을 그려보았다. 그녀는 머리를 뒤로 젖혀 목을 훤히 드러내고, 그는 사티로스의 털 많은 뒷다리로 종종걸음을 치면서 그녀의 얼굴을 열심히 쳐다보며―남편은 그녀보다 1, 2인치쯤 작았다―싱글거리겠지. 그의 날카롭고 작은 이가 다 드러나고, 얼음처럼 푸르스름한 눈은 유쾌한 욕정으로 불이 환하게 밝혀졌겠지. 클로이는 샌들 앞쪽 끝으로 자갈밭에 무늬를 그렸다. 종아리에는 희고 가는 털이 있었지만, 정강이는 돌처럼 매끄럽게 반짝였다. 갑자기 마일스가 살짝 뛰어올랐다. 아니, 앞으로 가볍게 뛰었다, 마치 기쁜 일이 생긴 것처럼. 그러나 그렇게 보기에는 또 너무 기계적인 동작이었다. 마치 시계의 인형이 갑자기 살아난 것 같았다. 마일스는 손바닥으로 장난스럽게 내 뒤통수를 치더니 깔깔거리며 방향을 틀어 민첩하게 대문의 봉들 위로 기어올라가 반대편 자갈밭으로 뛰어내렸다. 마일스는 몸을 빙글 돌려 우리를 마주보더니 무릎과 팔꿈치를 구부리고 몸을 웅크렸다. 마치 갈채를 요구하는 곡예사 같았다. 클로이는 얼굴

---

* 1920~30년대 야자나무 화분을 늘어놓은 호텔의 라운지에서 연주하던 악단.

을 찌푸리더니 한쪽 입꼬리를 아래로 내렸다.

"쟤는 냅둬." 클로이가 권태롭고 짜증스러운 표정으로 말했다. "쟤는 말도 못해."

그들은 쌍둥이였다. 나는 전에 쌍둥이를 만나본 적이 없었다, 실물로는. 그래서 매혹을 느끼면서도 동시에 약간은 역겹기도 했다. 내가 보기에는 그런 특수한 상태에는 뭔가 외설적인 무언가가 있는 것 같았다. 사실 그들은 남매였기 때문에 똑같을 수가 없었다—똑같은 쌍둥이라는 생각만으로도 은밀하고 신비한 흥분 때문에 전율이 등골을 타고 흘렀다. 그럼에도 그들 사이에는 틀림없이 무시무시할 정도로 깊은 친밀성이 있을 것이다. 그것은 어떤 것일까? 마음은 하나에 몸은 둘인 상태? 생각만으로도 혐오스러울 정도였다. 다른 사람의 몸이 어떤지를, 그 여러 가지 기관들, 여러 가지 냄새들, 여러 가지 충동들을, 말하자면 그 안으로부터 내밀하게 안다고 상상해보라. 도대체, 도대체 그것은 어떤 것일까? 알고 싶어 안달이 날 지경이었다. 어느 비 오는 일요일 오후—지금 나는 한참을 건너뛰고 있다—임시 영화관에서 우리는 사슬로 묶인 두 범죄자가 서로 묶인 채 탈출하는 영화를 보았다. 내 옆에서 클로이가 몸을 흔들며 탁한 소리, 웃음 섞인 한숨 같은 소리를 냈다. "저것 봐." 클로이가 작은 소리로 말했다. "나하고 마일스가 저거야." 나는 허를 찔린 느낌이었다. 얼굴이 붉어지는 느낌이어서 어두운 것이 고마웠다. 클로이는 어떤 은밀하고 수치스러운 것을 인정했던 것인지도 모른다. 그러나 나는 그런 가까움에 어떤 부적절한 것이 있다는 바로 그런 생각 때문에 더 알고 싶은 마음이 간절했다. 그래, 간절했지만, 동시에 싫기도 했다. 한번은—이것은 더 한참 건너뛴 이야기지만―용기를 내서 클로이한테 한번 솔직히 말해달라고 했다. 남자 형제와―자신의 반쪽과!―그런 불가피한 친밀함을 나누는 상태가 어떤 느낌인지 알고 싶었기 때문이다. 클로이는 잠시 생각하더니 이윽고 두 손을 자신의 얼굴 앞으로 들어올렸다. 두 손바닥을 거의 맞댔지만, 닿지는 않게 했다. "두 개의 자석 같아." 클로이가 말했다. "하지만 방향이 바뀔 때도 있어서 끌기도 하고 밀기도 하지." 클로이는 그런 말을 한 뒤 어두운 침묵에 빠졌다. 이번에는 그애가 부끄러운 비밀을 슬쩍 흘렸다고 생각하는지 나에게서 고개를 돌렸다. 나는 물속에서 너무 오래 숨을 참고 있었을 때처럼 잠시 공황이 섞인 어찔함 같은 것을 느꼈다. 언제든지 간 떨어지게 만들 줄 아는 아이였다, 클로이는.

그들 사이의 유대는 손에 잡힐 듯했다. 나는 끈적끈적하고 빛나는 물질로 만든, 눈에 보이지 않는 가는 실이 그들을 묶고 있다고 상상했다. 거미줄 같은 것, 아니면 달팽이가 이 잎에서 저 잎으로 건너갈 때 뒤에 대롱거릴 것 같은 반짝거리는 가는 실. 강철처럼 단단하고 반짝거리는 것일 수도 있고, 또 하프 현처럼, 아니면 교수형 밧줄처럼 팽팽한 것일 수도 있고. 어쨌든 그들은 서로 연결되어 있었다, 연결되어 묶여 있었다. 그들은 여러 가지를 함께 느꼈다. 고통, 감정, 공포. 생각도 공유했다. 밤에 잠을 깨 서로 숨쉬는 소리에 귀를 기울이며 누워 있기도 했다. 그때까지 같은 꿈을 꾸고 있었다는 것을 알았기 때문이다. 그들은 꿈속에 나타난 것을 서로 이야기하지 않았다. 그럴 필요가 없었다. 이미 알고 있었으니까.

마일스는 날 때부터 벙어리였다. 아니, 간단하게, 말을 한 적이 없다고 하는 것이 좋겠다. 의사들은 마일스의 이런 고집스러운 침묵을 설명할 원인을 찾을 수 없었기 때문에 솔직히 당황했다고 자백했다. 아니면 수상쩍어했다. 또는 둘 다였다. 처음에는 아이가 늦되다고, 시간이 지나면 다른 사람들처럼 말을 시작할 것이라고들 생각했다. 그러나 세월이 흘러도 여전히 한 마디도 하지 않았다. 말할 능력이 있는데 안 하는 것인지, 그것은 아무도 모르는 것 같았다. 벙어리인지 말을 안 하는 건지, 말을 안 하는 건지 벙어리인지. 한 번도 사용한 적이 없는 목소리를 갖고 있을까? 아무도 듣는 사람이 없으면 혼자 연습을 할까? 나는 마일스가 밤에, 침대에서, 이불을 뒤집어쓰고, 작은 소리로 혼잣말을 하며 특유의 꼬마 요정 같은 탐욕스러운 웃음을 짓는 모습을 상상했다. 어쩌면 클로이한테는 말을 할지도 몰랐다. 아니라면 어떻게 둘이 이마를 맞대고, 서로 목을 부둥켜안고, 비밀을 나누며 웃음을 터뜨릴까?

"할말이 있으면 말을 할 거야." 마일스의 아버지는 이제는 익숙해진, 그 위압적이면서도 유쾌한 태도로 그렇게 으르렁거리곤 했다.

그레이스 씨가 아들을 좋아하지 않는 것은 분명했다. 그는 가능하면 아들을 피했으며, 특히 단둘이 있고 싶어하지 않았다. 사실 놀랄 일도 아닌 것이, 마일스와 단둘이 있는 것은 막 폭력적으로 버림받은 누군가와 한방에 있는 것과 비슷했기 때문이다. 그의 말없는 상태는 주위로 발산되어 널리 퍼져나갔으며, 옆에 있는 사람은 이내 신물이 났다. 마일스는 아무 말도 하지 않았지만 결코 조용하지 않았다. 늘 물건을 가지고 안달하며 낚아챘다가는 바로 시끄럽게 내던져버렸다. 목구멍 뒤쪽에서는 작게 딱딱거리는 메마른 소리를 냈다. 숨쉬는 소리도 크게 들렸다.

그의 어머니는 마일스에게 질질 끄는 듯한 모호한 태도를 보여주었다. 가끔 멍하니 하루를 헤집고 나아갈 때면—그녀는 술을 많이 마시는 사람은 아니었지만 늘 약간 취한 듯 거나해 보였다—마일스 앞에서 발을 멈추고 누구인지 제대로 알아보지 못하겠다는 표정으로 아이를 눈여겨보기도 했다. 그럴 때면 얼굴을 찌푸리는 동시에 웃음을 지었는데, 그것이 참으로 무력하고 애처로워 보였다.

부모 모두 수화는 제대로 하지 못했다. 그래서 즉흥적으로 만들어낸 퉁명스러운 무언극으로 마일스에게 말을 했는데, 의사소통을 시도한다기보다는 짜증이 나서 마일스한테 눈에 보이지 않는 곳으로 사라지라고 손사래를 치는 것 같았다. 그럼에도 마일스는 그들이 하고자 하는 말을 용케 이해했으며, 부모가 하고 싶은 말을 반도 하기 전에 알아듣는 경우도 많았다. 그러면 부모는 외려 더 안달이 나 아이한테 짜증을 부리곤 했다. 그들 둘 다 마음속 깊은 곳에서는 마일스를 약간 두려워했던 것이 분명하다. 놀랄 일도 아니다. 너무 눈에 잘 띄는, 너무 손에 또렷하게 잡히는 장난꾸러기 요정*과 함께 사는 것과 마찬가지였을 테니까.

나는, 말하기 좀 창피하지만, 적어도 창피해해야 마땅하지만, 어쨌든 마일스를 보면 한때 우리집에 있던 개가 떠올랐다. 너무 의욕적이어서 말리기가 힘든 테리어였는데, 나는 이 개를 무척 좋아했지만 가끔 주변에 아무도 없으면 그 불쌍한 퐁고를 잔인하게 때리곤 했다. 그냥 그 개가 고통에 차 낑낑거리고 탄원하듯이 꿈틀거리는 데서 후텁지

---

* poltergeist. 독일어로 소리를 내고 소란을 피우는 유령을 뜻한다.

근하게 부풀어오른 듯한 쾌락을 맛볼 수 있었기 때문이다. 마일스의 손가락은 잔가지 같고, 여자아이 것 같은 손목은 곧 부러질 듯이 보였다. 마일스는 나를 쿡쿡 찌르고, 내 옷소매를 잡아당기고, 내 뒤를 바짝 따라 걷다가 내 겨드랑이 밑으로 싱글거리는 얼굴을 들이밀곤 했다. 참다못한 나는 마일스를 공격하여 쓰러뜨리곤 했다. 쉬운 일이었다. 나는 그때도 크고 강했기 때문이다. 마일스보다 머리 하나는 더 컸다. 그러나 일단 마일스가 쓰러지자 그애를 어떻게 하느냐가 문제가 되었다. 그냥 놔두면 바로 다시 일어날 것이었기 때문이다. 오뚝이처럼 몸을 굴려 아무런 어려움 없이 벌떡 일어날 것이 분명했다. 그래서 그의 가슴을 타고 앉으면 사타구니에서 울렁거리는 그의 심장이 느껴졌다. 흉곽은 바짝 긴장했으며, 가슴뼈 아래쪽에서는 팽팽하고 오목한 외피가 퍼덕거렸다. 마일스는 나를 쳐다보며 헐떡거리는 웃음을 터뜨리기도 하고, 축축하고 쓸모도 없는 혀를 보여주기도 했다. 하지만 나도 약간은 마일스를 두려워했던 것이 아닐까? 내 심장에서, 아니면 두려움이 머무는 곳 어디에서건?

어린 시절—우리가 어린이였을까? 당시의 우리에 대해서는 다른 표현이 있어야 할 것 같다—의 신비한 의전에 의거하여, 두 아이는 처음 인사를 텄을 때, 스트랜드 카페 밖에서 내가 다가갔을 때, 나를 집안으로 초대하지 않았다. 사실 어떤 상황에서 마침내 시더스 안으로 들어가게 되었는지 기억이 나지 않는다. 처음 그렇게 만나고 나서 쌍둥이가 지켜보는 가운데 실망한 표정으로 녹색 대문에서 몸을 돌리던 내 모습이 눈에 보인다. 그러다가 다른 날 바로 성소 안에 들어가 있는 내 모습이 눈에 보인다. 마일스가 대문 맨 위의 봉을 넘어간 것을 마법으로 응용하여 모든 장애물을 뛰어넘어 거실 안에 바로 착지한 듯한 느낌이다. 내 옆에는 비스듬하게 비쳐드는 견고한 느낌의 놋쇠 빛깔 햇빛이 있었다. 그레이스 부인은 헐렁한 꽃무늬 드레스를 입고 있었는데, 연푸른 바탕에 꽃들이 더 진한 푸른색으로 무늬를 그리고 있었다. 그레이스 부인은 탁자에서 고개를 돌려 나를 보고 웃음을 지었다. 의도적으로 모호하게 빚어낸 웃음이었다. 그레이스 부인은 내가 누구인지 모르는 것이 분명했지만, 그럼에도 모르는 것이 말이 안 된다는 사실은 알고 있었다. 따라서 우리가 서로 대면을 한 것은 이번이 처음일리가 없었다. 클로이는 어디 있었을까? 마일스는 어디 있었을까? 어쩌다 내가 그들의 어머니와 단둘이 있게 되었을까? 그녀는 뭘 좀 먹겠느냐고 물었다. 레모네이드라도 한 잔? "아니면," 그녀는 희미하게 자포자기적인 느낌이 묻어나는 말투로 말했다. "사과라도……?" 나는 고개를 저었다. 그녀가 가까이 있다는 것, 그녀가 거기 있다는 단순한 사실만으로도 내 마음은 흥분과 어떤 신비한 슬픔으로 가득차버렸다. 어린 소년의 심장을 꿰뚫는 그 아린 통증을 누가 알랴? 그녀는 머리를 한쪽으로 기울였다. 그녀 앞에 있는 나의 존재의 말없는 강렬함에 어리둥절한 표정이었다. 재미있다는 표정이기도 했다. 아마 나는 촛불 앞에서 파닥거리는 나방 같았을 것이다. 아니면 그 자신을 삼키는 열기 속에서 몸을 떠는 그 불꽃 같았을 것이다.

　그녀가 탁자에서 무엇을 하고 있었더라? 꽃꽂이를 했다. 아니, 이건 너무 기발한가? 그 순간의 기억에는 다채로운 색깔의 천조각이 덮여있다. 그녀의 두 손이 떠돌던 곳에서는 어떤 빛이 다채로운 색깔로 은은하게 반짝거린다. 여기서 잠시 그녀와 미적거리고 싶다, 로즈가 나타나기 전에, 어디에 있는지 몰라도 마일스와 클로이가 돌아오기 전에, 호색한인 그녀의 남편이 시끄럽게 이 장면에 등장하기 전에. 어차피 잠시 후면 그녀는 내 관심의 두근거리는 중심으로부터 벗어날 것이다. 그 햇살이 얼마나 강렬하게 빛나는지. 어디서 오는 거더라? 꼭 교회 안으로 들어오는 빛 같다. 말도 안 되는 이야기지만, 우리 머리 위 높은 곳에 있는 장미창에서 비스듬하게 비껴들어오고 있는 것 같다. 여름날 오후의, 연기가 피어오르는 듯한 햇빛 너머에는 실내의 평온한 어둠이 있다. 그곳에서 나의 기억은 세밀한 것, 단단한 물체, 과거의 구성 요소를 찾아 더듬어나간다. 그레이스 부인, 콘스턴스, 코니는 여전히 그 초점이 맞지 않는 눈으로 나를 보고 웃음 짓고 있다. 지금 생각해보니 그녀는 모든 것을 그런 식으로 보았다. 세상의 견고함을 절대적으로 신뢰하지는 않는 것처럼, 언제라도 그 모든 것이 어떤 별나고 즐거운 방식으로 완전히 다른 것으로 바뀌기를 내심 기대하는 것처럼.

그때라면 그녀가 아름답다고 말했을지도 모른다. 그런 이야기를 나눌 생각이 드는 사람이 옆에 있었다면. 그러나 사실 그녀는 아름답지 않았던 것 같다. 그녀는 약간 땅딸막했고, 손은 통통하고 불그스름했으며, 코끝에는 혹 같은 게 있었고, 그녀가 손으로 계속 귀 뒤로 밀어넘겨도 계속 다시 앞으로 흐르는 길고 부드러운 금발 두 가닥은 나머지 머리보다 색이 짙어 마치 기름을 바른 떡갈나무 같은, 약간 기름기가 도는 색조였다. 그녀는 구부정한 걸음걸이로 늘쩍지근하게 걸어 여름 드레스의 가벼운 옷감 밑에서 허리께의 근육들이 떨렸다. 그녀에게서는 땀과 콜드크림과 희미한 조리용 기름 냄새가 났다. 말을 바꾸면 그냥 여느 여자였다. 게다가 여느 어머니였다. 그럼에도 나에게는 그 모든 평범한 것들이 일각수나 책과 함께 있는, 그림 속의 창백한 여인만큼이나 멀게 또 어쩐지 매력적으로 느껴졌다. 하지만 아니다, 나 자신에게 공정해야 한다, 비록 내가 아이였다 할지라도, 비록 내가 막 로맨틱한 인간으로 탈바꿈한 상태였다 할지라도. 그녀는 심지어 내가 보기에도 창백하지는 않았고, 물감으로 그려지지도 않았다. 그녀는 온전히 현실적이었고, 두툼한 육질이 느껴졌고, 먹을 수도 있을 것 같았다, 심지어. 이것이야말로 가장 주목할 만한 점이었다. 그러니까 그녀가 내 상상의 영혼인 동시에 피할 수 없는 살과 피로 이루어진, 섬유질과 사향 냄새와 우유로 이루어진 여자였다는 것. 그래서 그전까지는 구출과 사랑의 장난으로 이루어졌던 점잖은 꿈이 이제는 시끌벅적한 환상, 그러나 그 생생함에도 불구하고 절망적이게도 핵심적인 세목이 빠져 있는 환상이 되었다. 그것은 그녀에게 육감적으로 짓눌리는 환상, 그녀의 따뜻한 무게에 땅으로 푹 가라앉는 환상, 그녀가 두 허벅지로 나를 타고 앉아 내 몸을 흔드는 환상, 내 두 팔은 내 가슴에 고정되고 얼굴은 불이 붙은 듯 화끈거리는 환상이었다. 나는 그녀의 악마 연인인 동시에 그녀의 아이였다.

때로는 부르지도 않는데 그녀의 영상이 튀어나오곤 했다, 내 속의 마녀처럼. 그러면 갈망이 솟구쳐올라 나의 존재의 뿌리까지 삼켜버렸다. 비가 온 뒤 옅은 녹색으로 어스름이 깔리던 어느 날, 창문으로 쐐기 모양의 젖은 햇빛이 들어오고 바깥의 물이 뚝뚝 듣는 루핀 숲에서는 계절을 착각한 개똥지빠귀가 울고 있을 때, 나는 침대에 엎드린 채 그런 달랠 길 없는 강렬한 욕망―그것은, 이 욕망은 사랑하는 사람의 영상을 둘러싼 후광처럼 맴돌고 있다가, 아무데서나, 특별히 어디에서

랄 것도 없이 그녀를 끌어앉았다—때문에 흐느끼고 말았다. 큰 소리로 펑펑 울다 도저히 억제가 되지 않아 몸까지 떨었다. 어머니가 그 소리를 듣고 방으로 들어왔지만, 어머니답지 않게 아무 소리도 하지 않았다. 사실 나는 퉁명스러운 심문에 뒤이어, 따귀라도 한 대 맞을 각오를 하고 있었는데. 어머니는 그냥 내가 괴로워 몸부림치는 바람에 침대 밖으로 밀려난 베개를 집어들더니 잠깐 망설이다가 다시 나가며 소리 없이 문을 닫아주었다. 내가 왜 운다고 상상하고 있을까? 나는 궁금했고, 지금도 또 궁금해진다. 어떻게 된 일인지는 몰라도 내 열에 들뜬 상사병을 알아보았던 것일까? 그것은 도저히 믿을 수 없는 일이었다. 어떻게 그녀가, 나의 어머니에 불과한 사람이, 나를 꼼짝도 못하게 휘감고 있던 그 폭풍 같은 열정을, 사랑의 무자비한 불길에 타고 터져버린 내 감정의 연약한 날개를 조금이라도 알 수 있을까? 오, 엄마, 내가 당신을 얼마나 이해하지 못했는지, 당신이 이해하지 못하는 것이 얼마나 많다고 생각했는지.

자, 나는 거기에, 그 에덴 같은 순간에 갑자기 세상의 중심이 되어버린 곳에 있다. 그 기둥 같던 햇빛과 그 자취만 남은 꽃들—스위트피였던가? 갑자기 눈앞에 스위트피가 보이는 것 같다. 금발의 그레이스 부인은 나한테 사과를 권하는데, 사과는 어디에도 보이지 않았다. 그러나 톱니바퀴들의 삐걱거림 때문에, 뱃속이 뒤집힐 것 같은 무시무시한 쏠림 때문에 이 모든 것이 중단될 찰나였다. 온갖 일들이 동시에 일어나기 시작했다. 열려 있던 문으로 밖에 있던 작고 검고 텁수룩한 개가 잽싸게 들어왔는데—어떻게 된 일인지 이제 이야기의 무대는 거실에서 부엌으로 옮겨갔다—그 발톱이 소나무 마룻바닥을 미친듯이 긁는 소리가 귀에 몹시 거슬렸다. 개는 입에 테니스공을 물고 있었다. 곧 마일스가 그 뒤를 쫓아 달려왔고, 마일스를 쫓아 로즈가 달려들어왔다. 마일스가 주름 잡힌 양탄자에 걸려 넘어졌고, 또는 걸려 넘어진 척했고, 그렇게 앞으로 쓰러졌지만 민첩하게 몸을 굴려 다시 벌떡 일어나다가 자기 어머니와 부딪칠 뻔했다. 그의 어머니는 놀라움과 피곤한 짜증이 섞인 소리로 외쳤다―"제발 좀, 마일스!" 개는 늘어진 귀를 퍼덕이며 진로를 바꾸어 쏜살같이 탁자 밑으로 들어갔는데, 여전히 웃음을 짓는 표정으로 입에 공을 물고 있었다. 로즈가 개를 때리는 척하자 개는 옆으로 몸을 피했다. 이번에는 다른 문으로 영락없는 '늙은 아버지 시간'*인 칼로 그레이스가 들어왔는데, 반바지에 샌들 차림으로, 어깨에는 커다란 비치 타월을 두르고 있었으며, 털로 덮인 올챙이배를 한껏 드러내고 있었다. 그는 마일스와 개를 보더니 짐짓 성을 내며 소리를 지르고 위협적으로 발을 굴렀고, 개는 공을 입에서 놓았으며, 개와 아이는 들어올 때처럼 빠르게 문으로 사라졌다. 로즈는 웃음을 터뜨렸다. 말이 히힝 하고 우는 듯한 높은 소리였다. 그녀는 얼른 그레이스 부인 쪽을 보더니 입술을 깨물었다. 문이 쾅 소리를 냈고, 빠르게 메아리가 울리듯 위층에서 다른 문이 쾅 소리를 냈는데, 그곳에서는 조금 전 물을 내린 변기가 물을 다시 채우며 꿀럭꿀럭 꾸르륵꾸르륵 소리를 내고 있었다. 개가 내려놓은 공은 침을 반짝이며 방 중앙을 향해 천천히 굴러갔다. 그레이스 씨는 나를, 낯선 아이를 보더니―한쪽 눈을 찡긋했던 날은 잊은 것이 틀림없었다―뒤늦게 깜짝 놀라는 체하는 과장된 연기를 했다.

---

* Old Father Time. 그리스신화 및 켈트신화에 나오는 시간을 의인화한 인물로, 주로 헐거운 겉옷을 걸치고 등장한다.

머리를 뒤로 젖히고 고개를 옆으로 돌려 얼굴 한쪽 면을 일그러뜨린 채 놀리는 듯한 표정으로 나를 바라보고 있었다. 클로이가 아래층으로 내려오는 소리가 들렸다. 샌들이 계단에서 짝짝 소리를 냈다. 클로이가 방으로 들어오기 전에 그레이스 부인은 나를 남편에게 소개했다. 누군가에게 정식으로 소개되기는 내 평생 처음이었을 것이다. 그레이스 부인이 여전히 내 이름을 기억하지 못하는 바람에 내 입으로 말해야 하기는 했지만. 그레이스 씨는 짐짓 엄숙한 표정을 지으며 나와 악수를 하더니 나를 선생! 하고 부르면서, 런던 사투리로 누추하지만 우리 집에서는 아이들의 친구라면 누구라도 늘 환영한다고 말했다. 클로이는 눈알을 굴리며 혐오감에 몸을 부르르 떨고 입을 떡 벌렸다. "입 좀 다물어요, 아버지." 클로이가 이를 악물고 말했다. 그러자 그레이스 씨는 짐짓 클로이를 두려워하는 시늉을 하며 내 손을 놓더니 수건을 숄처럼 머리에 두르고 몸을 웅크린 채 발뒤꿈치를 들고 서둘러 방을 나가며, 겁이 나 당황한 척하려고 연신 입으로는 박쥐처럼 작게 찍찍거리는 소리를 냈다. 그레이스 부인은 담배에 불을 붙이고 있었다. 클로이는 내 쪽으로는 눈길도 주지 않고 방을 가로질러 아버지가 나간 문으로 갔다. "차 태워줘야 해요!" 클로이가 아버지 등에 대고 소리쳤다. "차—" 차문이 쾅 소리를 내며 닫히고, 시동이 걸리더니, 커다란 타이어들이 자갈을 짓이겼다. "젠장." 클로이가 내뱉었다.

그레이스 부인은 탁자에 몸을 기대고—스위트피가 있는 탁자로, 마법처럼 우리는 다시 거실로 돌아와 있었다—담배를 피우고 있었다. 그 시절에 여자들이 담배를 피우던 방식대로 한쪽 팔을 접어서 몸통 너머의 다른 팔 팔꿈치를 손바닥으로 받친 자세였다. 그녀는 나를 보며 한쪽 눈썹을 추켜올리더니 심술궂게 웃음을 지으며 어깨를 으쓱하고 아랫입술에서 점 같은 담뱃잎 조각을 떼어냈다. 로즈가 몸을 구부려 코에 주름을 잡으며 내키지 않는 표정으로 엄지와 다른 손가락을 이용해 침이 묻은 공을 집었다. 대문 밖에서 자동차가 명랑하게 경적을 두 번 울렸고 곧 우리는 차가 떠나는 소리를 들었다. 개가 사납게 짖어댔다. 다시 공을 물고 싶으니 들여보내달라는 것이었다.

그런데 그 개. 나는 다시 보지 못했다. 도대체 누구 개였을까?

오늘은 이상하게 가벼운 느낌이다. 뭐라고 해야 할까, 휘발해버릴 것 같은 느낌이다. 다시 바람이 거세져 바깥에서는 족히 태풍이라고 부름직한 바람이 불고, 그래서 내가 지금 이렇게 어쩔한 것 같다. 나는 늘 날씨와 그 결과에 아주 민감했으니까. 어린 시절 나는 겨울 저녁이면 라디오 옆에 웅크리고 앉아 해상 일기예보에 귀를 기울이며, 포거니 디셔니 조드럴 뱅크니 하는 저 먼 바다에서 그 굳세고 용감한 뱃사람들이 방수모를 쓰고 집채만한 파도와 싸우는 모습을 그려보았다. 어른이 되어서도, 산들과 바다 사이에 자리잡은 우리의 멋지고 오래된 집에서 애나와 함께 살면서, 가을 강풍이 굴뚝 속에서 신음을 토하고 파도가 하얀 거품을 끓어올리며 바다의 벽 너머로 밀려올 때면 자주 똑같은 느낌을 받곤 했다. 그날 토드 씨의 방—지금 생각해보니 기분 나쁘게 잘난 척하는 이발소 같은 분위기가 풍겼다—에서 우리 발밑으로 심연이 열리기 전에는 나에게 인생의 좋은 것들이 얼마나 많이 주어졌는가 하는 생각을 하며 놀라곤 했다. 만일 라디오 옆에서 꿈에 빠져들던 그 아이에게 커서 무엇이 되고 싶냐고 물었다면, 그때 그 아이가 이야기했을 모습이 대체로 나의 나중의 모습이었다. 그것은 분명하다, 어설퍼 보인다고 말할 수는 있어도. 내 현재의 슬픔이 아무리 크다 해도 이것은 아무래도 놀라운 일 같다. 다수의 남자들이 자신의 운명에 실망하여, 사슬에 묶인 채 조용히 절망 속에서 시들어가지 않는가.

다른 사람들도 어렸을 때 나중에 커서 자신이 어떤 모습일지 생각하며 나와 같은 종류의 이미지, 모호한 동시에 특수한 이미지를 그려보았을지 궁금하다. 희망과 갈망이니, 모호한 야망이니 그런 것들을 말하는 게 아니다. 나는 처음부터 아주 정확하고 분명한 기대를 품었다. 나는 기관사나 유명한 탐험가가 되고 싶지 않았다. 너무나 현실적이던 그때로부터 소망을 품은 마음으로 안개를 뚫고 무척이나 행복하게 상상된 지금을 살펴보았을 때, 방금 말했듯이 바로 현재 이 모습이 내가 그때 예상했을 나의 미래의 모습이다. 이해관계에 크게 들볶이지 않고 이렇다 할 야망도 없이 바로 이 방 같은 방에 앉아 있는 남자, 선장 의자에 앉아, 작은 탁자에 몸을 기대고 있는 남자. 그것도 바로 이런 철에, 온화한 날씨 속에 한 해가 끝을 향해 이울어가고, 낙엽들이 허둥지둥 달려가고, 알아채지도 못하는 사이에 낮의 밝음이 희미해지고, 가로등이 매일 저녁 어제보다 약간 더 일찍 켜지는 때에. 그래, 이것이 내가 어른의 생활이라고 생각하던 것이다. 늦가을에 맞이한 기나긴 화창한 날씨 같은 것, 고요의 상태, 호기심이 사라진 차분한 상태. 견디기 힘들었던 유년의 날것 그대로의 직접성은 다 사라지고, 어렸을 때 곤혹스러워하던 것은 다 풀리고, 모든 수수께끼가 해결되고, 모든 질문에 답이 나오고, 순간순간이 물이 똑똑 듣듯이 거의 알아챌 수도 없이, 황금 방울처럼 똑똑, 마지막, 거의 알아챌 수도 없는 해방을 향해 흘러가는 상태.

물론 당시 어렸던 내가 그 간절한 기대 속에서도 스스로 예측을 허락할 수 없었던 것들도 있다. 설사 예측할 능력이 있었다 해도. 상실, 슬픔, 음침한 낮과 잠 없는 밤, 이런 놀라운 것들은 예언적 상상의 사진판에는 기록되지 않는 경향이 있다.

또 곰곰이 생각해보니, 내가 어린 시절 상상했던 미래에는 묘하게도 고색창연한 분위기가 섞여 있었던 것 같다. 내가 지금 살고 있어야 하는 세계는 당시 나의 상상 속에서는, 나의 선견지명에도 불구하고, 실제 지금 살고 있는 곳과 다르다. 그러나 미묘하게 다르다. 지금 생각해보면 내가 생각하던 미래는 챙이 늘어진 모자들과 크롬비 외투들과 보닛에서 날개 달린 인형이 통통 튀는 크고 네모난 자동차들이었다. 내가 그런 것들을 언제 알았기에 그렇게 분명하게 모습을 그릴 수 있었을까? 아마도 미래가 어떤 모습일지 정확하게 알 수는 없지만 내가 그 속에서 어떤 뛰어난 인물이 될 것은 분명했기 때문에, 거기에 우리 동네에서 잘나가는 사람들, 의사들과 변호사들, 아버지가 겸손하게 그 밑에 들어가 일하던 지방의 산업가들, 후배지의 숲이 우거진 이면도로를 따라 내려간 곳에 있는 큰 집들에 여전히 자리잡고 사는 몇 안 남은 신교도 신사계급 사람들에게서 보던 성공의 소도구들을 집어넣은 것이 틀림없다.

그러나 아니다. 그것도 아니다. 그것으로는 앞으로 다가올 일에 관한 나의 꿈에 스며 있던 우아한 구식의 분위기가 제대로 설명되지 않는다. 지금 보니 내가 마음에 품던, 어른이 된 나 자신의 정확한 이미지들—예컨대 조끼까지 갖춘 핀스트라이프 양복에 중절모를 비스듬히 쓰고, 무릎에 담요를 덮고 운전사가 딸린 험버 호크의 뒷좌석에 앉아 있는 모습—에는 누렇게 뜬, 세상에 지친 우아함, 그 불안정한 균형이 스며 있다. 나는 그런 우아함이나 균형을 내 유년 이전의 시기, 그 최근의 옛날, 그러니까 그래, 당연한 이야기지만, 양차대전 사이의 세계와 연결시켰다. 어쨌든 지금은 그렇게 연결시키고 있다. 따라서 내가 미래라고 예측한 것은 사실, 여기에 사실이 끼어들 여지가 있는지 몰라도, 어쨌든 상상된 과거일 수밖에 없는 것의 그림이었다. 그러니까 나는 미래를 기대했다기보다는 미래에 향수를 품은 것이다. 나의 상상 속에서 다가올 것이 현실에서는 이미 가버린 것이었기 때문이다. 지금 갑자기 이것이 어쩐지 의미심장해 보인다. 내가 고대했던 것은 실제로 미래였을까, 아니면 미래 너머의 어떤 것이었을까?

사실 그 모두가, 과거와 가능한 미래와 불가능한 현재가 뒤섞이기 시작했다. 마침내 애나가 어쩔 수 없이 토드 씨와 그의 바늘과 약의 불가피함을 인정하기 전, 낮시간의 두려움이 밤의 공포로 이어지던 잿빛의 몇 주 동안, 나는 꿈과 깸을 거의 구별하지 못한 채 어스름이 깔린 저승에서 살았던 것 같다. 깸이든 꿈이든 뚫고 들어갈 수 있는, 어둑어둑한 벨벳 같은 질감이 느껴졌다. 나는 그 안에서 열에 들떠 늘어진 상태로 이리저리 떠돌았다. 이미 헤아릴 수 없을 정도로 많은 저승의 영혼들에 곧 또하나를 보탤 운명인 사람이 애나가 아니라 나이기라도 한 것처럼. 애나가 처음 클레어를 가졌을 때 내가 경험했던 상상임신을 섬뜩하게 뒤집어놓은 셈이었다. 이제 나는 애나와 함께 상상병을 앓고 있는 것 같았으니까. 사방에 죽음을 면할 수 없는 운명을 알리는 징조들이 넘쳐났다. 나는 우연의 일치에 시달렸고, 오래전에 잊은 것들이 갑자기 기억났고, 오래전에 잃어버린 물건들이 나타났다. 내 삶이 눈앞에서 지나가는 것 같았다. 그러나 물에 빠져 죽기 직전의 사람들이 경험한다는 것처럼 순식간에 지나가는 것이 아니라, 느릿느릿 경련을 일으키며 그 비밀들과 시시한 신비들을 비워냈다. 그런 식으로 이미 식어가는 손에 차가운 동전을 통행료로 쥐고 어둑한 강에서 검은 배에 올라타야 할 순간을 준비시켰다. 그러나 이상한 일이었지만, 그렇게 미리 떠난다고 상상하던 장소가 완전히 낯선 것만은 아니었다. 과거에 가끔, 설명할 수 없는 도취의 순간에, 내 서재에서, 어쩌면 내 책상에서, 말에 잠겨 있을 때―비록 지질한 것이지만 이류에게도 가끔 영감은 오는 법이니까―나 자신이 단순한 의식의 막을 뚫고 다른 상태로 들어간다는 느낌을 받곤 했다. 이름이 없는 상태였다. 일반적인 법칙들은 작동하지 않고, 시간은 다르게 움직이고―실제로 움직인다면― 나는 살아 있는 것도 아니고 그렇다고 그 반대도 아닌데, 그럼에도 우리가 현실 세계라고 부르는, 그렇게 불러야 하기 때문에 부르는 그 세계에 있을 때보다 더 생생하게 존재하는 느낌이 드는 상태. 심지어 그보다 훨씬 오래전에도, 예를 들어 그 햇빛이 비쳐드는 거실에서 그레이스 부인과 함께 서 있을 때, 또는 영화관의 어둠 속에서 클로이와 함께 앉아 있을 때, 나는 그곳에 있으면서도 있지 않았고, 나 자신이면서 유령이었으며, 그 순간 속에 갇혀 있으면서도 어떻게 된 일인지 떠나는 지점을 맴돌고 있었다. 어쩌면 삶의 모든 것이 삶을 떠나기 위한 긴 준비에 불과한 것은 아닌지.

병든 애나에게 밤은 최악이었다. 그것은 충분히 예상할 수 있는 일이었다. 하긴 궁극적으로 예상할 수 없는 일이 찾아왔으니, 다른 많은 것들이야 충분히 예상할 수 있었다. 어둠 속에서는 낮의 그 모든 숨막힐 듯한 의심―나에게 이런 일이 일어날 리 없어!―이 그녀 내부에서 전혀 움직이지 않는 둔한 놀라움에 자리를 내주었다. 그녀가 내 옆에서 잠 못 이루고 누워 있을 때면, 공포가 그녀의 내부에서 발전기처럼 꾸준하게 돌아가는 것을 느낄 수 있을 정도였다. 가끔 그녀는 어둠 속에서 큰 소리로 웃음, 일종의 웃음을 터뜨리곤 했다. 자신이 이렇게 무자비하게, 이렇게 수치스럽게 빠져든 곤경이라는 현실에 다시 새삼스럽게 깜짝 놀랐기 때문이다. 그러나 대개는 조용히, 천막 속의 길 잃은 탐험가처럼 옆으로 누워 웅크리고 있었다, 반은 졸면서 반은 눈부셔하면서. 그러나 어느 쪽이든 생존이나 소멸의 전망에는 무관심한 것 같았다. 이제까지 그녀의 모든 경험은 일시적인 것이었다. 슬픔은 오로지 시간 덕분이라 해도 어쨌든 누그러졌으며, 기쁨은 습관으로 굳어버렸고, 그녀의 몸은 자신의 자잘한 병들을 치유해왔다. 그러나 이것, 이것은 절대적인 것, 단일한 것, 그 자체가 목적인 것이었다. 그럼에도 그녀는 그것을 파악할 수 없었고, 그것을 흡수할 수 없었다. 통증이라도 있다면, 그녀는 말했다. 그러면 적어도 이게 진짜임을 알려주기는 할 테고, 그녀한테 일어난 일이 그녀가 이전에 알았던 어떤 현실보다도 더 현실적인 것이라고 말해주기는 할 것이라고. 그러나 애나에게는 통증이 없었다, 아직은. 그녀의 묘사에 따르면 전체적인 흥분감, 내부에서 뭔가 쉬익 하고 움직이는 듯한 느낌만 있을 뿐이었다. 마치 그녀의 가련한, 당황한 몸이 이미 은밀하고 빠르게 침투해버린 침입자, 반짝이는 검은 집게를 딱딱거리는 침입자를 자기 내부에서 찾아 헤매는 것 같은 느낌, 그 침입자에 대항하여 필사적으로 방어벽을 세우는 것 같은 느낌.

그 끝도 없이 이어지던 시월의 밤들에 우리는 어둠 속에 나란히 누워, 마치 쓰러져버린 우리 자신의 조각상들처럼 누워, 견딜 수 없는 현재로부터 유일하게 가능한 시제로, 과거로, 머나먼 과거로 탈출을 시도했다. 우리는 함께 보냈던 첫날들을 돌이켜보면서, 서로 상기시키고, 고쳐주고, 도와주었다. 마치 오래전 함께 살았던 도시의 성벽을 따라 팔짱을 끼고 비틀거리며 걸어가는 두 고대인처럼.

우리는 특히 우리가 만나고 결혼했던 그 뿌연 런던의 여름을 기억했다. 나는 어느 숨막히게 덥던 오후에 누군가의 아파트에서 열린 파티에서 처음 애나를 발견했다. 창문이란 창문은 다 활짝 열려 있었고, 바깥 거리의 배기가스 때문에 공기는 푸르스름했으며, 지나가는 버스의 경적은 사람들이 북적거리는 방들의 소음과 뿌연 공기 사이에서 어울리지 않게 마치 무적霧笛처럼 들렸다. 처음 내 눈길을 끈 것은 그녀의 몸 크기였다. 몸집이 아주 컸다는 뜻이 아니라, 단지 내가 전에 알았던 어떤 여자와도 다른 비율로 구성된 몸이었다는 뜻이다. 큰 어깨, 큰 팔, 큰 발, 숱 많은 검은 머리카락이 크게 굽이지는 커다란 머리. 애나는 투박한 무명옷에 샌들 차림으로 창과 나 사이에 서서, 다른 여자와 이야기를 하고 있었다. 그 열중한 듯하면서도 왠지 거리를 두는 듯한 그녀 특유의 태도, 꿈을 꾸듯 손가락으로 머리카락을 비비 꼬는 태도로. 잠시 내 눈은 초점 깊이를 조정하는 데 어려움을 겪었다. 두 여자 가운데 애나가 훨씬 더 커서, 그녀가 이야기를 나누는 여자보다 내 쪽에 훨씬 더 가까이 있는 것처럼 보였기 때문이다.

아, 그 파티들. 그때는 그런 파티가 아주 많았다. 돌이켜보면 늘 우리가 도착하여 함께 문간에 잠시 서 있는 모습이 떠오른다. 나는 그녀의 허리의 잘록한 곳에 손을 얹고 있다. 부서질 듯한 비단 위로 그 잘록한 곳의 서늘하고 깊은 틈을 만지고 있다. 콧구멍으로 그녀의 야생의 냄새가 느껴지고, 뺨으로 그녀의 머리카락의 열기가 느껴진다. 우리는, 입구에 들어선 우리 두 사람은 얼마나 당당해 보였을까. 다른 모든 사람들보다 키가 큰 우리의 시선은 사람들의 머리를 넘어 오직 우리만 볼 수 있는 멀고 멋진 전망에 고정되어 있는 듯했다.

당시에 애나는 사진작가가 되고 싶어하여, 아침 일찍 우울한 기분으로 도시의 어떤 황량한 모퉁이를 찍고 다녔다. 숯검정과 생경한 은빛깔만 강조된 사진이었다. 그녀는 일을 하고 싶어했고, 뭔가 하고 싶어했고, 뭔가 되고 싶어했다. 이스트엔드가 그녀를 불렀다, 브릭레인, 스피털필즈 같은 곳들.* 나는 이런 것을 전혀 진지하게 받아들이지 않았다. 어쩌면 그러지 말았어야 했던 것인지도 모른다. 애나는 슬론 스퀘어에서 조금 떨어진 음울하고 외진 곳에 자리잡은 적갈색 저택의 한 부분을 세내어 아버지와 함께 살았다. 저택은 엄청나게 컸으며, 아주 크고 천장이 높은 방에는 높은 내리닫이창들이 자신들 앞을 오가는 단순히 인간적인 광경으로부터 그 흐린 눈길을 거두고 싶다는 표정으로 서 있었다. 그녀의 아버지인 늙은 찰리 와이스―"걱정하지 말게, 유대 이름이 아니니까"―는 단박에 나를 좋아했다. 나는 몸집이 크고, 젊고, 세련되지 못했지만, 내가 그 금박을 입힌 방안에 있으면 그는 즐거워했다. 찰리는 명랑하고 몸집이 작은 남자로, 손이 아주 작고 섬세했

---

* 모두 런던의 빈민 지역.

으며, 발도 아주 작았다. 나는 그의 옷장을 보고 놀랐다. 헤아릴 수 없이 많은 새빌로 양복에, 크림색과 암녹색과 청록색 비단으로 지은 샤르베 셔츠, 수십 켤레의 작은 수제화들이 갖추어져 있었기 때문이다. 그의 머리는 윤기가 흐르는 완벽한 달걀 모양이었는데, 이틀에 한 번씩 트럼퍼 이발소에 가서 삭발을 했다. 머리카락이란 모피다, 인간이라면 그걸 용납해서는 안 된다. 그는 그렇게 말했다. 그는 당대의 거물들이 좋아하던 크고 묵직한 안경을 썼다. 안경다리는 폭이 넓었고 렌즈는 접시만했는데, 그 안에서 그의 날카롭고 작은 눈이 호기심 많은 이국적인 물고기처럼 튀어나올 것 같았다. 그는 가만히 있지를 못해 벌떡 일어났다 앉았다가, 다시 벌떡 일어났다. 워낙 지붕이 높은 방이라 거대한 껍질 안에서 광택이 나는 작은 땅콩이 달그락거리는 것 같았다. 처음 갔을 때 그는 나에게 자랑스럽게 아파트 구경을 시켜주며, 그 자신은 모두 옛 대가들이 그린 것이라고 생각하던 그림들, 호두나무 장 안에 든 거대한 텔레비전, 그날 사업상 아는 사람—찰리에게는 친구, 동업자, 고객은 없고 오로지 아는 사람들뿐이었다—이 보내준 동 페리뇽과 흠 하나 없어서 오히려 먹을 수도 없는 과일 바구니를 손으로 가리켰다. 꿀처럼 진한 햇빛이 높은 창에서 들어와 무늬가 있는 양탄자를 비추었다. 애나는 한 손에 턱을 괴고 한쪽 다리는 밑으로 접은 채 소파에 앉아 내가 그녀의 자그마한 괴짜 아버지의 주위에서 내 갈 길을 헤치고 나가는 모습을 덤덤하게 지켜보았다. 대부분의 작은 사람들과 달리 그는 우리 같은 큰 사람들에게 전혀 위압감을 느끼지 않았다. 외려 내 덩치가 마음을 편하게 해주는지, 계속, 호색적이라고 느껴질 정도로, 내 쪽에 바싹 달라붙었다. 이러다가, 그가 자신이 이룬 성공의 빛나는 열매들을 과시하던 중에 갑자기 펄쩍 뛰어 내 품에 편안하게 안기는 것은 아닌가 하는 느낌이 드는 순간들이 있을 정도였다. 찰리가 세번째로 사업 이야기를 했을 때 나는 무슨 일을 하느냐고 물었고, 그는 흠 하나 없는 솔직한 눈길로 나를 보았다. 쌍둥이 어항이 번쩍 빛을 발하는 것 같았다.

"중공업이라네." 찰리는 그렇게 말하고, 용케 웃지도 않았다.

찰리는 자신의 삶이라는 장관을 기쁜 마음으로 응시했으며, 그렇게 쉽게 그렇게 많은 일을 무사히 해냈다는 사실에 어떤 경이감을 느꼈다. 그는 사기꾼이었다. 아마 위험한 사기꾼이었을 것이며, 완전히, 상쾌하게 부도덕했다. 애나는 애정 어린, 그러나 애처로워하는 눈으로 그를 보았다. 어떻게 그렇게 자그마한 남자가 그렇게 힘센 딸을 얻었는지 수수께끼였다. 애나는 어렸지만 관대한 어머니 같았으며, 찰리는 고집스럽게 하고 싶은 대로 하는 다 큰 아이 같았다. 어머니는 애나가 열두 살 때 세상을 떴으며, 그후 이 부녀는 19세기의 모험가들처럼, 말하자면 선상 도박장의 도박꾼과 그의 알리바이가 되는 딸처럼 세상과 맞서왔다. 그 아파트에서는 일주일에 두세 번 파티가 열렸다. 샴페인이 약간 고약한 냄새를 풍기며 보글거리는 강처럼 흐르는 떠들썩한 파티였다. 여름이 끝날 무렵의 어느 날 밤 우리는 공원에서 돌아왔다. 나는 어스름녘에 애나와 함께 이미 그 종이 같은 느낌의 메마르고 까다로운 바스락 소리를 내며 가을을 예고하고 있던 나무들 아래 먼지 낀 그늘을 걷는 것을 좋아했다. 우리가 집이 있는 거리로 들어서기도 전에 아파트에서 취한 환락의 소리가 들렸다. 애나는 내 팔에 손을 얹었고, 우리는 걸음을 멈추었다. 저녁 공기 가운데 뭔가가 어떤 우울한 약속을 예고하고 있었다. 애나는 나를 돌아보더니 내 상의의 단추 하나를 엄지와 다른 손가락 사이에 잡고 마치 금고의 다이얼처럼 좌우로 비틀었다. 그녀는 평소의 온화한, 또 온화하게 몰입한 방식으로 자기와 결혼해달라고 정중하게 말했다.

나는 열기 때문에 아지랑이가 피어오르던, 뭔가를 예고하는 듯하던 그 여름 내내 허파 맨 위로 아주 얇게 숨을 쉬어온 것 같았다. 저 아래 믿기 어려울 정도로 먼 곳에 아주 작고 네모난 파란색 물을 내려다보며 위의 가장 높은 판 위에서 균형을 잡고 있는 다이빙 선수처럼. 그런데 드디어 애나가 쩌렁쩌렁 울려퍼지는 목소리로 나에게 소리를 지른 것이다. 뛰어, 뛰라고! 오직 하층계급들, 그리고 얼마 남지 않은 신사계급만 귀찮은 결혼을 감수하고, 다른 모든 사람들은 마치 인생이 춤이라도 되는 것처럼, 아니면 사업이라도 되는 것처럼 파트너를 챙기는 요즘 눈으로 보자면 당시에 부부의 약속을 한다는 것이 얼마나 아찔한 도약인지 제대로 알기가 어려울 것이다. 나는 마치 다른 매체로 뛰어들듯이 애나와 그녀의 아버지의 수상쩍은 세계로 뛰어들었는데, 이 환상적인 매체에서는 그때까지 내가 알던 규칙들이 적용되지 않았다. 모든 것이 어렴풋하게 가물거릴 뿐 어떤 것도 진짜가 아니었다. 또는 진짜이기는 하지만, 찰리의 아파트에 있는 완벽한 과일 쟁반처럼 가짜로 보였다. 이제 나는 이 흥미진진하고 낯선 심연의 주민이 되어달라는 권유를 받고 있었다. 그 여름의 먼지 낀 어스름에 슬론 스트리트 모퉁이에서 애나가 나에게 제안한 것은 결혼이라기보다는 나 자신의 환상을 실현할 기회였다.

결혼 파티는 그 저택의 예상치 못하게 널찍한 뒤쪽 정원의 줄무늬

천막 밑에서 열렸다. 여름의 열파가 기승을 부리던 마지막 며칠 가운데 하루라, 반짝거리는 햇빛에 긁힌 유리처럼 공기에 잔금이 갔다. 오후 내내 광택이 나는 긴 자동차들이 계속 도착하여 손님들이 정원을 차곡차곡 채워나갔다. 커다란 모자를 쓴 왜가리 같은 부인들, 하얀 립스틱을 바르고 무릎까지 오는 하얀 가죽장화를 신은 아가씨들, 줄무늬 양복을 입은 건달처럼 보이는 신사들, 입을 삐죽거리며 대마초를 피우는 세련된 젊은 남자들, 그 밖에 뚜렷하지 않은 하찮은 유형들. 마지막 유형들은 찰리가 사업상 아는 사람들로, 반짝거리는 양복과 다양한 색깔의 깃을 단 셔츠에, 옆은 신축성 있고 앞은 뾰족한 앵클부츠를 신은 매끄러운 차림으로 나타나 경계하는 눈빛으로 웃지도 않았다. 찰리는 그 모든 사람들 사이를 뛰어다녔다. 그의 푸르스름한 정수리는 빛이 났고, 자부심이 땀처럼 쏟아졌다. 그날 늦게 눈이 따뜻하고 움직임이 느리고 수줍음이 많고 통통한 남자들 한 무리가 머리에 특이한 것을 쓰고 흠 없이 하얀 젤라바* 차림으로 비둘기떼처럼 우리들 한가운데로 들어왔다. 그보다 더 늦은 시간에는 모자를 쓴 땅딸막한 귀족 미망인 한 사람이 거슬리게 술에 취하더니 쓰러져, 턱이 돌 같은 운전사의 품에 안겨 그 자리를 떠났다. 이윽고 나무들 사이의 빛이 진해지면서 이웃집 그림자가 뚜껑문처럼 정원을 덮기 시작했고, 마지막까지 남은 취한 쌍들은 어릿광대처럼 밝은 옷을 입고 나무로 만든 간이 댄스플로어에서 머리를 서로의 어깨에 묻고 눈을 감은 채 눈꺼풀을 퍼덕거리며 발을 질질 끌고 있었다. 애나와 내가 그 모든 것의 누덕누덕한 가장자

---

* 아랍인이 입는 긴 겉옷.

리에 서 있었을 때 갑자기 시커먼 찌르레기들이 한 무리 터져나와 천막 위를 낮게 날았다. 새의 날개들이 갑자기 폭발한 갈채, 열광적이면서도 비꼬는 듯한 갈채처럼 짝짝 소리를 냈다.

그녀의 머리카락. 갑자기 애나의 머리카락 생각이 난다. 이마에서 옆으로 흐르다가 밑으로 떨어지던, 윤기가 흐르는 길고 검은 곱슬머리. 중년에 이르러서도 애나는 머리가 거의 한 올도 세지 않았다. 어느 날 병원에서 집으로 차를 타고 가는데, 그녀가 그 긴 머리를 어깨에서 들어올려 눈 가까이 들이대더니 한 올 한 올 살피며 얼굴을 찌푸렸다.

"볼디쿳이라는 새가 있어?" 애나가 물었다.

"밴디쿳이라는 건 있지." 내가 조심스럽게 말했다. "하지만 그게 새는 아닌 것 같은데. 왜?"

"한두 달이면 나도 쿳*처럼 대머리가 될 것 같아서."

"누가 그래?"

"병원에서 치료를 받고 있는 여자가. 내가 받게 될 치료 말이야. 완전히 대머리더라고. 그러니까 그 여자는 알 거 아냐." 애나는 한참 차창 밖으로 지나가는, 늘 그렇듯이 은근슬쩍 무관심한 표정으로 지나가는 집과 가게를 바라보다가, 이윽고 나에게 고개를 돌렸다. "그런데 쿳이 뭐지?"

"그건 새지."

"아." 애나는 낄낄거렸다. "머리가 다 빠지면 찰리하고 꼭 닮은꼴이겠구나."

---

* '쿳(coot)'은 큰물닭을 뜻하고, '볼디쿳(baldicoot)'은 머리가 벗어진 물닭 정도로 해석할 수 있고, '밴디쿳(bandicoot)'은 주머니쥐를 말한다.

실제로 그렇게 되었다.

그는, 늙은 찰리는 우리가 결혼하고 몇 달 뒤 뇌에 피떡이 생겨 죽었다. 애나가 그의 돈을 다 물려받았다. 내가 예상했던 것만큼 많지는 않았지만, 그래도 꽤 많았다.

내가 그레이스 부인에게 느끼던 강렬한 감정에서 이상한 것, 아니 여러 가지 이상한 것들 가운데 하나는 그것이 극치라고 여길 만한 것에 이르자마자 바로 피식 꺼지고 말았다는 점이다. 모두 함께 피크닉을 나갔던 오후에 벌어진 일이었다. 그 무렵 우리는, 클로이와 마일스와 나는 어디든 함께 다녔다. 그들과, 이 신들과 함께 사람들 앞에 나서는 것을 내가 얼마나 자랑스러워했던지. 물론 나는 그들이 신이라고 생각했다. 그들은 그때까지 내가 알았던 누구와도 달랐기 때문이다. 필드에서 전에 함께 놀던 친구들, 이제는 같이 놀지 않게 된 친구들은 나의 탈주에 분개했다. "걔는 지금은 품위 있는 새 친구들하고만 하루 종일 놀아요." 어느 날 나는 어머니가 이전 친구 어머니에게 그렇게 말하는 것을 들었다. 어머니는 작은 목소리로 덧붙였다. "그 남자아이는 말이죠, 벙어리예요." 어머니는 나한테는 왜 그레이스 가족한테 양자로 들여달라고 빌지 않는지 모르겠다고 말했다. "나는 상관없어." 어머니는 말했다. "너를 내 발 아래서 빼내달라고 하렴." 그러면서 어머니는 흔들리지 않는 눈, 깜짝거리지도 않는 그 가혹한 눈으로 나를 보았다. 아버지가 떠난 뒤 자주 나를 바라보던 눈, 마치, 이번에는 네가 나를 배반하겠지, 하고 말하는 듯한 눈이었다. 나도 내가 그럴 거라고 생각했지만.

나의 부모는 그레이스 부부를 만난 적이 없었으며, 앞으로도 만나지 않을 것 같았다. 제대로 된 집에 사는 사람들은 샬레 출신들과 섞이지 않았고, 우리도 그들과 섞이기를 기대하지 않았다. 우리는 진을 마시지 않았고, 주말에 사람들에게 내려오라고 하지 않았으며, 우리 자동차 뒷유리창에 보란듯이 무관심하게 프랑스 여행지도를 내버려두지도 않았다—필드에는 자동차를 가진 사람조차 거의 없었지만. 우리 여름 세계의 사회구조는 지구라트처럼 확고하여 위로 올라가기가 어려웠다. 휴가용 별장을 소유한 소수의 가족이 맨 꼭대기였고, 그다음이 호텔에 묵을 여유가 있는 사람들이었으며—같은 호텔이라 해도 비치 호텔을 골프 호텔보다 낮게 쳤다— 그다음이 집을 세내는 사람들이었고, 그다음이 우리였다. 1년 내내 그곳에 있는 사람들은 이 위계에 들어오지도 못했다. 마을 사람들 전체, 예를 들어 낙농장 주인 뒤그넌이나 골프공을 줍는 귀머거리 콜퍼, 아이비 로지의 두 신교도 독신녀들, 테니스코트를 운영하면서 자신의 독일종 셰퍼드와 정기적으로 교미를 한다는 소문이 난 프랑스 여자, 이런 사람들은 모두 별도의 계급이었으며, 이들의 존재는 햇빛을 받으며 이루어지는 우리의 강렬한 행위들의 흐릿한 배경에 불과했다. 내가 용케도 그 가파른 사회적 계단의 밑바닥으로부터 그레이스 가족 수준까지 올라갔다는 것은 코니 그레이스를 향한 나의 은밀한 감정과 마찬가지로 특별함의 상징, 선택되지 않은 수많은 사람들 가운데 선택된 자라는 상징이었다. 신들이 나를 골라 은총을 베푼 것이다.

피크닉. 우리는 그날 오후 그레이스 씨의 발랄한 자동차를 타고 버로까지, 포장도로가 끝나는 곳까지 내려갔다. 내 반바지 아래 허벅지 뒤쪽에 착 달라붙는, 점이 박힌 의자 가죽의 느낌부터가 벌써 관능적이었다. 그레이스 부인은 앞자리의 남편 옆에 앉아 남편 쪽으로 반쯤 몸을 돌리고 있었는데, 팔꿈치를 등받이에 기대고 있어, 나는 짜릿한 느낌을 주는 그루터기 털이 남은 겨드랑이를 볼 수 있었다. 이따금 열린 창에서 들어온 바람이 내 쪽으로 방향을 틀 때면, 그녀의 땀에 젖은 살에서 사향 냄새가 확 풍겼다. 그녀는 그 점잔 빼던 시절에도 생생하면서도 솔직하게 홀터 톱halter top이라고 부르던 옷을 입고 있었다. 그냥 양모로 짠, 어깨끈 없는 하얀 튜브에 불과한 옷으로, 몸에 착 달라붙어 그녀 가슴의 묵직한 아랫면의 곡선을 그대로 드러냈다. 그녀는 하얀 테가 달린 영화배우 선글라스를 걸치고 통통한 담배를 피웠는데, 담배를 깊이 빨아들였다가 잠시 입을 비뚜름하게 벌린 것을 보고 있으면 흥분되었다. 왁스를 바른 듯 반들거리는 주홍색 두 입술 사이로 비비 꼬인 풍성한 연기가 꼼짝도 않고 정지해 있었다. 그녀는 손톱에 피처럼 붉은 색을 칠했다. 나는 바로 그녀의 뒤에 앉아 있었고, 클로이가 마일스와 나 사이에 앉아 있었다. 클로이의 뜨겁고 앙상한 허벅지가 무심하게 내 다리를 지그시 누르고 있었다. 남매는 둘만의 말없는 시합을 벌여, 싸우고 꿈틀거리고 꼬집고, 좌석 사이의 비좁은 공간에서 서로 정강이를 걷어차려 했다. 나는 도무지 그런 게임의 규칙을 파악할 수 없었다—규칙이 있기는 한 건지도 알 수 없지만. 어쨌든 마지막에는 늘 승자가 나타났는데, 주로 클로이였다. 처음 그들이 이런 식으로 노는, 아니 더 정확하게 말하자면 싸우는 것을 보았던 때가 기억나면서 지금 이 순간에도 가엾은 마일스가 약간 안쓰럽게 느껴진다. 비 오는 오후였고, 우리는 시더스 안에 갇혀 있었다. 비

오는 날이면 우리 어린아이들에게서는 얼마나 야만적인 모습이 드러나던지! 쌍둥이는 거실 바닥에 쭈그리고 앉아 서로 무릎을 맞대고 마주보고 있었다. 두 손을 맞잡고 서로를 노려보고 있었다. 힘을 바짝 준채 몸을 흔들었다. 마치 전투에 나선 사무라이들처럼 열중한 모습이었다. 마침내 일이 벌어졌다. 나는 뭔가 결정적인 일이 생겼음을 알았지만, 그것이 무엇인지는 알지 못했다. 마일스는 갑자기 굴복할 수밖에 없었다. 마일스는 클로이의 강철 같은 발톱으로부터 손을 빼내더니 두팔로 자신을 껴안고―그는 상처 입거나 모욕을 당한 자아를 부둥켜안는 솜씨가 보통이 아니었다―울기 시작했다. 좌절감과 분노에 사로잡혀 목이 졸린 듯 높은 울음소리를 냈다. 아랫입술로 윗입술을 덮어 죄고, 눈을 질끈 감고, 크고 이렇다 할 형태가 없는 눈물을 뿜어냈는데, 전체적인 효과가 너무 극적이어서 그대로 믿기가 어려웠다. 그러자 승리를 거둔 클로이가 고개를 돌려 나를 보면서 고양이처럼 얼마나 고소해하던지. 그애의 얼굴은 불쾌하게 쪼그라들었고 송곳니가 반짝거렸다. 차 안에서도 클로이가 또 이겼다. 마일스의 손목을 어떻게 했는지그가 깩깩거리는 소리를 냈다. "아, 제발 그만 좀 해, 너희 둘 다." 그들의 어머니는 피곤한 목소리로 그렇게 말하기는 했지만, 그들 쪽으로는 거의 눈길도 주지 않았다. 클로이는 여전히 의기양양하게 엷은 웃음을 띠고 엉덩이를 내 쪽으로 더 세게 밀어붙였고, 마일스는 얼굴을 찌푸리고 입술을 삐죽 내밀어 O자를 만들었지만, 그래도 이번에는 가까스로 울음을 참은 채 붉어진 손목을 비비고 있었다.

도로 끝에 이르자 그레이스 씨는 차를 멈추었다. 우리는 트렁크에서 샌드위치와 찻잔과 포도주병이 든 바구니를 꺼내들고 모래가 단단하게 다져진 넓은 길을 따라 걷기 시작했다. 길옆에는 얼마나 오래된 것인지 모를 녹슨 가시철망 담장이 반쯤 파묻혀 있었다. 나는 늪과 진창으로 이루어진 이 황량한 소택지가 늘 마음에 들지 않았으며, 심지어 조금은 무서웠다. 이곳에서는 모든 것이 땅으로부터 고개를 돌리고, 구출의 표시를 찾기라도 하듯 말없이 필사적으로 수평선을 바라보는 것 같았기 때문이다. 진창은 새로 든 멍처럼 푸르스름하게 빛이 났고, 큰고랭이가 군데군데 밀집해 있었으며, 진흙으로 덮여 썩어가는 나무 기둥에는 잊힌 부표가 묶여 있었다. 이곳은 만조라 해도 깊이가 몇 인치밖에 되지 않았으며, 물은 빠르고 빛나는 수은처럼 소택지 위로 달려들어 어떤 장애물에도 멈추지 않았으며, 그레이스 씨는 우스꽝스러운 버킷 해트를 귀가 덮이도록 기울여 쓰고, 양쪽 겨드랑이에 접의자를 끼고 안짱다리 걸음으로 재빨리 앞서나가고 있었다. 곶을 돌자 좁은 해협 건너 언덕에 웅크린 마을이 보였다. 평면과 각으로 이루어진 제멋대로 흩어진 엷은 자주색 장난감 같은 집들 위로 첨탑이 솟아 있었다. 그레이스 씨는 목적지를 알고 가는 것처럼 길에서 벗어나더니 키가 크고 듬직한 양치류가 모여 있는 초원으로 들어갔다. 우리는, 그러니까 그레이스 부인, 클로이, 마일스, 나는 그 뒤를 따라갔다. 양치류는 키가 내 머리까지 왔다. 그레이스 씨는 초원 가장자리 풀 덮인 둑의 금송金松 밑에서 기다리고 있었다. 나도 모르는 새에 꺾인 양치류 줄기 하나가 내 샌들 옆면 바로 위 발목의 맨살에 골을 하나 파놓았다.

풀이 덮인 야트막한 둑과 양치류 벽 사이의 풀밭에 하얀 천이 펼쳐졌다. 그레이스 부인은 입꼬리에 담배를 물고 연기 때문에 한쪽 눈을 감은 채 무릎을 꿇고 피크닉 물건들을 늘어놓았고, 그녀의 남편은 모자를 더 비뚜름하게 걸친 채 잘 빠지지 않는 포도주병 코르크를 뽑으려고 애썼다. 마일스는 이미 양치류들 사이에 가 있었다. 클로이는 개구리처럼 웅크리고 앉아 달걀 샌드위치를 먹고 있었다. 로즈는—로즈는 어디 있지? 그녀도 거기에 있다. 주홍색 셔츠에 무도용 펌프스를 신고, 끈을 신발 밑창 아래로 거는, 무용수의 꼭 끼는 검은 바지를 입었으며 까마귀 날개처럼 검은 머리카락은 예쁘장하게 생긴 머리 뒤에 깃털처럼 묶었다. 그런데 어떻게 여기에 왔을까? 차에 함께 타지 않았는데. 자전거, 그래, 양치류 사이에 내팽개쳐 자빠져 있는 자전거가 보인다. 손잡이는 옆으로 돌아가 있고, 앞바퀴는 꼴사나운 각도로 튀어나와 있다. 지금 생각해보면 그것이 다가올 일의 음흉한 전조였던 듯하다. 그레이스 씨는 포도주병을 두 무릎 사이에 끼우고 계속 안간힘을 쓰고 있어 귓불이 빨갛게 변했다. 로즈는 내 뒤에서 식탁보의 귀퉁이를 깔고 앉아 한쪽 팔로 바닥을 짚고 있어 뺨이 어깨에 닿을 듯했고 두 다리는 옆으로 접었다. 어색해 보여야 마땅한 자세였지만, 그래 보이지는 않았다. 마일스가 양치류 속에서 달려가는 소리가 들렸다. 갑자기 포도주병에서 코르크가 뽕 하고 우스꽝스러운 소리를 내며 뽑히는 바람에 모두 깜짝 놀랐다.

우리는 피크닉 음식을 먹었다. 마일스는 야생동물 흉내를 내며 양치류 숲에서 달려나왔다가 음식을 한 줌 낚아채고 꿀꿀 힝힝거리며 다시 달려들어가기를 반복했다. 그레이스 부부는 포도주를 마셨고, 곧 그레이스 씨는 한 병을 더 땄는데 이번에는 아까처럼 어렵지 않았다. 로즈는 배가 고프지 않다고 했지만, 그레이스 부인은 말도 안 되는 소리 하지 말라며 먹으라고 명령했다. 그레이스 씨가 싱긋 웃으며 바나나를 내밀었다. 오후에는 아직 구름이 끼지 않은 하늘 아래 바람이 불어왔다. 구부러진 소나무가 우리 머리 위에서 윙윙 소리를 냈고, 솔잎 냄새, 풀과 발에 밟힌 양치류 냄새, 바다의 싸한 소금 냄새가 풍겼다. 로즈는 침울했다. 그레이스 부인이 꾸짖고, 그레이스 씨가 그 음란한 바나나를 내밀었기 때문인 것 같았다. 클로이는 팔꿈치 바로 아래 난 루비색 흉터의 딱지를 잡아 뜯고 있었다. 전날 가시에 긁힌 상처였다. 나는 양치류 때문에 생긴 발목의 상처를 살폈다. 희끄무레한 피부의 너덜너덜한 반투명 가장자리 사이로 빨갛게 약이 오른 홈이 파여 있었다. 피가 나지는 않았지만 홈 깊은 곳에 피처럼 보이는 맑은 액체가 반짝이고 있었다. 그레이스 씨는 접의자에 털썩 주저앉아 다리를 꼬고 담배를 피웠다. 이마 위로 낮게 눌러쓴 모자가 눈을 가리고 있었다.

작고 부드러운 것이 뺨을 때리는 느낌을 받았다. 클로이가 딱지를 떼어내고 나서, 나한테 빵 부스러기를 던진 것이다. 나는 그녀를 보았다. 클로이는 무표정하게 마주보더니 다시 빵 부스러기를 던졌다. 이번에는 맞지 않았다. 나는 풀에서 빵 부스러기를 집어들어 도로 던졌으나, 나도 맞히지 못했다. 그레이스 부인은 바로 내 앞에서 우리가 노는 모습을 한가하게 구경하고 있었다. 그녀는 풀이 덮인 둑의 약간 비탈진 곳에 모로 누워 한 손으로 머리를 받치고 있었다. 부인은 포도주 잔을 풀밭에 내려놓았다. 잔의 윗부분은 그녀의 옆으로 늘어진 젖가슴—나는 그것을, 그 커다란 우윳빛 살덩이 두 개를 달고 다니면 아프지 않을까 자주 궁금해했다—과 반대로 기울어 있었다. 부인은 손가락 끝을 핥더니 그것으로 잔 테두리를 문질렀다. 잔이 노래를 하게 하려는 것이었으나 아무런 소리도 나지 않았다. 클로이는 동그란 빵덩어리를 입에 넣어 침으로 적시더니 다시 꺼낸 다음 손으로 일부러 천천히 반죽을 하고는 여유 있게 겨냥을 한 뒤 던졌지만, 덩어리는 나에게까지 오지 않았다. "클로이!" 그애의 어머니가 말했다. 흐릿한 책망이었다. 클로이는 그녀를 무시하고 나를 보며 고양이처럼 희미하게 히죽 웃었다. 그애는, 나의 클로이는 심성이 잔인한 아이였다. 나는 그애의 하루 즐거움을 위해 메뚜기를 한 움큼 잡아 달아나지 못하게 뒷다리를 하나씩 떼어낸 다음, 그 꿈틀거리는 몸통을 광택이 나는 그릇 뚜껑에 담아 파라핀을 붓고 불을 붙이기도 했다. 클로이가 두 손으로 무릎을 누르며 쭈그리고 앉아 그 가엾은 생물들이 자신의 기름 속에서 펄펄 끓어오르는 광경을 얼마나 열심히 지켜보던지.

클로이는 다시 침으로 빵덩어리를 적시고 있었다. "클로이, 역겹구나." 그레이스 부인이 말하며 한숨을 쉬었다. 클로이는 그 즉시 싫증을 느꼈는지 빵을 뱉어내더니 무릎에서 부스러기를 털어내고 일어나 침울한 표정으로 소나무 그늘로 걸어들어갔다.

코니 그레이스가 내 눈을 보았던가? 그것이 공범의 웃음이었던가? 그녀는 몸이 들썩일 만큼 한숨을 쉬더니 몸을 돌려 풀을 베고 반듯이 누우며 한쪽 다리를 구부렸고, 그 바람에 나는 그녀의 치마 밑으로 허벅지의 안쪽 선을 따라 위쪽의 우묵한 곳과 팽팽한 하얀 면으로 싸인 부푼 둔덕까지 모조리 볼 수 있었다. 갑자기 모든 것이 느려지기 시작했다. 그녀의 텅 빈 잔이 기절하여 쓰러지자, 마지막 포도주 한 방울이 테두리로 달려내려오다 순간적으로 정지하며 반짝 빛을 내더니 이내 아래로 떨어졌다. 나는 보고 또 보았다. 이마가 뜨거워지고 손바닥이 축축해졌다. 그레이스 씨가 모자 밑에서 능글맞게 웃는 것 같았지만 상관없었다. 마음대로 능글맞게 웃으라지. 그의 몸집이 커다란 부인, 시간이 갈수록 더 커지는 부인, 원근법에 따라 줄어들어 보이는 머리 없는 거녀巨女—그 거대한 발 앞에서 나는 거의 공포 비슷한 감정을 느끼며 몸을 웅크렸다—는 꿈틀거리는 듯하더니 무릎을 더 높이 들어올렸다. 그러자 살이 푸짐한 다리 뒤쪽의 둔부가 시작되는 곳에 초승달 모양의 주름이 드러났다. 관자놀이에서 들리는 북소리 때문에 일광이 침침해졌다. 홈이 파인 발목에서 따끔따끔 욱신거리는 느낌이 강렬해졌다. 그때 멀리 양치류 속에서 가늘고 날카로운 소리가 들렸다. 옻칠을 한 듯한 공기를 꿰뚫는 예스러운 피리 소리였다. 나무 위에 올라가 있던 클로이가 근무시간을 맞이한 것처럼 얼굴을 찌푸리더니 허리를 굽혀 풀잎 하나를 뽑아 양손 엄지손가락으로 누르면서 두 손을 조개껍질 모양으로 모은 다음 그곳에 숨을 불어넣어 소리를 내 화답했다.

영원처럼 긴 1분인가 2분 뒤, 누워 있던 나의 마하*는 다리를 끌어당기더니 다시 옆으로 누워 충격적일 정도로 갑작스럽게 잠이 들어버렸다. 작고 부드러운 엔진이 계속 시동이 걸리려다 실패하듯 부드럽게 코를 고는 소리가 났다. 나는 내 안에서 섬세하게 균형을 잡고 있던 것이 아주 작은 움직임에라도 깨져버릴 것 같아 조심하듯이 천천히 허리를 폈다. 갑자기 나는 김이 빠져버린 듯 불쾌한 느낌에 사로잡혔다. 조금 전까지 느끼던 흥분은 사라져버렸다. 내 가슴속에는 무딘 속박이 있었고, 눈썹과 코밑에는 땀이 흘렀고, 반바지 허리띠 밑의 축축한 피부는 뜨거웠고 따끔거렸다. 어리둥절한 느낌이었고, 묘하게 화가 나기

---

* 스페인 화가 고야의 〈옷을 벗은 마하〉와 〈옷을 입은 마하〉 속의 여인.

도 했다. 그녀가 아니라 나의 내밀한 자아가 침해당하고 능욕당한 것 같았다. 물론 내가 목격한 것은 여신의 현현이었다. 그 점에는 의심의 여지가 없었지만, 신성한 순간은 곤혹스러울 정도로 짧았다. 내 탐욕스러운 눈길 아래서 그레이스 부인은 여자에서 다이몬*으로 변했다가 순식간에 다시 한낱 여자로 변해버렸다. 조금 전까지만 해도 그녀는 코니 그레이스, 그녀의 남편의 아내, 그녀의 자식들의 어머니였다가 다음 순간에는 무력한 숭배의 대상, 얼굴 없는 우상, 나의 욕망의 힘이 불러낸 고대의 본원적인 우상이 되었다. 그랬는데 그녀 안의 뭔가가 갑자기 늘어져버렸고, 나는 돌연 아찔한 혐오와 수치를 느꼈다. 나 자신이나 내가 그녀에게서 훔친 것으로 인한 수치가 아니라, 모호하기는 하지만 이 여자 자신으로 인한 수치였다. 그렇다고 그녀가 한 어떤 행동에 대한 수치는 아니었고, 다만 그냥 그녀가 그녀라는 것으로 인한 수치, 쉰 목소리로 신음을 토하며 옆으로 돌아누워 바로 쓰러져 잠이 들었을 때의 그녀 때문에 생긴 수치일 뿐이었다. 그녀는 이제 다이몬 유혹자가 아니라 그냥 그녀 자신, 죽을 운명을 타고 태어난 여자에 불과했다.

그러나 나의 혼란에도 불구하고 여전히 나에게 빛을 발하는 것은, 이미 사라진 것들의 그림자들 사이에서 그 빛이 아무리 퇴색했다 해도 신성한 그녀가 아니라 죽을 수밖에 없는 그녀다. 그녀는 내 기억 속에 그녀 자신의 화신으로 존재한다. 내 기억 속 풀이 덮인 둑에 누워 있는 여자와 땅이 이제 그녀의 것으로 간직하고 있는 흩어진 먼지와 마른 골수, 이 두 가지 가운데 어느 것이 더 현실적인가? 다른 곳에 있는 다른

* 고대 그리스 신화와 철학에 나오는 신과 인간 사이의 초자연적 존재.

사람들에게도 그녀는 틀림없이 살아남아 있을 것이다. 기억의 밀랍 인형 진열관 속에서 움직이는 인형 같을 것이다. 그러나 그들의 그녀는 나의 그녀와, 또 서로의 그녀와 다를 것이다. 이렇게 많은 사람들의 마음속에서 사람은 가지를 치고 흩어진다. 그것은 지속되지 않고, 지속될 수 없다. 그것은 불멸이 아니다. 우리는 우리 자신이 죽을 때까지 죽은 자를 이고 갈 뿐이다. 그런 다음에는 누군가가 우리를 잠시 이고 가고, 그런 다음에는 또 누군가가 우리를 이고 갔던 자들을 이고 가고, 이렇게 상상할 수 없을 정도의 먼 세대들로 이어져간다. 나는 애나를 기억하고, 우리 딸 클레어는 애나를 기억하고 나를 기억할 것이며, 그뒤에는 클레어도 사라질 것이고, 클레어를 기억하지만 우리는 기억하지 못하는 사람들이 생겨날 것이다. 그것으로 우리는 최종적으로 소멸한다. 물론 우리 가운데 어떤 것은 남을 것이다. 바랜 사진, 머리카락 한 타래, 지문 몇 개, 우리가 마지막 숨을 쉰 방의 공기에 들어 있던 원자 몇 개. 그러나 이 가운데 어느 것도 우리, 지금 우리이고 전에 우리였던 것은 아닐 것이다. 다만 죽은 자의 먼지일 뿐이다.

어린 시절 나는 아주 종교적이었다. 독실했던 것은 아니고, 단지 강박감에 사로잡혀 있었다. 내가 섬긴 신은 야훼, 세상들의 파괴자였지, 온화하고 온유하고 상냥한 예수는 아니었다. 나에게 신은 위협이었으며, 나는 공포, 그리고 그 불가피한 부수물인 죄책감으로 대응했다. 나는 그 어린 시절에는 죄책감을 다루는 데 명수였다. 사실 이 늙은 시절도 다를 것이 없지만. 첫영성체를 받을 때, 아니 더 정확히 말하자면 그에 앞서 첫 고해성사를 할 때, 사제가 매일 수녀원 부속학교로 와 우리 풋내기 참회자 반에서 복잡한 기독교 교리를 가르쳤다. 사제는 입꼬리 쪽에 하얀 물질로 이루어진 점들을 늘 묻히고 다니는 여위고 창백한 광신자였다. 어느 화창한 5월 아침, 그가 환희에 차서 보는 죄에 관한 강연을 했던 일이 특히 또렷하게 기억난다. 그래, 보는 죄. 우리는 다양한 범주의 죄를 배웠다. 해서 짓는 죄와 하지 않아서 짓는 죄, 용서받을 수 없는 죄와 용서받을 수 있는 죄, 일곱 가지 대죄, 오직 주교만이 면해줄 수 있다는 끔찍한 죄. 그러나 새로운 범주가 또하나 있는 것 같았다. 수동적인 죄. 상상해보았나, 폼플렉* 신부는 문에서 창으로, 창에서 문으로 사제복 스치는 소리를 내며 걸어다니면서, 벗어진 좁은 이마에서는 거룩한 기운 그 자체를 반사하듯 별 같은 빛을 반짝이면서 빠르게 조롱하듯이 물었다, 죄는 늘 어떤 행동을 하는 것과 관련된다는 것을 상상해보았나? 욕정이나 질투나 증오를 품고 보는 것은 욕정을 일으키는 것이고 질투하는 것이고 증오하는 것이다. 행위가 뒤따르지 않는 욕망도 영혼에 똑같은 오점을 남긴다. 주님도 그렇게 말하지 않았던가? 폼플렉 신부는 자신이 내건 주제에 혼자 흥분하여 소리쳤다. 주님 자신도 간음하는 마음으로 여자를 바라보는 자는 그런 행동을 한 것이나 마찬가지라고 주장하지 않았던가? 이제 신부는 우리를 완전히 잊었고, 우리는 경외감에 사로잡혀 무슨 말인지도 모르면서 작은 쥐떼처럼 신부를 쳐다보며 앉아 있었다. 그 모든 말이 반의 다른 모든 아이와 마찬가지로 나한테도 아주 새로운 것이었다. 간음adultery이 뭐지, 어른adult들만 짓는 죄인가? 그러나 나는 나 나름으로 그것을 잘 이해하고 또 환영했다. 일곱 살의 나이에도 나는 내가 보지 말아야

---

* Foamfleck. '거품으로 이루어진 점'이라는 뜻의 별명.

할 행동을 슬그머니 찾아다니는 데는 늙은 손*—이니 늙은 눈이라고 해야 하나—이었기 때문이다. 그래서 눈으로 뭔가를 취하는 어두운 즐거움을 잘 알았고, 그뒤에 따르는 그보다 더 어두운 수치심도 잘 알았다. 따라서 내가 양껏 보았을 때, 볼 것을 보고 채울 것을 채웠을 때, 그레이스 부인의 은빛 허벅지를 반바지 형태의 속옷 가랑이까지, 엉덩이와 다리가 만나는 부분의 오동통한 곳을 가로지르는 주름까지 보았을 때, 그동안 누가 내내 나를 보고 있지 않은가 두려워, 다른 구경꾼이 두려워 즉시 주위를 두리번거린 것은 당연한 일이었다. 양치류 쪽으로부터 온 마일스는 로즈에게 추파를 던지느라 바빴고, 클로이는 여전히 소나무 밑에서 멍하니 백일몽에 빠져 있었지만, 그레이스 씨, 그는 그동안 쭉 그 모자챙 밑으로 나를 관찰하지 않았을까? 그레이스 씨는 자신의 속으로 무너진 사람처럼 앉아 있었다. 턱은 가슴에 파묻었고, 모피처럼 털이 덮인 배는 열린 셔츠 밖으로 불룩 튀어나왔으며, 살이 드러난 발목은 여전히 살이 드러난 무릎을 가로지르고 있었다. 그래서 나는 그의 다리 안쪽을 따라 굵은 허벅지 사이로 카키색 반바지 안에 터질 것처럼 짓눌려 있는 커다란 공 모양의 덩어리도 볼 수 있었다. 소나무가 풀밭을 가로질러 그를 향해 점점 진해지는 자주색 그림자를 꾸준히 넓혀가던 그 긴 오후 내내 그레이스 씨는 부인의 포도주잔을 다시 채우거나 먹을 것을 가져올 때가 아니면 접의자를 거의 떠나지 않았다. 손가락들을 모아 햄 샌드위치의 반을 짓이긴 다음 그 곤죽을 한번에 턱수염 안의 붉은 구멍으로 채워넣던 모습이 눈앞에 선하다.

---

* old hand. 노련한 사람이라는 뜻.

당시 그 나이의 우리에게 모든 어른은 예측 불가능했으며, 심지어 약간 미친 존재들이었다. 그 가운데서도 칼로 그레이스는 특별히 세심한 감시가 필요했다. 그는 갑작스러운 거짓 동작, 예기치 않게 달려드는 공격을 즐겼다. 팔걸이의자에 앉아 신문에 몰두해 있는 듯 보이다가도, 클로이가 지나가면 공격하는 뱀처럼 빠르게 손을 뻗어 그녀의 귀나 머리카락을 한 줌 잡은 다음 아프도록 세게 비틀면서도 말 한마디 하지 않았고 신문 읽기를 중단하지도 않았다. 팔이나 손이 별도의 의지를 갖고 행동한 것 같았다. 그는 무슨 말을 하다가 중간에 일부러 말을 끊고 조각처럼 가만히 있기도 잘했다. 손은 공중에 걸리고, 눈은 상대의 신경질적으로 꿈틀거리는 어깨 너머 허공을 멍하니 바라보았다. 마치 자신만 들을 수 있는 어떤 무시무시한 경보나 머나먼 소요에 귀를 기울이는 것 같았다. 그러다가도 갑자기 상대의 멱살을 잡는 척하면서 잇새로 쉭쉭거리는 소리를 내며 웃음을 터뜨리곤 했다. 그는 반편이이지 싶은 우편배달부에게 말을 걸어, 날씨라든가 다가올 축구 시합 결과를 놓고 진지하게 상의하면서 마치 가장 순수한 진주 같은 지혜의 말을 듣는 듯 고개를 끄덕이고 얼굴을 찌푸리며 턱수염을 만지작거리기도 했다. 그러다 가엾게도 속고 만 배달부가 휘파람을 불며 자랑스럽게 가버리면, 그는 우리를 돌아보며 싱긋 웃었다. 눈썹을 추켜들고 입술을 오므리고 기분이 좋아 소리 없이 머리를 흔들었다. 내 모든 관심은 그 외의 다른 사람들에게 맞춰져 있는 것 같았지만, 지금 생각해보니 내가 신들 사이에 있다는 생각을 처음 하게 된 것은 칼로 그레이스 때문이었다. 그는 멀리 떨어져 있고 즐거운 표정으로 무관심한 척했지만, 결국 우리 모두를 지배하는 사람처럼 보이는 건 그레이스 씨였다. 그는 웃음을 터뜨리는 신, 우리 여름의 포세이돈이었으며, 그의 손짓에 따라 우리의 작은 세계는 순순히 그 행동과 뜻을 조절해 나갔다.

아직은 그 방종과 부정한 권유의 날이 다 끝난 게 아니었다. 그레이스 부인이 거기 풀 덮인 둑에 몸을 뻗고 부드럽게 코를 고는 동안, 그 작은 골짜기에 있던 나머지 우리 모두에게도 무기력한 상태가 찾아왔다. 우리 일행 가운데 하나가 떨어져나가 잠에 빠지자, 눈에 보이지 않는 권태의 그물이 우리를 덮은 것이다. 마일스는 내 옆의 풀 위에 엎드려 있었지만, 나와는 반대 방향을 보고 있었다. 여전히 내 뒤의 식탁보 귀퉁이에 앉아 있는 로즈를 보고 있었던 것이다. 그녀는 늘 그랬듯이 마일스가 구슬 같은 눈으로 바라본다는 것을 까맣게 모르고 있었다. 클로이는 여전히 소나무 그늘에 서서 뭔가를 손에 쥔 채 고개를 들고 위쪽을 열심히 살피고 있었다. 아마 새인 것 같았다. 아니면 그냥 하늘을 배경으로 격자무늬를 그리는 가지들, 그리고 바다로부터 슬금슬금 다가오는 하얗게 부푼 구름들인지도 몰랐다. 손에는 솔방울―맞나?―을 쥐고, 무아경에 빠진 눈길로 햇빛을 받는 가지들을 물끄러미 바라보던 그 애수 어린 얼굴의 윤곽이 얼마나 생생했던지. 갑자기 그 애가 그 장면의 중심, 모든 것이 수렴되는 소실점이 되었다. 갑자기 이 무늬와 이 그늘이 그렇게 꾸밈없는 듯하면서도 세심하게 배치된 것이 다 그애 때문인 것 같았다. 반들거리는 풀 위의 하얀 천, 기울어진 청록색 나무, 주름 장식이 달린 양치류, 심지어 위의 높은 곳, 가없는 바닷빛 하늘에서 움직이지 않는 것처럼 보이려고 애쓰는 작은 구름들까지. 나는 잠든 그레이스 부인을 흘끗 보았다. 거의 경멸 섞인 표정으로 흘끗 보았다. 갑자기 그녀는 크고 낡은 생명 없는 몸통, 더는 부족의 숭배를 받지 못하고 쓰러진 뒤 두엄더미에 내던져져 마을 아이들의 새총이나 활의 과녁 노릇이나 하는 여신상에 불과한 존재가 되어버렸다.

느닷없이, 마치 내 경멸의 차가운 촉감에 잠을 깬 것처럼, 그레이스 부인이 일어나 앉아 흐릿한 눈을 깜빡이며 주위를 둘러보았다. 포도주 잔을 살펴보더니 텅 빈 것을 알고 놀라는 것 같았다. 그녀의 하얀 홀터톱에 떨어져 분홍색 자국을 남긴 포도주 방울, 그녀는 그것을 손끝으로 문지르며 혀를 찼다. 이어 그녀는 우리를 다시 둘러보더니 헛기침을 하고 나서 모두 술래잡기 놀이를 해야 한다고 선언했다. 모두들 그녀를 물끄러미 바라보았다. 심지어 그레이스 씨까지. "나는 아무도 안 붙잡을 거야." 클로이가 나무 그늘의 자기 자리에서 말하며 웃음을 터뜨렸다. 믿어지지 않는다는 코웃음이었다. 그애의 어머니가 그애도 해야 한다면서 초나 치는 아이라고 핀잔을 놓자, 클로이는 아버지의 의자 옆으로 가더니 서서 아버지 어깨에 팔꿈치를 기대고 가늘게 뜬 눈으로 어머니를 보았다. 싱글거리는 늙은 목신牧神 그레이스 씨는 클로이의 엉덩이에 팔을 두르고, 털이 복슬복슬한 품으로 그애를 안아주었다. 그레이스 부인이 나를 돌아보았다. "너는 할 거지, 응?" 그녀가 말했다. "그리고 로즈도."

그 놀이가 일련의 생생한 그림들로 보인다. 생생한 색감으로 빠르게 움직이며 지나가는 순간적인 동작들. 빨간 셔츠를 입고 양치류 사이를 달리는 로즈의 상반신. 머리는 높이 쳐들었고 검은 머리카락은 뒤로 물결처럼 흐른다. 양치류의 즙으로 인디언의 전쟁 화장처럼 이마를 물들인 마일스. 내 손아귀에서 빠져나가려고 몸부림을 친다. 내 손은 그의 살 속을 깊이 파고들어, 어깨뼈의 둥근 *끄트머리*가 어깨 구멍과 마찰하는 것을 느낀다. 로즈가 달려가는 또하나의 빠른 이미지. 이번에는 공터 너머 단단한 모래밭을 달리고 있고, 마구 웃음을 터뜨리는 그레이스 부인이 그 뒤를 쫓고 있다. 순간적으로 소나무 줄기와 가지들이 만들어주는 액자 속에 들어간 맨발의 두 마이나데스*. 그들 너머로 만이 칙칙한 은빛으로 반짝거리고, 하늘은 수평선에 이르기까지 한결같이 광택 없는 푸른빛이다. 그레이스 부인이 양치류 사이의 공터에서 출발 신호를 기다리는 단거리 선수처럼 한쪽 무릎을 구부리고 있다. 내가 갑자기 들이닥치자 그녀는 놀이의 규칙대로 달아나는 대신 다급하게 손짓해 자기 옆에 웅크리고 앉게 하더니 한 팔로 내 몸을 감아 꼭 끌어당긴다. 그녀의 부드럽게 내민 불룩한 젖가슴을 느낄 수 있고, 그녀의 심장이 뛰는 소리를 들을 수 있고, 우유와 식초가 섞인 듯한 그녀의 냄새를 맡을 수 있다. "쉿!" 그녀가 말하며 손가락을 내 입술에 올려놓는다—그녀의 입술이 아니라 내 입술에. 그녀는 부르르 떨고 있다. 억누른 웃음의 물결이 그녀의 몸을 훑고 지나간다. 어렸을 때 어머니 품에 안긴 이후로 성인 여자에게 이렇게 가깝게 가보기는 처음이지만, 이제 욕망이 아니라 오직 일종의 험악한 두려움만 느낀다. 로즈는 우리 둘이 거기에 웅크린 것을 발견하더니 얼굴을 찌푸린다. 그레이스 부인은 그녀의 손을 잡는다. 그 손을 잡고 자기 몸을 일으키려는 동작 같지만, 실제로는 로즈를 우리 위로 끌어당긴다. 순식간에 팔다리가 뒤엉키고, 로즈의 머리가 흩날린다. 우리 셋은 이내 뒤로 쓰러져 팔꿈

---

* 그리스신화에서 디오니소스를 수행하는 시녀들.

치에 몸을 기댄 채 헐떡거린다. 우리는 짓이겨진 양치류 사이에 별 모양을 그리며 널브러져 서로 마주보고 있다. 나는 비비적거리며 일어난다. 갑자기 그레이스 부인이, 갑자기 과거의 연인으로 바뀌어버린 사람이, 다시 방만하게 내게 무릎 위를 드러낼까 두렵다. 그녀는 손을 들어 눈에 그늘을 만들더니 뚫고 들어갈 수 없을 정도로 단단하고 차가운 웃음을 지으며 나를 바라본다. 로즈도 벌떡 일어나 셔츠를 털며, 알아들을 수 없는 소리를 중얼거리더니 양치류 속으로 성큼성큼 걸어가버린다. 그레이스 부인은 어깨를 으쓱한다. "질투는." 그녀는 말하더니 나에게 담배를 가져다달라고 한다. 갑자기 담배가 피우고 싶어 죽겠다는 것이다.

우리가 풀이 덮인 둑과 소나무로 돌아갔을 때 클로이와 그애의 아버지는 거기에 없었다. 하얀 식탁보 위에 흩어진 피크닉 물건들의 잔해는 마치 일부러 그렇게 배치해놓은 듯한 인상을 주었다. 우리가 판독해야 할 암호문 같았다. "잘났어." 그레이스 부인이 찌무룩한 목소리로 말했다. "정리는 우리한테 맡기고 가버렸네." 마일스가 양치류 덤불에서 나오더니 무릎을 꿇고 풀잎 하나를 뽑아들어 두 엄지손가락 사이로 다시 피리를 불며 기다렸다. 석고로 만든 목신처럼 고요하면서도 그지없이 황홀한 모습이었다. 햇빛이 밀짚처럼 창백한 머리카락에서 빛났다. 잠시 후 멀리서 클로이의 화답이 들려왔다. 이우는 여름날을 관통하는 바늘처럼 날카로운 높고 순수한 휘파람 소리였다.

관찰하고 관찰당하는 문제와 관련하여 오늘 아침 욕실 거울로 나 자신을 오랫동안 냉혹하게 바라본다는 이야기를 해야겠다. 요즘에는 보통 나의 영상 앞에서 필요 이상으로 길게 꾸물거리지 않는다. 거울에 비친 내 모습을 아주 좋아했던 때가 있었지만, 이제는 그렇지 않다. 지금은 거울에 느닷없이 나타나는 내 모습에 깜짝 놀란다. 아니 놀라는 것 이상이다. 한 번도 내가 예상한 모습이었던 적이 없기 때문이다. 전혀 예상했던 모습이 아니다. 나는 나 자신의 패러디에 옆으로 밀려나버렸다. 분홍빛이 섞인 잿빛의 축 늘어진 고무로 만든 핼러윈 가면을 뒤집어쓴 애처롭게 헝클어진 형체. 그 형체는 내가 완강하게 머릿속에 유지하고 있는 내 모습과 대충 닮았다고 말할 수 있을 정도다. 또 내가 거울 때문에 겪는 문제도 있다. 즉 내게는 거울과 관련된 문제가 많은데, 그 대부분은 성격상 형이상학적이나, 지금 말하는 문제란 전적으로 실용적인 것이다. 내 몸의 과도하고 터무니없는 크기 때문에 벽에 붙은 면도용 거울 따위는 늘 너무 낮아 내 얼굴 전체를 보려면 허리를 굽혀야 한다. 최근에는 그런 식으로 허리를 굽히고, 이제 내게 늘 붙어다니는 그 침침한 놀라움과 모호하고 느린 두려움의 표정으로, 지치고 놀란 듯 입은 늘어지고 눈썹은 추켜세운 채로 거울에서 밖을 내다보는 나 자신을 보다 보면, 내게 교수형을 당한 사람의 표정이 분명히 얼마쯤 있다는 느낌이 든다.

처음 이곳에 왔을 때 턱수염을 기를까 하는 생각을 했다. 다른 게 아니라 타성 때문에. 그러나 사나흘 지나자 조금씩 돋은 수염이 짙은 녹 같은 묘한 색임을 알게 되었다. 이제야 클레어가 어쩌다 빨간 머리가 되었는지 알겠다. 턱수염 색은 내 두피에 난 머리카락의 색과 완전히 다른데다가 서리가 내린 듯 은색이 점점이 박혀 있었다. 이 적갈색의 수염은 사포처럼 거세고, 미덥지 못한 충혈된 눈과 결합되어 만화에 나오는 죄인 같은 인상을 주었다. 정말 센 사건을 저질러, 아직 교수형을 당하지는 않았지만 분명히 사형수 감옥으로 갈 범죄자. 희끗희끗해진 머리털마저 성긴 관자놀이에는 초콜릿색의 주근깨, 애브릴 같은 주근깨가 박혀 있었다. 아니면 기미일까. 아마 그런 것 같다. 어쨌든 나는 그 가운데 어떤 점 하나에서라도 변이세포가 변덕을 부리기만 하면 그것이 순식간에 미친듯이 퍼져나갈 수도 있다는 사실을 너무 잘 알고 있다. 주사*가 점점 빠르게 나타난다는 점도 눈여겨보고 있다. 이마의 피부는 온통 발그스름한 얼룩투성이이고 코 양옆에는 발진이 잔뜩 기승을 부리고 있으며, 심지어 뺨마저 보기 흉하게 홍조가 짙어지고 있다. 내가 존경하여 많이 펼쳐본, 훌륭하고 늘 침착한 의학박사 윌리엄 A. R. 톰슨의 『블랙 의학사전』—애덤 앤드 찰스 블랙, 런던, 13판, 어김없이 내 심장의 주름을 얼어붙게 만드는 흑백 또는 회색 삽화 441개와 천연색 도판 4개 수록—은 나에게 이름만 그럴듯할 뿐이지 실제로는 불쾌한 괴로움을 가리키는 그 주사라는 것이 얼굴과 이마에서 홍조가 생기는 곳의 만성적 충혈 때문에 발생하며, 붉은 구진丘疹이 나타날 수도 있다고 말해준다. 그 결과로 생기는 홍반—그러니까 우리 의학계 인사들이 피부가 붉어진 것을 가리키는 말이다—은 커졌다 작아졌다 하지만, 결국은 영구적으로 자리를 잡는다. 이 솔직한 의사는 경고하기를, 이 홍반이 또 피지선(피부 항목 참조)의 심한 확대를 동반하여, 비류鼻瘤 또는 주부코라고 알려진 코의 심한 확대 증상이 나타날 수 있다. 여기에 나오는 반복—심한 확대…… 심한 확대—은 닥터 톰슨의 약

---

* 코, 이마, 볼에 생기는 만성 피지선 염증. 영어명 'rosacea'는 장미 같다는 뜻의 라틴어에서 유래되었다.

간 구식인 듯하지만 보통은 음조가 좋은 산문 스타일에서는 찾아보기 힘든 부적절한 것이다. 이 의사가 왕진도 할지 궁금하다. 그는 병상 옆에서 환자를 차분하게 진정시키고, 온갖 종류의 문제에 관한 정보를 풍부하게 갖추고 있을 것이다. 그 모두가 건강과 관련된 것은 아니겠지만. 의사들은 보통 사람들이 생각하는 것보다 훨씬 더 다재다능하다. 『로제 동의어 사전』의 로제는 내과의사로, 폐병과 웃음 가스에 관한 중요한 연구를 했을 뿐 아니라 묘한 환자들도 치료해주었다. 그러나 주부코, 어쨌든 그것은 이제 고대할 만하다.

이런 식으로 거울로 내 얼굴을 들여다볼 때, 나는 자연스럽게 전쟁이 끝날 무렵 아내가 죽은 뒤 르보스케에서 욕실 거울에 비친 자신을 스케치한 보나르의 마지막 작품들을 생각하게 된다. 비평가들은 이 초상화들이 무자비하다고 말하는데, 나는 왜 거기에 자비가 끼어드는지 모르겠다. 그러나 사실 거울에 비친 내 모습을 보고 가장 강렬하게 떠오르는 것은, 방금 깨달았지만, 반 고흐의 자화상이다. 붕대를 감고 파이프를 물고 형편없는 모자를 쓴 그 유명한 자화상이 아니라, 이전 연작 가운데 하나, 1887년 파리에서 그린 것으로 높은 깃에 프로방스의 푸른빛 넥타이를 매고 모자는 쓰지 않은 자화상이다. 두 귀는 말짱한데, 마치 조금 전까지 물에 처박히는 벌을 받던 사람처럼 보인다. 이마는 물매가 졌고 관자놀이는 오목하며 뺨은 굶은 사람처럼 쑥 들어갔다. 그는 액자 안에서 옆을 살피고 있다. 방심하지 않는 표정이다. 어떤 예감에 사로잡혀 격노한 듯하다. 최악을 예상하는 듯한 표정. 마땅히 그래야 하지만.

오늘 아침 나에게 가장 강한 충격을 준 것은 눈 상태였다. 흰자위가 아주 작은 밝은 빨간색 핏줄들로 마치 균열이 일어난 듯하고, 축축한 아래 눈꺼풀은 염증이 생겨 눈알을 약간 느슨하게 덮고 있었다. 그러고 보니 속눈썹이 남은 게 거의 없다. 젊은 시절에는 소녀도 부러워할 만한 비단 같은 속눈썹을 자랑하던 내가. 위쪽 눈꺼풀 안쪽으로 가장 깊이 들어간 곳에 뭐가 약간 튀어나왔다. 안각眼角의 급강하가 시작되기 바로 직전이다. 안각 자체야 그 끝이 감염된 것처럼 늘 노르스름하다는 것만 빼면 거의 예쁘다고까지 할 수 있다. 그러나 안각 자체에 있는 그 봉오리, 그건 도대체 뭘까? 인간의 모습 가운데 장기간의 정밀조사를 감당할 수 있는 것은 없다. 내 뺨, 그래, 안됐지만 가엾은 빈센트의 뺨처럼 움푹 꺼졌고, 그 뺨의 분홍빛에 물든 창백한 색조는 하얀 벽과 싱크의 법랑에 반사되는 광채 때문에 더 선명하고 병적으로 보였다. 이 광휘는 북쪽 가을빛이 아니라, 먼 남쪽의 단단하고, 고집 세고, 메마르게 번쩍이는 빛에 더 가까운 것 같았다. 이 빛은 내 앞의 거울에서 번쩍거리더니 벽의 디스템퍼*로 가라앉았으며, 그 바람에 벽은 오징어 뼈처럼 파삭파삭하고 곧 부서질 것 같은 질감을 드러냈다. 세면대의 굴곡진 곳에 부딪힌 빛 한 점은 엄청나게 먼 성운처럼 사방으로 흘러나갔다. 그 하얀 빛의 상자 속에 서 있던 나는 한순간 머나먼 바닷가로 옮겨졌다. 현실인지 상상인지, 어느 쪽인지 모르겠지만, 어쨌든 그 세밀한 부분들은 꿈에서처럼 놀라울 정도로 선명했다. 바닷가에서 나는 햇빛을 받으며, 단단하게 융기한 이판암 같은 모래밭에 앉아 손에 크고 반질반질하고 부드러운 파란 돌을 쥐고 있었다. 돌은 물기가 없

---

* 물에 카세인과 아교를 갠 실내장식용 채료.

고 따뜻했다. 나는 돌을 내 입술에 갖다대는 것 같았다. 그 짠맛은 바다의 멀고 깊은 곳, 먼 섬들, 시든 잎들 밑의 사라진 장소들, 생선의 연약한 뼈대, 바닷가에 밀려온 해초, 부패물에서 나는 것 같았다. 물가에서 내 앞의 작은 파도들이 살아 있는 목소리로 말을 한다. 어떤 고대의 재난, 예를 들어 트로이의 멸망, 또는 아틀란티스의 침몰을 간절한 목소리로 소곤거린다. 모든 것이 차고 넘쳐, 소금기를 풍기며 반짝거린다. 노 끝에서 물방울이 부서져 은빛 줄기로 흘러내린다. 멀리 검은 배가 보인다. 매 순간 눈에 띄지 않을 정도로 조금씩 가까워지고 있다. 나는 그 배에 타고 있다. 너의 사이렌의 노래가 들린다. 나는 거기에, 거의 거기에 이르렀다.

2부

우리는, 클로이와 마일스와 나는, 거의 매일 바다에서 시간을 보내는 것 같았다. 우리는 햇볕을 받으며 비를 맞으며 수영을 했다. 바다가 수프처럼 굼뜬 아침에 수영을 했으며, 물이 굽이치는 검은 공단처럼 팔 위로 넘쳐나는 밤에 수영을 했다. 어느 날 오후에는 뇌우가 몰아치는 동안 물속에 있었는데, 두 갈래로 갈라진 번개가 우리와 아주 가까운 곳의 수면을 치는 바람에 꽝 하는 소리를 들으며 공기 타는 냄새를 맡기도 했다. 내 수영 솜씨는 시원찮았다. 쌍둥이는 아기 때부터 교습을 받아 번득이는 두 개의 가위처럼 수월하게 파도를 갈랐다. 그러나 나는 기술과 우아함에서 모자라는 부분을 힘으로 메웠다. 나는 쉬지 않고 멀리 갈 수 있었으며, 실제로 자주 그렇게 했다. 누가 되었든 관객만 있으면 나 자신의 힘만이 아니라 물가에 선 구경꾼들의 인내심도 바닥이 날 때까지 모잽이헤엄으로 꾸준하게 휘저으며 나아갔다.

어느 날인가도 이런 서글프고 자그마하고 유쾌한 과시를 끝낸 뒤에 나는 처음으로 나를 보는 클로이의 눈에 변화가 생겼다는 느낌을 받았다. 아니면 그애가 나를 응시하고 있다는 느낌에 이어 그 눈길에 변화가 일어나고 있다는 느낌을 받았다고 해야 할까. 늦은 저녁 시간이었다. 오래전 해변을 슬금슬금 먹어들어오는 바닷물을 막아보겠다고 쓸데없이 던져넣은, 녹색 침니沈泥가 덮인 콘크리트 방파제 두 개 사이를 헤엄친 뒤였다. 글쎄, 100야드, 아니 200야드쯤 될까? 나는 물에서 비틀거리며 걸어나오다 클로이가 해변에서 나를 기다렸다는 것, 내가 물속에 있는 동안 내내 기다렸다는 것을 알았다. 그애는 수건을 쓰고 웅크리고 서서 경련을 일으키듯 몸을 떨고 있었다. 입술은 라벤더 빛깔이었다. "자랑할 필요 없어, 알잖아." 클로이가 찌무룩한 표정으로 말했다. 내가 뭐라고 대꾸를 하기도 전에—사실 뭐라고 대꾸하겠는가, 클로이 말이 옳았는데, 나는 자랑을 하고 있었는데—마일스가 우리 위의 모래언덕으로부터 마치 자전거를 타듯 발을 구르며 뛰어내려와 우리 둘에게 모래를 뿌렸다. 그러자 클로이가 다른 모래언덕 가장자리로부터 내 인생 한가운데로 뛰어들던 날 처음 보았던 그애의 모습, 날이 선 듯 선명하고 묘하게 사람을 흥분시키는 그 모습이 다시 떠올랐다. 클로이는 내 수건을 건네주었다. 해변에는 우리 셋뿐이었다. 저녁의 안개 낀 회색 공기는 축축한 재 같은 느낌을 주었다. 우리 셋이 몸을 돌려 모래언덕들 사이의 터진 공간으로, 스테이션 로드로 통하는 길로 걸어가는 모습이 보인다. 클로이의 수건 한 귀퉁이가 모래밭에 끌린다. 나는 수건을 한쪽 어깨에 걸치고 젖은 머리가 달라붙은 모습으로 그애와 함께 걷는다. 로마의 원로원 의원을 조그맣게 축소해놓은 것 같다. 마일스는 앞에서 달려간다. 하지만 저기 물가의 어슴푸레한 빛 속에서, 안개 낀 수평선으로부터 빠르게 밤을 맞이하여 짐승처럼 둥글게 등을 구부리며 어두워지는 바다 옆에서 미적거리는 것은 누구일까? 우리―그들―그 세 아이가 그 잿빛 공기 속에서 점점 흐릿해지다. 스테이션 로드의 출발점으로 이어지는 터진 공간을 지나 사라지는 광경을 지켜보고 있는 것은 도대체 나의 또 어떤 환영일까?

아직 클로이를 묘사하지 않았다. 그 나이에 우리 사이에는, 그애와 나 사이에는 외모에 별 차이가 없었다. 그러니까 측정될 만한 것으로 보았을 때는 그랬다. 심지어 거의 흰색이지만 젖으면 광택이 나는 밀색깔로 어두워지는 그애의 머리카락조차 나보다 길지 않았다. 그애의 머리는 급사 스타일로, 오똑하고 잘생기고 묘하게 볼록한 이마 위로 앞머리가 드리워져 있었다. 마치, 갑자기 이런 생각이 떠오른다. 놀랍게도 마치 보나르의 〈창문 앞의 탁자〉 가장자리에 떠도는, 옆모습으로 보이는 유령 같은 형체의 이마 같다. 과일 사발과 책, 그리고 이젤에 세워놓고 뒤에서 본 캔버스처럼 보이는 창이 있는 그림 말이다. 모든 것이 어떤 다른 것이 된다. 점점 그 사실이 뚜렷해진다. 필드의 나이든 아이 하나가 어느 날 나에게 킬킬거리면서, 클로이의 앞머리는 그애가 혼자 노는 여자아이라는 분명한 표시라고 장담을 했다. 나는 그애 말이 무슨 뜻인지는 몰랐지만, 클로이가 혼자든 다른 식으로든 놀지 않는 건 확실하다고 생각했다. 내가 전에 필드에서 다른 아이들하고 하던 라운더스*나 사냥 놀이는 그녀의 놀이가 아니었다. 그리고 샬레에 머무는 가족들 가운데는 클로이 또래인데도 아직 인형을 가지고 노

여자아이들이 있다고 말해주었을 때 클로이가 콧구멍까지 벌름거리며 얼마나 코웃음을 치던지. 클로이는 자기 또래 다수를 심하게 경멸했다. 그래, 클로이는 놀지 않았다. 마일스하고 있을 때는 예외였지만, 그렇다고 그 아이들 둘이 하는 것을 놀이라고 말할 수도 없었다.

나한테 클로이의 앞머리 이야기를 했던 아이—갑자기 그 아이가 보인다, 마치 여기 내 앞에 있는 것처럼, 조 뭐였는데, 귀는 주전자 같고 머리카락이 뻣뻣하고 몸집이 크고 뼈가 굵은 아이—는 또 클로이의 이가 녹색이라고 말했다. 나는 충격을 받았지만, 그 말은 옳았다. 다음에 가까이서 볼 기회가 있을 때 그애의 앞니 에나멜질에 희미한 색조가 감도는데, 그게 과연 녹색임을 알게 되었다. 그러나 축축하고 옅은 잿빛 녹색이었다. 비가 내린 뒤 나무 밑 그늘의 축축한 빛처럼, 또는 잔잔한 물에 비친 이파리 밑면의 칙칙한 사과 색조처럼. 그래, 사과. 클로이의 입에서도 사과 냄새가 났다. 우리는 작은 동물들 같았기 때문에 서로 코를 킁킁거렸다. 나는 특히, 시간이 지나 맛볼 기회가 생겼을 때, 그애의 팔꿈치와 무릎의 갈라진 틈에서 나는 아릿한 치즈 맛을 좋아했다. 솔직히 말할 수밖에 없지만, 클로이는 아주 청결한 아이라고 할 수는 없었으며, 보통 하루의 시간이 흘러갈수록 냄새를 더 강하게 풍겼다. 새끼 사슴 같은, 그러나 약간 김빠진 듯한 냄새였다. 상점의 텅 빈 비스킷 깡통에서 나는, 났던 냄새 비슷했다—지금도 가게에서 그 크고 네모난 깡통에 든 비스킷을 하나씩 파나? 그애의 손. 그애의 눈. 그애의 물어뜯은 손톱. 이 모든 것을 나는 기억한다, 선명

---

* 야구 비슷한 구기.

하게 기억한다. 하지만 모두 따로 놀기 때문에 하나의 통일체로 결합할 수가 없다. 아무리 노력을 해도, 그런 척해도, 가령 그녀의 어머니처럼, 또는 마일스처럼, 또는 심지어 귀가 주전자 같던 필드의 조 아무개처럼 클로이를 불러낼 수가 없다. 간단히 말해서 클로이를 볼 수가 없다. 클로이는 내 기억의 눈앞의 어떤 고정된 거리에서, 늘 초점 바로 너머에서 흔들리고 있다. 내가 앞으로 나아가고 있는 것과 같은 속도로 뒤로 멀어지고 있다. 하지만 앞으로 나아가 만나려고 하는 대상이 점점 빠르게 작아지기 시작한 이후로는 왜 그애를 도무지 따라잡지 못하는 것일까? 지금도 나는 가끔 길에서 그애를 본다. 그애일 수도 있는 누군가를 본다는 뜻이다. 똑같은 반구형 이마에 흰색에 가까운 머리카락, 똑같이 저돌적이면서도 묘하게 머뭇거리는 안짱다리 걸음. 그러나 늘 너무 어리다. 너무, 너무 어리다. 그때도 나를 당황하게 하던 수수께끼이고, 지금도 나를 당황하게 하는 수수께끼는 이거다. 어떻게 그애는 한순간은 나와 함께 있다가 그다음 순간에는 사라질 수 있을까? 어떻게 다른 곳에, 절대적으로 다른 곳에 있을 수 있을까? 이 점이 내가 이해할 수 없고, 받아들일 수 없었던 것이다. 지금도 마찬가지다. 일단 내가 있는 자리에서 사라지면 그애는 당연히 허구, 내 기억 가운데 하나, 내 꿈 가운데 하나가 되어야 한다. 그러나 모든 증거로 보건대 클로이는 비록 나와 떨어져 있다 해도, 늘 견고하고, 고집스럽고, 불가해하게 그녀 자신으로 남아 있었다. 그러나 사람들은 실제로 떠난다, 실제로 사라진다. 그것이 더 큰 수수께끼다. 가장 큰 수수께끼다. 나 역시도 떠날 수 있다. 아, 그래, 나 역시도 당장에 떠나서는 본래 있지도 않았던 것처럼 되어버릴 수 있다. 다만, 닥터 브라운* 이야기대로, 산다는 오랜 습관 때문에 죽기가 싫어질 뿐이다.

"환자**." 애나는 마지막을 얼마 남겨두지 않은 어느 날 나에게 말했다. "참 이상한 말이야. 정말이지, 나는 인내심은 조금도 느낄 수 없거든."

내가 정확히 언제 나의 애정을 어머니에게서 딸에게로 옮겼는지—이 낡은 공식을 내가 얼마나 대책 없이 좋아하는지 모른다!—기억이 나지 않는다. 피크닉에서 그 강렬한 통찰의 순간, 클로이가 소나무 밑에 있던 순간이 있었지만, 그것은 사랑이나 성애와 관련된 것이라기보다는 심미적인 결정화結晶化였다. 정말이지, 인식과 인정의 장엄한 순간은 기억나지 않는다. 클로이의 손이 수줍은 듯 내 손으로 미끄러져 들어온 순간도, 갑작스러운 격렬한 포옹의 순간도, 더듬거리며 영원한 사랑을 고백한 순간도 기억나지 않는다. 그러니까 이 가운데 일부, 또는 전부가 실제로 일어났던 것은 분명하다. 처음 손을 잡고, 포옹을 하고, 고백한 순간이 틀림없이 있었을 것이다. 그러나 이 처음들은 점차 사라져가는 겹겹의 과거 속에 묻혀 잊혀버렸다. 그날 저녁 이를 덜거덕거리며 바닷물에서 첨벙첨벙 걸어나와 클로이가 어스름 속에서 입술이 파랗게 질린 채 나를 기다리던 모습을 보았을 때도, 나는 사랑에 무딘 소년의 가슴에서도 터진다고 하는 그 소리 없는 폭발을 겪지 않았다. 나는 클로이가 얼마나 추워하는지 보았고, 그애가 무척 오래 기다렸다는 것을 깨달았고, 또 그애가 소름이 돋은 내 앙상한 갈빗대 위로 수건을 날개처럼 펼쳐 어깨 위에 걸쳐준 무뚝뚝하면서도 상냥한 행

---

* 17세기 영국 의사이자 저술가.
** patient. 인내심이 있다는 뜻도 있다.

동을 마음에 담았다. 그러나 그렇게 보고, 깨닫고, 마음에 담는 것에는 은근하고 따뜻한 만족감밖에 없었다. 마치 따뜻한 숨결이 내 안에서, 내 심장 가까운 곳에서 타오르는 불길을 가로질러 부채 바람처럼 지나가는 탓에 불길이 잠깐 너울거린 것 같았다. 그럼에도 그런 과정 내내 성변화聖變化까지는 아니라 해도 질質의 변화는 틀림없이 일어나고 있었던 것이다.

실제로 입맞춤 한 번, 내가 잊어버린 그 많은 입맞춤 가운데 한 번은 기억한다. 그것이 우리의 첫번째 입맞춤이었는지 아닌지는 모른다. 당시에는 그런 것이, 입맞춤이 큰 의미가 있었다. 그것은 모든 것을, 너울거리는 불꽃과 폭죽을, 분수를, 용솟음치는 간헐천을, 운명을 움직일 수 있었다. 이 입맞춤은 골함석 영화관에서 이루어졌다. 아니, 교환되었다. 아니, 완성되었다—이것이 맞는 말이다. 이 영화관은 바로 이 목적을 위하여 내가 이 글 여러 곳에 뿌려놓은 수많은 교활한 언급을 기초로 그동안 쭉 은밀하게 세워지고 있었다. 이것은 클리프 로드와 해변 사이의 작고 초라한 불모의 땅에 자리잡은 헛간 같은 구조물이었다. 지붕은 물매가 가파르고 창은 없었으며, 한쪽 면에 난 유일한 문에는 긴 커튼이 드리워져 있었다. 아마 커튼의 재료는 가죽이나 그 비슷한 묵직하고 뻣뻣한 재질이었을 것이다. 주간 상영 때나 테니스코트 뒤에서 해가 마지막 따가운 빛을 쏘아대는 저녁 무렵 뒤늦게 사람이 들어왔을 때 화면이 하얘지는 것을 막으려는 것이었다. 좌석은 긴 나무 벤치였고—우리는 그것을 그냥 걸상이라고 불렀다—화면은 크고 네모난 아마포였는데, 길 잃은 외풍이 설핏 찾아들기만 해도 흐느적거려 여주인공의 비단으로 덮인 엉덩이에 굴곡이 더 심해졌고, 두려움을 모르는 총잡이의 총 잡은 손이 이올리지 않게 부들부들 떨렸다. 주인은 레킷 아니면 리킷 씨였다. 페어아일 점퍼를 입고 다니는 작은 남자로, 크고 잘생긴 십대 아들 둘이 일을 거들었다. 나는 늘 그 두 아들이 스트립쇼나 저급 코미디의 오점이 묻은 가족 사업을 약간 창피하게 여긴다고 생각했다. 영사기는 하나뿐이었는데, 이 녀석은 시끄러울 뿐 아니라 자주 과열되곤 하여―그 내부에서 연기가 피어오르는 것을 적어도 한 번은 분명히 보았다―그것을 방지하기 위해 장편을 틀 때는 적어도 두 번은 릴을 갈아주어야 했다. 영사기사 노릇도 했던 R씨는 이 두 번의 휴식시간에 불을 켜지 않았다. 레킷 또는 리킷의 영화관이 남우세스러운 평판으로 손님을 불러모았던 것을 보면 틀림없이 의도적이었다고 여겨지는데, 어쨌든 그 덕분에 영화관 안의 수많은 남녀 쌍들, 심지어 미성년자들에게도 1, 2분 동안 칠흑 같은 어둠 속에서 은밀하게 선정적인 더듬기를 할 기회가 주어졌다.

그날 오후―내가 지금 묘사하려는 그 중요한 입맞춤이 있었던 그 비 오는 토요일 오후 말이다―클로이와 나는 앞쪽 근처 벤치의 중간에 앉아 있었다. 화면에 너무 바짝 붙어 있었기 때문에 화면 윗부분이 우리 머리 위로 기울 것 같았고, 화면에서 깜빡이는 흑백의 유령들 가운데 가장 자비로운 인물조차 마치 조증 환자처럼 집요한 표정으로 우리를 굽어보는 듯했다. 나는 클로이의 손을 하도 오래 잡고 있어서 그애의 손이 내 손안에 있다는 느낌도 없었다. 원초적인 만남조차도 이 초기의 손잡기처럼 철저하게 두 살을 융합해놓지는 못했을 것이다. 어쨌든 화면이 갑자기 기울고 말이 톡톡 끊어지다가 텅 비어버리는 순간 그녀의 손가락들이 물고기처럼 꿈틀거렸고, 나도 꿈틀거렸다. 머리 위의 화면은 잿빛의 어두운 빛으로 족히 1분은 고동치더니 이윽고 흐릿해졌다. 화면 위의 모든 것이 사라진 뒤에도 뭔가가 남아 있는 듯했다. 유령의 유령인 셈이었다. 그렇게 어두워지자 흔히 그랬듯이 야유와 휘파람 소리, 천둥 치듯이 발을 구르는 소리가 들렸다. 그 소리가 마치 신호라도 된 듯이, 이 소리의 캐노피 밑에서 클로이와 나는 동시에 고개를 돌려, 성수를 마시는 사람들처럼 경건하게 서로를 향하여 입이 만날 때까지 얼굴을 담갔다. 아무것도 보이지 않았다. 그래서 모든 느낌이 더 강렬했다. 아무런 힘도 들이지 않고, 꿈속에서처럼 천천히, 가루로 만든 밀도 높은 어둠을 헤치고 날아가는 기분이었다. 이제 우리를 둘러싼 소음은 멀어졌다. 먼 데서 벌어진 소동의 소문일 뿐이었다. 클로이의 입술은 건조하고 서늘했다. 다급한 숨의 맛이 났다. 마침내 클로이가 작게 휘파람을 부는 듯한 묘한 한숨과 함께 얼굴을 떼어냈을 때, 내 척추를 따라 가물거리는 빛이 쓸고 내려가는 듯한 느낌이 들었다. 그 안의 어떤 뜨거운 것이 갑자기 액체가 되어 그 길고 텅 빈 공간을 달려내려가는 것 같았다. 그때 틱틱거리는 소리와 함께 리킷 또는 레킷 씨—아니, 로킷 씨였나?—가 영사기에 생명을 불어넣자 군중은 한결 잠잠해졌다. 화면이 환하게 너울거리고, 필름이 덜걱덜걱 자신의 통로로 들어가기 시작했다. 그때부터 영화의 음향이 나오기 시작할 때까지 그 짧은 시간에 나는 우리 머리 위의 철지붕을 두들겨대던 강한 비가 갑자기 그치는 소리를 들었다.

어린 시절에는 행복이 달랐다. 그때는 그냥 축적하는 것, 뭔가를—새로운 경험을, 새로운 감정을—가지는 것, 그리고 그것을 마치 광택이 나는 기와인 양 언젠가 놀랍게 마무리될 자아라는 누각에 올려놓는 일이 매우 중요했다. 그리고 쉽사리 믿지 않는다는 것, 그것 역시 행복에서 큰 부분을 차지했다. 자신의 단순한 행운을 완전히 믿을 수 없는 그 행복한 상태 말이다. 갑자기 나는 여자아이를 품에 안고, 적어도 모양만으로는 어른들이 하는 일을 하고 있었다. 손을 잡고, 어둠 속에서 입을 맞추고, 또 영화가 끝났을 때에는 옆으로 물러서서 엄숙하고 예의 바르게 헛기침을 하며 그애가 나보다 앞서 묵직한 커튼 밑을 지나 문간 너머 여름 저녁의 비에 씻긴 햇빛 속으로 나가게 하고. 나는 나 자신이면서 동시에 다른 사람, 완전히 다른, 완전히 새로운 존재였다. 터벅터벅 걷는 군중 속에 끼어 그녀 뒤에서 스트랜드 카페 쪽으로 걸어가며 나는 손가락 끝을 입술, 그녀와 입맞춤했던 입술에 갖다댔다. 그 입술이 극히 미묘하지만 의미심장한 방식으로 변했기를 반쯤 기대하며. 그날 자체처럼 모든 것이 변했기를 바랐다. 오후에 우리가 영화관에 들어갔을 때는 날이 음침하고 축축하고 하늘에는 배불뚝이 구름이 걸려 있었지만, 이제 저녁에는 온통 황갈색의 햇빛과 앞으로 기운 그림자들뿐이었다. 덤불의 풀에서는 보석이 뚝뚝 듣고, 만 안의 붉은 돛 단배는 이물을 돌려 이미 푸르스름하게 어스름이 깔리는 먼 곳으로 출발하고 있었다.

카페. 카페에서. 카페에서 우리는.

***

바로 그런 저녁, 애나가 마침내 가버리고 난 뒤 내가 이곳에 머물러 왔던 일요일 저녁이었다. 여름이 아니라 가을이었음에도 짙은 황금색 햇빛과 쓰러진 삼나무 모양으로 길고 늘씬한 먹물색 그림자들은 똑같았고, 모든 것이 흠뻑 젖어 보석으로 장식되어 있다는 느낌도 똑같았고, 바다의 군청색 반짝임도 똑같았다. 까닭 없이 가뿐한 느낌이었다. 사람을 현혹시키는 저녁의 비애감에 물이 뚝뚝 떨어질 만큼 흠뻑 젖는 바람에 잠시 애도의 짐이 덜어진 것 같았다. 우리집, 아니 이제 내 집이라고 불러야 하나, 어쨌든 집은 아직 팔리지 않았는데 아직 집을 시장에 내놓을 마음이 나지 않았기 때문이다. 그렇다고 한순간이라도 더 그곳에 있을 수는 없었다. 애나가 죽은 뒤로 집은 속이 텅 비어버렸다. 거대한 반향실이 되어버렸다. 분위기도 왠지 적대적인 것 같았다. 사랑하는 여주인이 어디로 가버렸는지는 이해할 수 없고 그대로 남아 있는 남자 주인은 영 마뜩잖은 늙은 사냥개처럼 으르렁거리며 퉁명스럽게 굴었다. 애나는 자기 병 이야기를 누구에게도 못하게 했다. 사람들은 무슨 일이 있다고 생각을 했지만, 마지막 단계에 이르기 전에는 그 일이, 그녀에게는, 게임이었다는 생각까지는 하지 못했다. 심지어 클레어마저 자기 어머니가 죽어가고 있다고 추측만 할 뿐이었다. 이제 그 게임은 끝이 났고, 다른 게임이, 나에게는, 시작되었다. 이것이 살아남은 자가 겪어야 하는 미묘한 일이었다.

배버수어 양은 내가 도착하자 수줍어하면서도 흥분을 감추지 못했다. 가늘게 주름이 잡힌 두 뺨에는 분홍색 주름 종이를 살짝 붙여놓은 듯 작고 동그란 점이 나타났으며, 앞으로 두 손을 모아 잡고 연신 삐져나오는 웃음을 막으려고 입을 꼭 다물고 있었다. 그녀가 문을 열자 안의 복도에서 블런던 대령이 그녀 뒤에서, 한 번은 이쪽 어깨 뒤에서 또 한 번은 저쪽 어깨 뒤에서 고개를 까닥였다. 그 즉시 내 인상이 대령의 마음에 들지 않았다는 것을 일 수 있었다. 공감한다. 사실 대령은 이곳 닭장을 지배하는 수탉과 같았는데, 내가 와서 그를 횃대에서 밀어버린 셈이었기 때문이다. 대령은 계속 성마른 날카로운 눈길을 내 뺨에 꽂았다. 등뼈가 꼿꼿하기는 했지만 몸집은 작아 눈높이가 내 뺨 정도였기 때문이다. 대령은 펌프질하듯 세차게 악수를 하더니 헛기침을 하고는, 짖는 듯한 목소리로 온갖 허세를 부려가며 억센 사나이처럼 날씨 이야기를 했다. 나는 그가 늙은 군인 역을 좀 과장한다고 생각했다. 그에게는 뭔가 딱 맞지 않는 것이 있다. 너무 반짝거리는 것, 그럴듯하지만 왠지 부자연스러운 것. 그 반들거리는 브로그 구두, 팔꿈치와 소매에 가죽을 댄 해리스 트위드 재킷, 주말이면 자랑하듯이 입고 다니는 카나리아 색 조끼, 이 모든 것이 사실이라고 받아들이기에는 약간 지나치게 좋아 보였다. 그에게는 같은 역을 너무 오래해온 배우처럼 흠 하나 없이 반들거리는 느낌이 있었다. 그가 진짜로 늙은 군인인지 궁금하다. 그는 벨파스트 악센트를 잘 감추지만, 그래도 그 느낌이 계속 막아놓은 바람처럼 새어나온다. 어쨌거나 왜 그걸 숨기냔 말이다. 그것 때문에 무엇이 드러날까봐 걱정하는 것인가? 배버수어 양은 그가 일요일 새벽 미사를 드리러 성당에 슬그머니 들어가는 걸 한 번 이상 보았다고 털어놓는다. 벨파스트의 가톨릭교도 대령? 괴상하다. 매우.

전에는 거실로 사용되던 휴게실의 퇴창 안쪽 사냥용 탁자에 차가 차려졌다. 방은 내가 기억하던 것과 상당히 비슷했다. 또는 내가 기억하는 대로인 것처럼 보였다. 하긴 기억이란 늘 다시 찾은 과거의 사물이나 장소에 자신을 매끈하게 일치시키려고 열심이니까. 그 탁자, 저게 그날, 개가 공을 물고 있던 날 그레이스 부인이 서서 꽃꽂이를 하던 그 탁자인가? 찻상은 정교하게 차려졌다. 짝을 이루는 거름망과 함께 놓인 커다란 은제 찻주전자, 최고 품질의 본차이나, 골동품 크림 그릇, 각설탕을 집을 집게, 장식용 깔개. 배버수어 양은 일본풍으로 차려입었다. 머리는 빵 모양으로 묶고 커다란 핀 두 개를 서로 엇갈리게 찔러두었다. 그 모습을 보자 어울리지도 않게 18세기 일본의 춘화들이 떠올랐다. 도자기 같은 얼굴의 비만한 여주인이 과장된 크기의 물건을 달고 발가락을 놀랄 만큼 유연하게 놀리는—늘 이 점을 눈여겨보게 된다—얼굴을 찌푸린 남자들의 상스러운 관심을 침착하게 받아넘기는 판화 말이다.

대화는 흐르지 않았다. 배버수어 양은 여전히 신경이 예민했고, 대령의 배는 우르릉거렸다. 바깥의 소란한 정원에서 관목 하나를 뚫고 들어온 늦은 햇빛 때문에 우리는 눈이 부셨고, 탁자 위의 물건들은 흔들리고 움직이는 것처럼 보였다. 나는 몸집이 꼴사납게 커져 거북해하는 아이, 절망한 부모가 시골로 보내 나이든 친척 두 사람에게 감시를 맡긴 커다란 비행소년이 된 듯한 느낌이었다. 이렇게 온 것이 다 소름끼치는 실수였을까? 뭐라고 핑계를 둘러댄 다음 호텔로 달아나 밤을 보내야 하는 걸까? 아니면 심지어 집으로 돌아가서 그 공허와 메아리를 견뎌야 하는 걸까? 이윽고 나는 내가 여기에 온 이유가 바로 그것 때문이라고, 이것이 실수여야 하고, 이것이 소름끼쳐야 하고, 이것이, 아니, 내가, 애나의 말로 하면, 어울리지 않아야 하기 때문이라고 생각했다. "제정신이세요?" 클레어는 그렇게 말했다. "거기 내려가시면 지루해 죽을 거예요." 너야 괜찮겠지. 내가 반박했다. 너는 멋진 새 아파트를 얻었으니까. 그러나, 그것도 즉시 말이야, 하는 말은 덧붙이지 않았다. "그럼 와서 저하고 함께 살아요." 클레어가 말했다. "둘이 살기에 충분하니까." 클레어와 함께 산다고! 둘이 살기에 충분하다고! 그러나 나는 그냥 고맙지만 됐다고, 혼자 있고 싶다고 대꾸했다. 요즘에는 그 애가 날 보는 눈길을 견딜 수가 없다. 아주 부드럽게, 딸답게 근심 어린 표정으로, 꼭 애나가 하던 것처럼 머리를 한쪽으로 기울이고, 한쪽 눈썹은 치켜뜨고 이마는 걱정하듯이 주름을 잡고. 나는 걱정을 원치 않는다. 나는 분노, 질책, 폭력을 원한다. 괴로운 치통으로 고생하면서도 그 욱신거리는 파인 곳에 자꾸 혀끝을 깊이 쑤셔넣어 복수하듯이 쾌감을 느끼는 사람과 같다. 갑자기 주먹이 튀어나와 내 얼굴을 정면으로 때리는 상상을 한다. 그 충격이 느껴지고, 코뼈 부러지는 소리가 들리는 듯하다. 그 생각만으로도 미약하나마 서글픈 만족감을 느낀다. 장례식이 끝난 뒤 사람들이 집으로 돌아왔을 때—끔찍했고, 거의 견딜 수가 없었다—포도주잔을 너무 세게 쥐는 바람에 잔이 손안에서 깨지고 말았다. 나는 만족스러운 표정으로 내 피가 뚝뚝 떨어지는 걸 보았다. 내가 잔혹하게 베어버린 적의 피 같았다.

"그러니까 미술업계에 계시다는 거로군요." 대령이 방심하지 않는 표정으로 말했다. "그쪽은 꽤 괜찮지요?"

돈 이야기를 하는 것이었다. 배버수어 양은 입을 꼭 오므리고 대령을 사납게 노려보더니 못마땅하다는 듯 고개를 저었다. "이분은 글만 쓰실 뿐이에요." 그녀는 소곤소곤 이야기했다. 말을 하면서 동시에 삼키는 것 같았다. 그렇게 하면 내가 그 말을 못 듣기라도 할 것처럼.

대령은 재빨리 나에게서 그녀에게로 눈길을 돌리더니 다시 나를 돌아보며 잠자코 고개를 끄덕였다. 그는 으레 자기가 잘못 이해했으려니

한다. 거기에 익숙해져 있다. 대령은 새끼손가락을 곧추세우고 차를 마신다. 다른 손의 새끼손가락은 고리 모양을 이루어 늘 손바닥에 납작하게 붙어 있다. 드물지 않은 무슨 증상이라는데, 이름은 잊어버렸다. 고통스러워 보이지만, 대령은 그렇지 않다고 한다. 그는 그 손으로 묘하게 우아한 곡선을 그린다. 지휘자가 목관악기들을 불러내거나 합창단에게 포르티시모를 재촉하는 것 같다. 대령은 또 수전증이 약간 있다. 여러 번 찻잔이 앞니에 부딪혀 달가닥거리는 소리를 냈는데, 이가 아주 하얗고 고른 것을 보면 틀니가 틀림없다. 풍파에 시달린 얼굴과 손등의 피부는 주름이 잡혔지만 갈색으로 반짝거린다. 뭔가 쌀 수 없는 것을 싸는 데 사용된 반짝거리는 갈색 종이 같다.

"알겠습니다." 대령은 전혀 알지도 못하면서 그렇게 말했다.

1893년의 어느 날 피에르 보나르는 파리의 전차에서 내리는 어떤 소녀를 보고, 그 연약함과 창백하면서도 어여쁜 모습에 끌려 그녀의 일터인 장례식장까지 따라갔다. 소녀는 그곳에서 장례식용 화환에 진주를 꿰매는 일을 하며 하루하루를 보냈다. 이렇게 해서 출발부터 죽음이 검은 리본을 그들의 삶에 짜넣었다. 보나르는 곧 그녀를 사귀게 되었다. 아마 아름다운 시절Belle Époque에는 이런 일이 수월하고 침착하게 이루어졌던 것 같다. 얼마 안 있어 소녀는 일터를 떠났고, 더불어 자기 삶의 다른 모든 것을 떠나 그와 함께 살러 갔다. 소녀는 자기 이름이 마르트 드 멜리니이며, 나이는 열여섯이라고 말해주었다. 그러나 30년도 넘게 세월이 흘러 보나르가 마침내 그녀와 결혼하게 되었을 때 알게 된 일이었지만, 그녀의 본명은 마리아 부르생이었으며, 그들이 처음 만났을 때 그녀의 나이는 열여섯이 아니라 보나르와 마찬가지로

이십대 중반이었다. 그들은 슬플 때도 기쁠 때도 있었지만, 아니, 슬플 때가 점점 많아졌지만, 그래도 거의 50년 뒤 그녀가 세상을 뜰 때까지 함께 살았다. 보나르의 초기 후원자였던 타데 나탕송은 이 화가 이야기를 할 때 재빠르고 인상적인 필치로 꼬마 요정 같은 마르트를 회고하며, 그녀의 새 같은 흥분한 표정, 발끝으로 걷는 모습을 언급했다. 마르트는 은밀하고, 질투심이 많고, 소유욕이 강했으며, 피해망상에 시달렸고, 위대하고 헌신적인 심기증 환자였다. 1927년에 보나르는 코트다쥐르의 르카네라는 작고 잘 알려지지 않은 소도시에 집을 한 채 샀다. 이곳에서 그는 간헐적으로 고통을 겪는 은둔 생활을 하며 그녀에게 매인 채 15년 뒤 그녀가 죽을 때까지 함께 살았다. 마르트는 르보스케에 살 때 욕조에서 긴 시간을 보내는 습관이 생겼는데, 보나르는 욕조에 들어간 그녀의 모습을 반복해서 그렸다. 이 연작은 심지어 그녀가 죽은 뒤에도 계속되었다. 〈욕조〉는 보나르 필생의 작업에서 찬란한 절정이다. 마르트가 죽기 1년 전인 1941년에 시작해 1946년에야 완성한 〈개와 함께 있는 욕조의 누드〉에서 마르트는 분홍색과 엷은 자주색과 황금색으로 욕조에 누워 있다. 둥둥 떠 있는 세계의 여신으로, 가늘어졌고, 나이를 잃어버렸고, 살아 있는 만큼이나 죽어 있다. 그녀 옆의 타일에는 그녀의 작은 갈색 개, 그녀의 친구가 있다. 닥스훈트 같다. 개는 깔개, 아니면 보이지 않는 창문으로부터 들어오는 조각난 사각형의 햇빛일 수도 있는 것 위에 웅크리고 앉아 지켜보고 있다. 그녀의 은신처인 이 좁은 방은 그녀 주위에서 진동하고 있다. 그 색깔들 속에서 고동치고 있다. 그녀의 발, 그 믿어지지 않을 정도로 긴 다리 끝에서 긴장한 왼발이 욕조를 밀어 모양을 일그러뜨린 것처럼 보인다. 욕조는 왼쪽 끝이 튀어나왔고, 그쪽의 욕조 밑도 똑같은 힘의 영향을 받았는지 바닥이 한쪽으로 끌려가 줄이 맞지 않는다. 당장이라도 그쪽 모서리로 물이 쏟아져내릴 것 같다. 전혀 바닥 같지 않고 차라리 빛이 아롱지는 물이 움직이는 웅덩이 같다. 여기에서는 모든 것이 움직인다. 고요 속에서, 물 같은 정적 속에서 움직인다. 물 한 방울이 뚝 듣는 소리, 잔물결 하나가 이는 소리, 한숨 하나가 팔랑거리는 소리가 들린다. 목욕하는 사람의 오른쪽 어깨 옆 물속의 녹빛 붉은 반점은 진짜 녹일지도 모르고, 어쩌면 오래된 피일지도 모른다. 오른손은 허벅지 위에 있는데, 밖으로 돌리는 동작중에 정지해 있다. 우리가 토드 씨를 만나고 돌아온 첫날 탁자 위에 올라가 있던 애나의 두 손이 생각난다. 맞은편에 있지도 않은 누군가에게 뭔가를 구걸하듯 손바닥을 벌린 채 무력하게 놓여 있던 그 손들.

그녀도, 나의 애나도 몸이 아프자 오후에 오랫동안 목욕을 하기 시작했다. 마음을 달래준다, 그녀는 그렇게 말했다. 그녀가 서서히 죽어가던 그 열두 달의 가을과 겨울 내내 우리는 바닷가 우리집에서 두문불출했다. 마치 르보스케의 보나르와 그의 마르트처럼. 날씨는 온화하여, 거친 날이 거의 없었다. 부서질 것 같지 않던 여름이 눈에 띄지도 않게 한 해의 끝자락에 자리잡은 안개 덮인 고요에, 딱히 어느 철이라고 말할 수 없는 것에 자리를 내주었다. 애나는 봄이 오는 걸 두려워했다. 그 모든 감당할 수 없는 법석과 소란이, 그 모든 생명이 두렵다, 그녀는 그렇게 말했다. 우리 주위에는 깊고 꿈같은 정적, 진흙처럼 부드럽고 밀도가 높은 정적이 쌓여갔다. 애나는 너무 조용해서, 2층 층계 옆 모퉁이에 있는 욕실에 들어가 있을 때면 나는 가끔 소스라치게 놀라곤 했다. 나는 그녀가 소리도 없이 그 짐승의 발 같은 것이 달린 거대한 낡은 욕조 속으로 마침내 얼굴이 수면 밑으로 가라앉았을 때 미끄러져 내려가, 마지막 긴 물의 숨을 쉰다는 상상을 했다. 나는 살금살금 층계를 내려가 모퉁이에 서서, 마치 내가 물밑에 들어간 사람인 양 그곳에 멈추어 아무런 소리도 내지 않고, 문의 판벽 너머에서 생명의 소리들을 찾아 필사적으로 귀를 기울이곤 했다. 물론 내 마음속 더럽고 배신이 가득한 어떤 방의 나는 그녀가 저질러버렸기를, 모든 것을 정리해버렸기를, 그녀를 위해서만이 아니라 나를 위해서도 그랬기를 바랐다. 그러다보면 그녀가 움직이면서 물이 부드럽게 들썩이는 소리, 비누나 수건을 집으려고 손을 들어올릴 때 부드럽게 물이 찰싹이는 소리가 들리곤 했다. 그러면 나는 몸을 돌려 내 방으로 터벅터벅 걸어가 문을 닫고 책상에 앉아 저녁의 빛나는 잿빛을 물끄러미 내다보며 아무것도 생각하지 않으려고 애를 썼다.

"당신 좀 봐, 가엾은 맥스." 애나가 어느 날 나에게 말했다. "말도 조심하고 늘 잘해줘야 하다니." 그때 그녀는 요양원에 들어가 있었다. 낡은 병동의 맨 끝 방으로, 모퉁이에 난 창으로 다듬어지지는 않았지만 보기 괜찮은 쐐기 모양의 잔디밭과 키가 크고 거무스름한 녹색 나무들이 눈에 들어왔다. 끊임없이 움직이는, 내 눈에는 꽤나 어수선해 보이는 나무들이었다. 그녀가 두려워하던 봄은 왔다가 갔지만, 그녀는 너무 아파 그 소요에 관심을 가질 겨를이 없었다. 이제 무덥고 끈적끈적한 여름, 그녀가 보게 될 마지막 여름이었다. "무슨 소리야?" 내가 물었다. "잘해줘야 하다니?" 그즈음 그녀는 이상한 말을 아주 많이 했다. 마치 이미 다른 곳에, 나를 넘어선 곳에, 심지어 말의 의미가 다른 곳에 가버린 것 같았다. 애나는 베개에서 머리를 움직이더니 나를 보며 웃음 지었다. 거의 뼈까지 닳아 들어간 그녀의 얼굴에는 섬뜩한 아름다움이 서려 있었다. "이제는 조금이라도 나를 미워하는 일이 당신에겐 허락되지 않잖아." 그녀가 말했다. "전과는 달리 말이야." 애나는 밖의 나무들을 한동안 바라보다가 다시 내 쪽으로 고개를 돌리더니 웃음 지으며 내 손을 두드렸다. "그렇게 걱정스러운 표정 짓지 마." 애나가 말했다. "나도 당신을 미워했어, 조금은. 우리도 어차피 인간이었으니까." 그 무렵 애나는 과거 시제만 쓰려고 들었다.

"지금 방을 보실래요?" 배버수어 양이 물었다. 퇴창을 통해 들어오는 해의 마지막 창날이 타오르는 건물에 유릿조각처럼 떨어지고 있었다. 대령은 차가 한 방울 떨어진 노란 조끼 앞자락을 손으로 비스듬히 쓸고 있었다. 당황한 표정이었다. 그가 나한테 무슨 말을 했는데 내가 귀담아듣지 않은 모양이었다. 배버수어 양은 나를 데리고 복도로 나갔다. 나는 이 순간, 이 집을 떠맡는 순간을 감당할 용기가 없었다. 이 집은 말하자면 다른 삶, 타락하기 이전의 삶에서 입었던 옷과 같아 그것을 입을 용기가 없었던 것이다. 예를 들어 한때는 유행했던 모자, 구식의 구두, 결혼 예복, 좀약 냄새가 나고 허리가 맞지 않고 겨드랑이는 너무 끼지만, 주머니마다 기억들이 불룩한 예복을 다시 입는 느낌. 복도는 전혀 알아볼 수가 없었다. 짧고 좁고 조명이 어둡다. 벽은 구슬 달린 덩굴이 수평으로 가로질러 둘로 나뉘었으며, 아래쪽에는 돌출 문양이 있는 아나글립타 벽지를 바르고 그 위에 페인트까지 칠했는데, 백 년도 더 된 것처럼 보인다. 이곳에 복도가 있었다는 기억은 나지 않는다. 내 생각에는 현관문이 바로—어, 현관문이 어디로 통했더라? 자신이 없다. 부엌이었던가? 배버수어 양 뒤에서 가방을 손에 들고 오래된 흑백 스릴러 영화에 나오는 예의바른 살인자처럼 터벅터벅 걸어가면서, 내 머릿속 이 집의 모형이 원본에 적응하려고 아무리 노력을 해도 계속 완강한 저항에 부딪히고 있음을 알게 되었다. 모든 것이 약간씩 균형을 잃었고, 모든 각도가 약간씩 어긋나 있었다. 계단은 더 가팔랐고, 층계참은 더 비좁았고, 화장실 창문은 내가 생각했던 것과는 달리 도로가 아니라 뒤쪽의 들판을 내다보았다. 현실, 지독하게도 자족적인 현실이 내가 기억한다고 생각했던 것들을 휘어잡은 뒤 마구 흔들어 자신의 입맛에 맞는 형태로 맞추자, 나는 거의 공황에 가까운 느낌을 경험했다. 뭔가 귀중한 것이 해체되면서 내 손가락들 사이로 쏟아져나가고 있었다. 하지만 결국은 얼마나 쉽게 그렇게 쏟아져나가도록 방기해버렸는지. 과거, 그러니까 진짜 과거는 우리가 그런 척하는 것만큼 중요하지가 않다. 배버수어 양이 이제 나의 방이 될 곳에 나를 남겨두고 떠나자, 나는 외투를 의자에 걸쳐놓고 침대 한쪽에 앉아 사람이 살지 않아 퀴퀴한 공기를 깊이 들이마셨다. 오랫동안, 몇 년 동안 여행을 하다, 목적지에, 그동안 나도 모르는 사이에 내가 늘 향하고 있던 곳, 내가 머물러야 할 곳에 도착한 느낌이었다. 이곳이 이제 당분간 나에게 유일하게 가능한 장소, 유일하게 가능한 피난처였다.

나하고 친한 울새가 조금 전 정원에 나타났고 그 순간 뒤그년의 마당에서 애브릴을 만났을 때 그녀의 주근깨를 보고 기억날 듯하던 것이 무엇이었는지 생각났다. 울새는 평소와 마찬가지로 호랑가시나무 덤불의 맨 위에서 세번째 횃대에 앉아 구슬처럼 밝은 공격적인 눈으로

지세를 살핀다. 울새는 두려움 없는 종으로 유명한데, 이 울새 역시 이웃집 고양이 티틀스가 긴 풀밭을 헤치며 살금살금 다가가도 전혀 관심이 없는 듯하다. 심지어 비꼬듯이 삐악삐악 소리를 내며 깃털을 흔들고, 핏빛이 강한 주황색 가슴을 쫙 펼치기까지 한다. 고양이한테 날개만 있다면 자기가 얼마나 씹는 맛이 좋은 오동통한 먹이가 될 것인지 보여주며 놀리는 것 같다. 그 새가 거기에 내려앉는 걸 보면서 나는 바로 강탈당한 가시금작화 덤불 속의 둥지를 기억했고, 그와 동시에 그 새와 크기도 똑같고 특징도 똑같은 통증을 느꼈다. 나는 어린 시절 새에 열광했다. 그러나 구경하는 쪽은 아니었다. 한 번도 관찰자였던 적은 없어, 발견하고 추적하고 분류하는 데에는 관심이 없었다. 그건 모두 내 능력을 벗어난 일이었을 뿐 아니라, 나에게는 지루한 일이기도 했다. 사실 나는 이 종과 저 종을 제대로 구별하지도 못했으며, 새들의 역사나 습관에 관해서는 거의 알지도 못했고 관심은 더 없었다. 하지만 새둥지는 찾을 수 있었고, 그것이 내 전공이었다. 이 분야에서 핵심은 인내심, 주의력, 빠른 눈이었다. 그리고 또 한 가지가 있었으니, 그것은 내가 둥지까지 쫓아가는 그 작디작은 생물과 하나가 되는 능력이었다. 지금은 이름이 기억나지 않는 한 학자는 어떤 사람의 주장에 대한 반박으로, 인간은 박쥐가 된다는 게 어떤 느낌인지 완전히 상상할 수 없다는 이야기를 한 적이 있다. 나도 일반적으로는 이 이야기가 맞다고 생각하지만, 그럼에도 어린 시절 내가 일부분은 여전히 동물이었을 때 경험했던 그런 동물의 느낌에 관한 멋진 이야기는 하나 들려줄 수 있을 것 같다.

나는 잔인하지 않아 새를 죽이거나 알을 훔치지 않았다. 절대 그러지 않았다. 나를 그쪽으로 내몬 것은 호기심이었다. 다른, 이질적인 생명의 비밀을 알고 싶다는 소박한 열정이었다.

나는 늘 둥지와 알 사이의 대비에 놀랐다. 그러니까 아무리 잘 또는 심지어 아름답게 지은 둥지라 해도 어쩔 수 없이 드러나고 마는 우연의 느낌과 알의 완전성, 그 원시적인 충실성 사이의 대비였다. 알은 시작이기 이전에 절대적 결말이다. 알이야말로 자족 그 자체다. 나는 깨진 알, 그 작디작은 비극을 보는 걸 싫어했다. 조금 전에 말한 강탈 사건 때는 내가 나도 모르게 누군가를 그 둥지로 이끌고 간 것이 아닌가 하는 생각이 들기 시작한다. 그 둥지는 넓게 트인 밭 한가운데 있는 비탈진 두렁길의 가시금작화 덤불 안에 자리잡고 있어, 내가 거기 가는 모습은 누구의 눈에나 쉽게 띄었을 것이다. 실제로 몇 주 동안 그곳을 들락거려 어미 새가 나에게 익숙해질 정도였으니까. 무슨 새였더라? 개똥지빠귀? 지빠귀? 어쨌든 그런 좀 큰 편에 속하는 종이었다. 그런데 어느 날 가보니 알이 사라졌다. 두 개는 누가 가져가고, 세번째 알은 덤불 밑 땅에 박살난 채 버려져 있었다. 남은 것이라고는 노른자위와 흰자위가 뒤섞인 지저분한 얼룩과 껍질 몇 조각뿐이었고, 조각마다 아주 작은 짙은 갈색 점들이 찍혀 있었다. 그 순간을 너무 과장하면 안 되겠다. 틀림없이 나도 다른 어떤 아이 못지않게 정서적으로 냉담했을 테니까. 하지만 지금도 그 가시금작화가 보이고, 그 꽃의 버터 같은 냄새가 나고, 그 갈색 점의 정확한 색조가 기억난다. 애브릴의 핏기 없는 뺨과 콧잔등에 있는 점과 아주 비슷했던 점들. 나는 그 순간의 기억을 거의 반세기 동안 지니고 왔다. 그것이 어떤 최종적이고, 귀중하고, 돌이킬 수 없는 것의 상징이라도 되는 것처럼.

병원 침대에서 옆으로 몸을 기대고 바닥에 토하는 애나, 내 손바닥에 얹힌 그녀의 타는 듯한 이마, 타조 알처럼 그득하면서도 쉽게 깨질 것 같았던 이마.

나는 스트랜드 카페에 있다. 클로이와 함께. 영화관에서 그 기억에 남을 만한 입맞춤을 한 뒤의 일이다. 우리는 플라스틱 탁자에 앉아 우리가 제일 좋아하는 음료수를 마시고 있었다. 큰 잔에 바닐라 아이스크림 덩어리를 띄운, 거품이 이는 오렌지 크러시였다. 집중을 하면 우리가 거기 앉아 있는 모습을 아주 또렷하게 볼 수 있다. 정말이지 기억하려는 노력만 충분히 기울이면 사람은 인생을 거의 다시 살 수도 있을 것 같다. 우리 자리는 열린 문간 옆이라서, 문으로부터 두툼한 석판 같은 햇빛이 우리 발치에 떨어졌다. 이따금 바깥에서 바람이 들어와 멍하니 실내를 떠돌았다. 와삭거리는 소리를 내며 바닥에 고운 모래를 뿌리기도 하고, 텅 빈 과자 봉지를 데리고 들어오기도 했다. 과자 봉지는 나아가다 멈추고 다시 나아가며, 바닥 긁는 소리를 냈다. 카페에는 다른 사람이 거의 없었다. 남자 아이들, 아니 젊은 남자들이 뒤쪽 구석에서 카드놀이를 했고, 카운터 뒤에는 안주인이 있었다. 모랫빛 머리에 몸집이 크고, 못생겼다고 할 수는 없는 여자였다. 그녀는 꿈을 꾸듯 텅 빈 눈으로 문간을 물끄러미 내다보았다. 여자는 가장자리에 하얀 부채꼴 무늬가 새겨진 옅은 파란색 작업복 혹은 앞치마 차림이었다. 여주인의 이름이 뭐였더라? 뭐였지? 안 돼, 떠오르지 않는다. 므네모시네*의 비범한 기억력도 이 정도밖에 안 되다니. 스트랜드 부인, 그녀를 뭐라고든 불러야만 한다면 스트랜드 부인이라고 부르겠다. 스트랜드 부인은 서 있는 자세가 독특했다. 그것은 분명하게 기억난다. 정사각형의 딴딴한 모습이었다. 주근깨가 있는 한쪽 팔은 펼치고 주먹은 관절을 아래쪽으로 해서 금전등록기의 높은 등을 누르고 있었다. 우리 잔의 아이스크림과 오렌지 혼합물 위에는 누르스름한 거품이 덮여 있었다. 우리는 종이 빨대로 음료수를 마시며, 새로 찾아온 수줍음 때문에 눈길을 피하고 있었다. 나는 크고 넓고 부드럽게 가라앉는 느낌을 받았다. 시트가 펄럭거리지도 않으면서 침대로 내려앉는 느낌, 또는 천막이 자기 내부의 푹신푹신한 공기 위로 주저앉는 느낌이었다. 영화관의 어둠 속에서 나눈 입맞춤이라는 사실—생각해보니 우리의 첫 입맞춤이 틀림없다—이 우리 사이에 하나의 경이처럼, 도저히 무시할 수 없는 거대한 경이처럼 자리잡고 있었다. 클로이의 입술 위에는 금빛 솜털이 그림자처럼 희미하게 번져 있었으며, 나는 입을 맞출 때 내 입술에 그 담비 같은 감촉을 느꼈다. 이제 내 잔은 거의 비었다. 빨대에 남은 마지막 액체가 창자처럼 꾸르륵거리는 창피한 소리를 낼까봐 걱정이었다. 내리깐 눈꺼풀 밑으로 몰래 클로이의 손을 보았다. 한 손은 탁자에 올려놓고 다른 손은 잔을 잡고 있었다. 손가락은 첫번째 관절까지는 통통했지만, 거기에서부터 끝으로 갈수록 가늘어졌다. 자기 어머니의 손과 똑같구나, 나는 깨달았다. 스트랜드 부인의 라디오에서 어떤 노래가 흘러나왔고, 클로이는 자기도 모르게 그 매력적인 선율을 콧노래로 따라 부르고 있었다. 당시에는 노래가 아주 중요했다. 그것은 갈망과 상실을 담은 신음이었으며, 우리가 사랑이라고 생각하는 것

---

* 그리스신화에 나오는 기억의 여신이며 뮤즈의 어머니.

의 바로 그 울림이었다. 밤에 샬레의 침대에 누워 있을 때면 선율이 흘러들곤 했다. 비치 호텔이나 골프 호텔의 무도장으로부터 바닷바람에 실려오는 관악기의 희미한 울림 소리였다. 그러면 나는 남녀 쌍들을 생각하곤 했다. 부서질 듯한 파란색과 강렬한 녹색 옷을 입고 파마를 한 아가씨들, 짧고 두툼한 스포츠코트와 1인치 두께의 물컹거리는 밑창이 달린 구두를 신은 고수머리의 젊은 남자들. 그 뽀얗고 뜨거운 어스름 속에서 빙글빙글 도는 남녀들. 오 나의 연인이여 외로운 달빛이 마음과 영혼에 입을 맞추네! 그 모든 것을 넘어, 저 밖에, 보이지 않는 곳에, 어둠 속 해변에, 위는 서늘하지만 밑은 낮의 온기를 그대로 간직한 모래가 있었다. 어떻게 했는지 내부에 불을 켠 듯, 환하게 긴 줄을 이루어 밀려왔다가 비스듬하게 부서지는 흰 파도들이 있었다. 그리고 그 모든 것 너머에 고요하고, 은밀하고, 뭔가에 열중해 있는 밤이 있었다.

 "저 그림은 엉터리야." 클로이가 말했다. 클로이는 얼굴을 잔의 테두리에 바짝 갖다댔다. 앞머리가 허공에서 달랑거렸다. 그애의 머리카락은 그녀의 발치 바닥에 떨어지는 햇빛만큼이나 창백했다…… 그러나 잠깐, 이건 아니다. 이건 입맞추던 날이었을 리 없다. 우리가 영화관을 나왔을 때는 저녁, 비 온 뒤의 저녁이었기 때문이다. 지금은 오후 중반이다. 그러니까 그 부드러운 햇빛, 그 정처 없이 떠도는 바람이 있는 것 아닌가. 그러면 마일스는 어디 있을까? 마일스는 영화관에서 우리와 함께 있었는데 어디로 사라졌을까? 쫓겨나지 않는 한 절대 누나 곁을 떠나지 않는 마일스가? 정말이지, 므네모시네 여사, 내 모든 찬사를 거두어들여야겠소. 지금 여기서 일하고 있는 이가 다른 어떤 더 변덕스러운 뮤즈가 아니라 여사 자신이라면 말이오. 클로이는 코웃음을 쳤다. "저 노상강도가 여자라는 걸 모르는 사람이 어디 있어."

나는 다시 클로이의 손을 보았다. 잔을 높이 쳐들고 있던 손은 아래로 미끄러져 밑동을 말아쥐고 있었고, 밑동에서는 끝이 못처럼 뾰족한 순수하고 하얀 빛이 꾸준하게 타오르고 있었다. 입술에 닿도록 엄지와 검지로 빨대를 살짝 구부리고 있는 다른 손은 탁자 위에 부리와 볏이 튀어나온 새 머리 모양의 옅은 그림자를 드리우고 있었다. 다시 클로이의 어머니 생각이 났고, 이번에는 잠깐이기는 했지만 가슴속에서 뭔가 날카롭게 타오르는 것을 느꼈다. 뜨거운 바늘이 내 심장을 건드린 것 같았다. 죄책감으로 인한 아픔이었을까? 그레이스 부인이 내가 여기 이 탁자에서 마지막 남은 아이스크림소다를 빨아올리는 딸의 뺨의 오목한 곳에 드리운 담자색 그늘을 곁눈질하는 걸 본다면 어떤 기분일까? 무슨 말을 할까? 그러나 사실 나는 신경쓰지 않았다, 속 깊은 곳에서는. 그 깊은 곳에서는 죄책감과 그 비슷한 정서를 넘어서 있었다. 사랑, 우리가 사랑이라고 부르는 것은 아무리 어울리지 않는 환경에서도 무정한 옆걸음질로 밝은 대상에서 더 밝은 대상으로 스스로 옮겨가는 변덕스러운 경향이 있었다. 결혼식을 끝낸 첫날밤 술에 취하고 속도 안 좋은 신랑이 신혼여행 호텔방의 킹사이즈 침대 위 자신의 몸 밑에서 파닥거리는 신상품 신부를 우울한 표정으로 굽어보며, 그 얼굴에서 그녀의 가장 친한 친구의 얼굴, 또는 그녀보다 예쁜 자매의 얼굴, 심지어, 하느님 맙소사, 그녀의 화려한 어머니의 얼굴을 보는 경우가 얼마나 많은가?

그래, 나는 클로이와 사랑에 빠지고 있었다. 아니, 빠졌다. 그것은 이미 이루어진 일이었다. 나는 불안한 행복을 느꼈다. 행복하고 무력하게 흔들리는 것 같았다. 이 사랑을 반드시 할 수밖에 없다는 걸 아는 사람이 험한 출발점에서 느끼는 감정이었다. 그런 어린 나이였음에도 나는 늘 사랑하는 사람과 사랑받는 사람이 있으며, 이 경우에 내가 어느 쪽이 될지를 알았기 때문이다. 클로이와 함께한 그 몇 주는 나에게 대체로 일련의 황홀한 모욕이었다. 클로이는 사람을 혼란에 빠뜨리는 자족적인 태도로 나를 그녀의 신전을 찾은 탄원자로서 받아들였다. 다른 데 정신을 팔고 있을 때면 내가 있는 것을 알은체하지도 않았고, 나에게 가장 충실하게 관심을 쏟을 때조차 늘 거기에는 흠, 자기 몰입의, 부재의 반점이 있었다. 이런 고집스러운 모호함 때문에 나는 괴로웠고 분통이 터졌지만, 더 나쁜 것은 그것이 고집과 관계가 없을지도 모른다는 가능성이었다. 차라리 그애가 나를 경멸하겠다고 선택한 것이라면, 나는 그것을 받아들이고 환영할 수 있었다. 심지어 모호하게나마 즐거운 마음으로 그렇게 할 수도 있었다. 하지만 내가 그애의 눈길에서 그냥 희미해져 결국 투명해져버리는 시간이 있다는 생각, 그것은 견딜 수가 없었다. 그애가 진공의 정적에 빠져 있을 때 나는 여러 번 그것을 깨고 들어갔다. 그러면 그애는 희미하게 놀라며 자신을 부른 목소리가 나온 곳을 찾아 재빨리 주위를, 천장이나 방구석까지, 모든 곳을 두리번거렸다. 그러나 나만은 보지 않았다. 냉혹한 조롱이었을까, 아니면 진짜로 텅 빈 순간이었을까? 나는 견딜 수 없이 약이 올라 그애의 어깨를 잡고 흔들며, 나를 보라고, 나만 보라고 다그치곤 했다. 그러면 그애는 내 손아귀 속에서 몸을 축 늘어뜨리고 눈을 사팔뜨기로 만들면서 봉제인형처럼 머리를 흔들며 목에서 웃음을 터뜨렸다. 그 소리가 마일스의 웃음소리와 비슷해 나는 기겁했다. 내가 역겨워 그애를 거칠게 내던지면, 그애는 모래밭이나 소파에 뒤로 벌렁 자빠지며 팔다리를 비틀고 널브러져, 괴상하게 싱긋 웃으며 죽은 척했다.

왜 내가 그애의 변덕, 그 고압적 태도를 견뎠던 것일까? 나는 결코 모욕을 쉽게 넘기는 사람이 아니었으며 반드시 보복하려 했다, 심지어 사랑하는 사람들한테도, 아니 특히 사랑하는 사람들한테는. 아마 내가 클로이한테 그렇게 인내심을 보인 것은 그녀를 보호하고자 하는 강한 욕구 때문이었던 것 같다. 흥미로우니 설명을 해보자. 어쨌든 내 생각에는 흥미로운 것 같다. 여기에서는 멋지고 절묘한 책략을 찾아볼 수 있기 때문이다. 그애는 내가 아낌없이 사랑을 주기로 선택한 사람이기 때문에 또는 내가 그런 선택을 당했기 때문에, 정신적으로나 행동에서나 가능한 한 흠 없는 상태로 보존되어야 했다. 내가 그애를 그애 자신과 그애의 잘못으로부터 구하는 것은 절박한 일이었다. 그애의 결함은 어디까지나 그애의 결함이며, 그애가 자신의 의지로 그 악영향을 피할 것이라고 기대할 수 없었기 때문에 그 임무는 자연히 나에게 떨어지게 되었다. 그애는 이런 결함과 그 행동의 결과로부터 구원을 받아야 할 뿐 아니라, 그것들을 몰라야 했다. 내가 그렇게 하는 것이 가능한 한은 말이다. 단지 그애의 행동상의 결함이 문제가 아니었다. 무지, 통찰력 부재, 자기만족에 빠져 둔감한 상태, 그런 것들도 가려주어야 했고, 그 표현을 인정하지 않아야 했다. 예를 들어 그애가 하필이면 그애의 어머니보다 나중에 내 애정을 받게 되었다는 사실 때문에 그애는 내 눈에 거의 가엾을 정도로 약해 보였다. 잘 들어라, 문제는 그애가 내 애정을 늦게 받게 되었다는 것이 아니라, 그애가 그 사실을 모른다는 것이었다. 만일 어떻게 해서 그애가 나의 비밀을 알아낸다면, 그애는 스스로를 평가할 때 실망하게 될 것 같았다. 또 내가 그애 어머니에게 느끼는 것을 보지 못했다는 이유로 자신을 바보라고 생각할 것이고, 심지어 자신이 나의 두번째 선택이었다는 점에서 자신의 어머니에게 못미친다고 생각하고 싶은 유혹을 느낄 수도 있었다. 이것이야말로 있어서는 안 되는 일이었다.

혹시 내가 나 자신에게 너무 자애로운 빛을 비추는지도 모르니, 클로이나 그애의 약점과 관련된 내 관심과 우려는 단지 그애만을 위한 것은 아니었다고 서둘러 덧붙여야겠다. 그애의 자존심은 나 자신의 자존심보다 훨씬 덜 중요했다―물론 나의 자존심이 그애의 자존심에 의존하기는 했지만. 만일 의심이나 어리석다는 느낌이나 통찰력 부족 때문에 그애의 자신에 대한 느낌이 더럽혀진다면, 내가 그애를 바라보는 태도 역시 더럽혀질 터였다. 따라서 정면대결, 잔인한 계몽, 무시무시한 진실의 전달 같은 일은 없어야 했다. 그애의 뼈가 덜거덕거리도록 어깨를 잡고 흔들지언정, 역겨움 때문에 그애를 땅에 내칠지언정, 내가 그애를 사랑하기 전에 그애 어머니를 사랑했다는 것, 그애에게서 케케묵은 비스킷 냄새가 난다는 것, 필드의 조라는 아이가 그애의 이에 녹색 물이 들었다는 이야기를 했다는 것을 그녀에게 말할 수는 없었다. 으스대며 걷는 그애 뒤에서 온유하게 걸어가면서 나의 다정한 또 다정하게 번민에 사로잡힌 눈길을 그애 목덜미의 쉼표 모양 금발에 고정시키거나 도자기 같은 오금의 머리카락처럼 갈라진 금에 고정시키고 있을 때, 나는 내 속에 불붙기 쉬운 아주 귀한 물질이 든 작은 병을 운반하는 느낌이었다. 그래, 갑작스럽게 움직일 수가 없었다. 절대 그럴 수가 없었다.

클로이가 더럽혀지지 않은 상태로 유지되어야 할, 그러니까 지나친 자기 인식, 실제로는 나에 대한 너무 예리한 인식에 의해 오염되지 말아야 할 또다른 이유가 있었다. 그것은 그녀의 다름이었다. 나는 그녀에게서 다른 사람의 절대적 타자성을 처음으로 경험했다. 내게는 세계가 클로이에게서 처음으로 하나의 객관적 실체로 나타났다고 말해도 지나치지 않다. 아, 지나치다. 하지만 그냥 지나치지 않다고 말하겠다. 아버지도 어머니도, 선생님들도, 다른 아이들도, 코니 그레이스 자신도, 누구도 아직은 클로이가 그랬던 방식으로 현실이 되지는 않았다. 그녀가 현실이 되자, 갑자기 나도 현실이 되었다. 나는 클로이가 내 자기의식의 진정한 기원이었다고 믿는다. 전에는 오직 하나가 있었고, 나는 그 일부였다. 이제는 내가 있었고, 내가 아닌 모든 것이 있었다. 그러나 여기에도 비틀림, 복잡한 꼬임이 있다. 나를 세계로부터 끊어내, 그렇게 끊어진 상태에서 나 자신을 실현하게 하는 과정에서 클로이는 나를 광대한 모든 것에 대한 느낌, 나를 포함한 모든 것에 대한 느낌으로부터 추방해버렸다. 그때까지 나는 그 모든 것 안에서, 대체로 행복한 무지 속에서 살고 있었다. 그전에는 집안에 있었다면, 이제는 열린 곳에, 탁 트인 곳에, 몸을 피할 곳이 보이지 않는 곳에 나와 있었다. 나는 그곳으로 들어가는 문이 점점 좁아져, 다시는 그 문을 통해 안으로 들어가지 못하리라는 것을 모르고 있었다.

나는 내가 그애와 함께 어디에 있게 될지, 그애에게서 어떤 대접을 기대해야 할지 전혀 몰랐다. 아마 이것이 내가 그애한테 느끼는 매력의 큰 부분이었을 것이며, 그것이 사랑의 돈키호테적인 본질이기도 하다. 어느 날 클로이는 목걸이를 만드는 데 필요한 특별한 분홍 조개껍질을 찾아 해변의 물가를 따라 걷다가 갑자기 발을 멈추고 몸을 돌리더니, 물속에서 해수욕을 하는 사람이나 모래밭에 피크닉을 나온 사람들을 다 무시하고 내 셔츠 앞자락을 움켜쥐어 나를 자기 쪽으로 잡아당기며 입을 맞추었다. 어찌나 세게 맞추었던지 윗입술이 그애의 앞니에 부딪혀 피맛이 났고, 뒤에 있던 마일스는 특유의 목에서 나오는 소리로 낄낄거렸다. 곧 클로이는 나를 밀어버렸다. 오만하고 경멸적인 태도였다. 그렇게 보였다. 그애는 얼굴을 찌푸리고 계속 걸어갔고, 그애의 눈은 전과 다름없이 해안선을 따라 날카롭게 움직이고 있었다. 그곳에서는 단단하고 온후한 모래가 뭔가를 빨아들이는 듯한 한숨 소리를 내며 남들보다 한 걸음 먼저 침식해 들어오는 파도를 탐욕스럽게 들이마시고 있었다. 나는 불안하게 주위를 둘러보았다. 어머니가 거기 있다가 보았다면 어쩌나? 아니면 그레이스 부인이, 또는 심지어 로즈가? 그러나 클로이는 무심했다. 지금도 우리 입술의 부드러운 덩어리가 부딪치며 두 사람의 이 사이에서 짓눌릴 때 맛보았던 그 거친 입자의 느낌이 기억난다.

클로이는 도전하기를 좋아했으나, 그 도전을 받아들이면 짜증을 냈다. 먼 수평선에서 천둥을 실은 구름이 떠가고 바다는 잿빛으로 평평하게 번쩍이던, 괴괴한 느낌이 들 정도로 고요하던 어느 이른 아침, 나는 클로이 앞에서 미지근한 파도에 허리까지 담그고 서 있었다. 그애가 허락하면 잠수해 그애의 두 다리 사이로 헤엄을 쳐나가려는 참이었다. 가끔 클로이는 허락했다. "지나가, 빨리." 클로이가 눈을 가늘게 뜨며 말했다. "방금 오줌을 눴단 말이야." 나도 포부가 있는 어린 신사였지만, 그애가 재촉하는 대로 하지 않을 수 없었다. 그러나 내가 다시 수면 위로 나오면 클로이는 내가 역겹다며, 턱까지 물에 잠기도록 몸을 기울이고는 천천히 헤엄을 쳐 멀어져갔다.

클로이는 갑자기 폭력적으로 바뀌어 사람을 기겁하게 하곤 했다. 지금 내 머릿속에 떠오르는 것은 우리가 시더스의 거실에 단둘이 있던 어느 비 오는 오후다. 방안의 공기는 축축하고 싸늘했으며, 검댕과 크레톤 커튼에서는 비 오는 날의 서글픈 냄새가 풍겼다. 클로이는 부엌에서 나와 바닥을 가로질러 창으로 갔고, 나는 소파에서 일어서서 그애한테 다가갔다. 아마 그애를 안으려고 했던 것 같다. 내가 다가가자마자 그애는 발을 멈추더니 재빠르게 짧은 호를 그리며 손을 들어올려 내 얼굴을 정면으로 때렸다. 너무 갑작스럽고 또 완벽한 가격이라, 작고 독특하고 활력 있는 것이 무엇인지 그 정의를 보여주는 듯 여겨졌다. 천장 한구석에서 그 메아리가 튀어나오는 것이 들렸다. 우리는 잠시 꼼짝도 않고 서 있었다. 나는 얼굴을 돌린 채였다. 그애는 한 걸음 뒤로 물러나 웃음을 터뜨리더니 샐쭉하게 입을 내밀고는 계속 창문으로 걸어가 창가 탁자에서 뭔가를 집어들고 얼굴을 잔뜩 찌푸린 채 들여다보았다.

하루는 해변에서 읍내 아이 한 명을 괴롭히는 일에 집중하기도 했다. 방학이 끝날 무렵 바람이 휘몰아치던 잿빛 오후였다. 벌써 공기에는 가을 분위기가 희미하게 감돌고 있었다. 클로이는 따분해서 심술을 부렸다. 읍내 아이는 축 늘어진 검은 수영복을 입고 창백한 얼굴로 몸을 떨고 있었는데, 오목하게 들어간 가슴에 붙은 젖꼭지는 추위 때문에 색깔이 변해 있었다. 우리는, 우리 셋은 그 아이를 콘크리트 방파제 뒤로 몰아붙였다. 그 아이는 쌍둥이보다는 키가 컸지만 나는 아이보다 훨씬 컸던데다가 여자친구에게 멋진 모습을 보여주려고 안달이었기 때문에 아이를 세게 밀었고, 아이는 녹색 진흙이 덮인 벽에 등이 부딪혔다. 클로이는 아이 앞에 우뚝 서더니 아주 고압적인 태도로 아이의 이름을 묻고는 거기서 무엇을 하고 있었는지 다그쳤다. 아이는 어리둥절한 표정으로 느릿느릿 클로이를 바라보았다. 도대체 왜 자기를 괴롭히는지, 자기한테 무엇을 원하는지 이해하지 못하겠다는 표정이었다. 물론 우리도 몰랐다. "어서." 클로이가 두 손을 허리에 얹고 소리치며 모래에 발을 굴렀다. 아이는 모호하게 미소를 지었는데, 클로이를 두려워한다기보다는 창피해서 그러는 것 같았다. 아이는 중얼중얼, 엄마와 함께 기차를 타고 하루 일정으로 내려왔다고 말했다. "아, 네 엄마하고?" 클로이가 조롱하는 표정으로 말했다. 그것이 무슨 신호라도 되듯 마일스가 앞으로 나서더니 손바닥으로 아이의 머리 옆쪽을 세게 때렸다. 놀랍게도 크고 예리하게 딱! 소리가 났다. "봤지?" 클로이가 새된 목소리로 말했다. "우리한테 까불면 그렇게 되는 거야!" 읍내 아이는 굼뜨고 가엾은 양처럼 그냥 놀란 표정만 짓더니, 손을 들어올려 자신이 맞았다는 놀라운 사실을 확인이라도 하려는 것처럼 얼굴을 어루만졌다. 이어 무슨 일이라도 생길 수 있는 흥미진진한 정적의 순간이 찾아왔다. 그러나 아무런 일도 생기지 않았다. 읍내 아이는 그냥 체념한 듯 서글픈 표정으로 어깨를 으쓱하더니 여전히 손을 턱에 올린 채 비슬비슬 걸어갔고, 클로이는 도전적으로 내 쪽으로 몸을 돌렸지만 아무런 말도 하지 않았고, 마일스는 낄낄 웃고만 있었다.

이 사건에서 나에게 남은 것은 클로이의 노려보는 눈빛이나 마일스의 낄낄거리는 웃음이 아니라, 읍내 아이가 쓸쓸하게 몸을 돌려 가버리기 직전 마지막으로 나를 바라보던 표정이었다. 그 아이는 나를 알았다. 내가 어떻게 보이려고 애를 쓰든 간에 나 역시 그와 마찬가지로 읍내 아이라는 걸 알았다. 만일 그 표정에 배신에 대한 비난, 낯선 아이들 편을 들어 자신에게 대적한 것에 대한 분노가 담겨 있었다면, 그런 어떤 것이었다면 나는 개의치 않았을 것이고, 외려 만족했을 것이다. 설사 창피하더라도 그랬을 것이다. 나를 흔들어놓았던 것은 그게 아니고, 그의 눈길에 담겨 있던 수용의 표정, 나의 배신에도 양처럼 놀라지 않던 그 표정이었다. 나는 얼른 그 아이를 쫓아 달려가 그 아이의 어깨에 손을 얹고 싶은 충동을 느꼈다. 사과를 한다거나 그에게 모욕을 주는 일을 거든 짓을 변명하려는 것이 아니라, 나를 다시 보게 하려는 것이었다. 그 표정을 버리게, 그것을 부정하게, 그의 눈에서 그 기록을 없애버리게 하려는 것이었다. 그 아이가 그 순간에 나를 아는 것처럼 누군가가 나를 안다는 생각을 견딜 수 없었기 때문이다. 내가 나를 아는 것보다 더 잘 안다는 것을. 아니, 더 나쁘게 아는 것인가.

나는 사진 찍히는 것을 늘 싫어했지만, 애나에게 찍히는 것은 특히 싫었다. 이상한 이야기라는 것은 나도 알지만 애나는 카메라 뒤에 있을 때면 장님이 된 것 같았다. 그녀의 눈의 뭔가가 죽어버렸다, 핵심적인 빛이 꺼져버렸다. 애나는 렌즈를 통해서, 피사체를 보는 것이 아니라, 내부를, 그녀 자신의 내부를 살피는 듯했다. 어떤 규정하는 시각, 어떤 핵심적인 관점을 찾는 듯했다. 애나는 카메라를 손에 들고 눈높이로 고정시킨 채 맹금猛禽 같은 머리를 양옆으로 내밀며 아무것도 보이지 않는 듯한 눈으로 잠깐 물끄러미 바라보곤 했다. 피사체의 이목구비가 브라유 점자 같은 걸로 기록되어 있는지, 그녀는 멀리서도 읽을 수 있는 모양이었다. 셔터를 누르는 것은 정말 하찮은 일처럼 보였다. 그 장비를 달래는 손짓에 지나지 않는 것 같았다. 처음에 함께 지내던 시절 나는 지혜롭지 못하게 그녀를 위해 자세를 잡아달라는 설득에 몇 번 넘어갔다. 그 결과는 충격적일 정도로 가공되지 않은 것, 충격적일 정도로 나를 드러내는 것이었다. 그녀가 나를 찍은—찍었다는 말이 맞다—머리부터 어깨까지 나오는 여섯 장의 흑백 사진에서 나는 실오라기 하나 걸치지 않은 전신을 드러냈을 때보다 더 홀딱 벗고 나를 보여주는 것 같은 느낌이 들었다. 나는 젊고 매끈하고 못생기지 않았지만—지금 겸손하게 말하는 중이다—그 사진에서 나는 커다란 실험용 인체 모형처럼 보였다. 그렇다고 애나가 나를 추한 모습이나 기형으로 만들었다는 말은 아니다. 그 사진을 본 사람들은 사진이 실물에게 아첨을 한다고 했다. 그러나 나는 아첨을 받는 기분이 아니었다, 전혀 그렇지 않았다. 사진 속에서 나는 주변에서 거기 서, 이 도둑놈아! 하는 외침들이 울려퍼지는 가운데 도망을 치려는 바로 그 순간에 딱 걸려 정지해버린 것처럼 보였다. 내 표정은 하나같이 쾌활하고 환심을 사려는 듯했다. 저질렀다는 것은 알지만 정확하게 기억하지는 못하는 어떤 범죄로 이제 곧 고발당할 것이라고 두려워하지만, 그래도 정상참작을 요구하며 변명을 준비하는 이단자의 표정이었다. 얼마나 필사적으로 애원하는 웃음을 짓고 있던지. 추파, 이것이야말로 추파였다. 애나는 희망을 가득 품은 싱싱한 얼굴을 향해 카메라를 겨누었지만, 그녀가 만들어낸 것은 지쳐빠진 늙은 사기꾼의 얼굴 사진이었다. 까발려진 것이다, 그래, 그것도 맞는 말이다.

그것, 그 미몽에서 깨어난, 미몽에서 깨어나게 하는 눈은 그녀의 특별한 재능이었다. 지금 내가 생각하는 것은 애나가 마지막에, 그러니까 마지막의 초기, 그녀가 여전히 치료를 받고 도움 없이 침대에서 일어날 힘이 있었던 때에 그녀가 병원에서 찍은 사진들이다. 애나는 클레어에게 카메라를 찾아보게 했다. 카메라를 사용한 지가 꽤 오래되었기 때문이다. 그녀가 이런 식으로 옛 강박으로 돌아간다는 데 생각이 미치자, 나는 강력하지만 설명할 수 없는 어떤 예감에 사로잡혔다. 또 역시 이유는 꼬집어 말할 수 없지만 혼란도 느꼈는데, 애나가 카메라를 갖다달라고 부탁한 사람이 내가 아니라 클레어였다는 사실 때문이었다. 나아가서 둘 사이에는 그 일을 나에게 알리지 않는다는 암묵적인 교감이 있었기 때문이기도 했다. 이 모든 은밀함과 쉬쉬하는 태도는 무슨 뜻이었을까? 그 무렵 외국—프랑스, 베네룩스, 보블랭 그런 곳들이었다—에서 공부하다 잠깐 돌아온 클레어는 자기 어머니가 그렇게 아프다는 것을 알고 충격을 받았고, 또 물론 더 일찍 부르지 않은 것을 두고 나에게 화를 냈다. 나는 그애한테 그애가 집에 오는 것을 원치 않았던 사람이 애나였다는 이야기를 하지 않았다. 이것도 이상한 일이었으니, 그전에 그들은, 이 짝은 늘 가까웠기 때문이다. 내가 질투를 했던가? 그래, 약간은, 솔직히 말하자면 사실 약간 이상이었지만. 나는 딸에게 내가 무엇을 기대했는지, 무엇을 기대하는지 알고 있었고, 그 기대의 이기심과 비애감도 잘 알고 있었다. 딜레탕트*의 자식에게는 많은 것이 요구된다. 그애는 내가 할 수 없었던 것을 할 것이며, 내가 이 일에 발언권이 있는지 모르지만, 사실 있지만, 위대한 학자가

---

* 예술이나 학문 따위를 직업이 아닌 취미 삼아 하는 사람.

될 것이다. 그애 어머니는 그애한테 돈을 약간 남겨주었지만, 충분하지는 않았다. 나는 크고 통통한 거위였지만, 황금알을 잘 낳지는 못했다.

나는 우연히 클레어가 집에서 카메라를 몰래 가지고 나가는 걸 보았다. 그애는 별일 아닌 것처럼 넘기려 했지만, 별일 아닌 것처럼 행동하는 데 능숙하지 못했다. 그렇다고 왜 그 일이 비밀이 되어야 하는지 그애가 안다는 것, 그러니까 내가 모르는 것을 그애가 안다는 것은 아니었다. 애나는 늘 아주 단순한 일을 음험하게 처리하는 버릇이 있었는데, 아마 그녀의 아버지와 그들이 함께 지낸 괴로운 어린 시절의 영향이 남은 것일 터였다. 그녀한테는 아이 같은 면이 있었다. 그러니까 고집스럽고, 은밀하며, 사소한 개입이나 반대에도 심하게 상처를 받았다는 것이다. 나는 마음대로 말할 수 있다. 나도 안다. 내 생각으로는 우리 둘 다 한 아이인 것이 틀림없이 문제였다고 생각한다. 이 말은 이상하게 들린다. 내 말은 우리가 둘 다 부모의 외동자식이었다는 뜻이다. 이 말도 이상하게 들린다. 애나가 예술가가 되려는 시도를 내가 못마땅해하는 것처럼 보였던가—스냅사진을 찍는 것도 예술이라고 볼 수 있다면? 사실 나는 그녀의 사진에 거의 관심을 기울이지 않았으며, 따라서 애나가 카메라를 쥐는 걸 내가 막을 거라고 생각할 이유는 전혀 없었다. 모든 것이 아주 당혹스럽다.

어쨌든 클레어가 카메라를 가지고 나가는 걸 본 뒤 하루인가 이틀인가 지나 나는 병원에 불려가서 아내가 다른 환자들 사진을 찍는 바람에 항의가 들어온다고 엄중히 경고를 받았다. 나는 수간호사 책상 앞에 서서 애나 대신 얼굴을 붉혔다. 다른 아이의 비행을 설명하기 위해 교장 앞에 불려온 학생이 된 기분이었다. 애나는 맨발에 병원에서 준

표백된 하얀 겉옷을 입은 채 링거 폴대—애나는 그것을 멍청한 웨이터라고 불렀다—를 굴리고 다니면서 같은 환자들 가운데서도 고통받은 자국이 더 뚜렷하고 더 심하게 불구가 된 사람들을 찾아가, 환자의 병상 옆에 링거 폴대를 세운 다음 라이카를 꺼내들고 스냅사진을 찍어대다 간호사에게 들켜 병실로 돌아가라는 명령을 받곤 했던 모양이다.

"누가 항의한다고 그래?" 애나는 실쭉한 표정으로 나에게 따졌다. "환자는 아냐. 친척들이겠지. 하지만 그 사람들이 뭘 알아?"

애나는 나에게 자기 친구 세르주에게 필름을 가져가 현상을 해오라고 했다. 머나먼 과거 한때에 아마도 친구 이상이었을 수도 있는 그녀의 친구 세르주는 다리를 절지만 건장한 체격의 소유자에 갈기 같은 검은 머리가 아름다운 남자로, 크고 뭉툭한 두 손으로 그 머리를 이마에서부터 뒤로 우아하게 젖히곤 한다. 그는 강변 쪽 셰이드 스트리트의 좁고 높은 낡은 주택 한 곳 꼭대기층에 스튜디오를 차려놓았다. 그는 패션 사진을 찍고, 모델들하고 잠을 잔다. 세르주는 자신이 어딘가에서 온 난민이라고 주장하며 혀가 잘 돌아가지 않는 영어를 하는데 여자들은 여기에 사족을 못 쓴다고 한다. 그는 성을 사용하지 않으며, 아마 세르주라는 이름도 가명일 것이다. 그는 우리가, 애나와 내가 옛시절—당시만 해도 아직 새 시절이었지만—에 알고 지내던 그런 종류의 사람이다. 지금 생각해보면 어떻게 그런 사람을 참고 견뎠는지 모르겠다. 자신의 세계, 자신의 예전 세계의 싸구려 같고 사기 같은 면이 드러나는 것에 비길 재난은 없다.

세르주는 나에게 못 말리게 우스꽝스러운 면이 있다고 생각하는 것 같다. 그는 재미도 없는 작은 농담을 끝도 없이 뱉어내는데, 그것은 나 때문에 웃는 것처럼 보이지 않으면서 웃을 수 있는 구실이 틀림없다. 내가 현상한 사진을 찾으러 가자 세르주는 스튜디오의 그림 같은 무질서 속에서 그 사진들을 찾기 시작했다. 그가 이런 무질서를 마치 진열장처럼 배치해놓았다 해도 나는 놀라지 않을 것이다. 세르주는 걸을 때마다 왼쪽으로 심하게 기울면서도 어울리지 않게 고상해 보이는 두 발로 민첩하게 돌아다녔다. 아무리 마셔도 바닥이 보이지 않을 것 같은 커피를 소리 내 홀짝이며 등뒤에 대고 나에게 말을 걸었다. 커피는 머리카락과 절뚝 걸음과 그가 아끼는 톨스토이풍의 헐렁한 흰 셔츠와 더불어 그의 트레이드마크다. "아름다운 애니는 어떤가요?" 세르주가 물었다. 그는 곁눈질로 나를 흘끔거리며 웃음을 터뜨렸다. 세르주는 늘 그녀를 애니라고 불렀는데, 다른 누구도 그녀를 그렇게 부르지 않았다. 나는 그것이 옛날에 둘이 사랑할 때 사용하던 이름일지도 모른다는 생각을 억눌렀다. 나는 세르주한테 애나의 병 이야기를 하지 않았다—왜 한단 말인가? 그는 작업대로 사용하는 커다란 탁자 위의 혼돈 속에서 헤매고 있었다. 암실에서 새어나오는 현상액의 식초 냄새 같은 악취 때문에 콧구멍과 눈이 따끔거렸다. "애니한테서는 뭐 새로운 소식이 없나." 세르주는 지저귀는 듯한 소리로 그렇게 노래처럼 되풀이 하면서, 다시 콧구멍으로 웃음을 뿜어냈다. 소리를 지르며 앞으로 달려가 그를 창으로 거칠게 찌른 뒤 위로 들어올렸다가 머리부터 자갈 포장도로에 내리꽂는 내 모습이 눈에 보였다. 세르주는 의기양양하게 꿀꿀거리는 듯한 소리를 지르더니 두툼한 마닐라 봉투를 들고 왔다. 그러나 내가 받으려고 손을 내밀자 그는 봉투를 뒤로 빼더니 머리를 한쪽으로 기울이고 명랑하게 추측하는 눈으로 나를 바라보았다. "애니가 찍고 있는 이것들, 이거 괜찮은 사진들이딘데." 그는 말하면서 한 손으로는 봉투의 무게를 달듯 그것을 손바닥에 올려놓고, 다른 손은 꼼꼼하게 연구한 느낌이 드는 중부유럽식 손짓으로 힘을 뺀 채 아래위로 퍼덕거렸다. 우리 위 천창으로 여름 해가 작업대를 한껏 비추고 있어, 탁자에 흩어진 인화지가 강렬한 백열의 빛으로 타오르는 듯했다. 세르주는 고개를 젓더니 오므린 입으로 소리 없이 휘파람을 불었다. "괜찮은 사진들이야!"

애나는 병상에서 어린아이처럼 손바닥을 쫙 벌려 얼른 손을 뻗더니 아무 말 없이 내 손에서 봉투를 낚아챘다. 방은 아주 덥고 습도가 높아 애나의 이마와 코밑에는 땀이 잿빛 막을 이루어 반짝이고 있었다. 머리는 다시 자라기 시작했다. 그러나 자신이 오래 필요하지는 않을 것임을 알기 때문에 별로 내키지 않는지 여기저기서 제멋대로 삐져나왔는데, 그나마 검은색에 힘이 없고 기름기가 느껴져 마치 핥아놓은 고양이 털 같았다. 나는 침대 가장자리에 앉아 그녀가 안달하며 손톱으로 봉투를 뜯어내는 모습을 지켜보았다. 그 안에서 벌어지는 모든 일에도 불구하고 병실을 그렇게 유혹적으로 만드는 것은 무엇일까? 병실은 호텔방과 다르다. 호텔방은 아무리 웅장하다 해도 익명이다. 그곳에는 손님을 돌보는 것이 하나도 없다. 침대도, 음료수가 든 냉장고도, 심지어 다리미판마저 그렇다. 등을 벽에 붙이고 정중하게 차렷 자세로 서 있을 뿐이다. 건축가, 설계자, 관리부의 노력에도 불구하고 호텔방들은 늘 우리가 어서 가주기를 기다리며 안달한다. 반면 병실은 아무도 노력을 하지 않아도 그냥 우리를 머물게 하고, 머물기를 바라고, 또 그것으로 만족한다. 마치 육아실 같은 느낌으로 마음을 달래준다. 벽의 두툼한 크림색 페인트, 고무를 입힌 바닥, 구석의 자그마한 세면대와 그 밑의 가로 대에 걸린 새침 떠는 작은 수건, 그리고 물론 바퀴와 레버가 달린 침대. 이 침대는 난간이 달린 복잡한 어린아이 침대처럼 보이는데, 그곳에서 라면 자면서 꿈을 꿀 수 있을 것 같고, 누가 지켜봐줄 것 같고, 돌봐줄 것 같고, 절대, 절대 죽지 않을 것 같다. 그것을 하나, 그러니까 병실을 하나 세내 거기서 일하고, 심지어 거기서 살 수는 없을지 궁금하다. 그 쾌적한 설비는 멋지다. 아침이면 명랑한 기상 신호가 흘러나오고, 칼같이 정확하게 식사가 나오고, 길고 하얀 봉투처럼 단정하고 팽팽하게 침대를 손봐주고, 비상사태에 대처하기 위해 의료 팀 전체가 대기중이다. 그래, 거기서라면, 그 희고 작은 방, 창살이 있는 창문에서라면 만족할 수 있다. 아니, 창살은 없다. 말을 하다보니 그렇게 되었다. 창은 도시를 굽어본다. 굴뚝, 혼잡한 도로, 웅크린 주택들, 그리고 끝도 없이 서두르며 오가는 그 모든 자그마한 사람 형체들.

애나는 병상 주위에 사진을 펼쳐놓고 탐욕스럽게 살펴보았다. 눈에 불이 붙은 것 같았다. 당시에는 두개골 뼈대에서 바로 시작되어 엄청나게 커 보이던 그 눈. 처음 놀란 것은 애나가 컬러 필름을 사용했다는 점이었다. 전에는 늘 흑백 필름을 좋아했었기 때문이다. 사진 자체도 놀라웠다. 마치 전시 야전병원이나, 전쟁에 패배하여 참화를 겪은 도시의 응급 병동에서 찍은 사진들 같았다. 무릎 아래쪽으로 다리가 날아간 노인이 있었는데, 지퍼의 원형처럼 보이는 봉합선이 그 반짝거리는 뭉툭한 부분을 가로지르고 있었다. 중년의 비만한 여자에게는 젖가슴이 하나 없어, 얼마 전까지만 해도 그것이 있었을 곳은 속이 빈 거대한 눈구멍처럼 온통 주름이 지고 부어 있었다. 레이스로 장식된 잠옷을 입고 웃음 짓는 가슴 큰 여자는 뇌수종에 걸린 아기를 자랑하듯 내보였는데, 어리둥절한 아기는 수달처럼 불거진 눈으로 두리번거리고 있었다. 클로즈업으로 찍은 노파의 관절염에 걸린 손가락들은 생강 뿌리 덩어리들처럼 마디가 지고 불거졌다. 구강궤양 때문에 뺨에 만다라처럼 복잡한 무늬가 돋을새김으로 새겨진 소년은 카메라를 보고 싱글거리며 두 주먹을 들어올려 엄지손가락을 치켜들었는데, 불쑥 내민 통통한 혀는 건방져 보였다. 금속 통을 위에서부터 아래로 찍은 사진도 있었는데, 안에는 무엇인지 알 수 없는 거무스름하고 축축한 고기의 덩어리와 끈 모양의 것이 버려져 있었다. 주방 쓰레기일까 아니면 수술실 쓰레기일까?

사진에 나오는 사람들에게서 가장 놀라웠던 것은 그들이 상처, 꿰맨 자국, 화농을 보여주며 차분하게 웃음 짓고 있다는 점이었다. 특히 언뜻 보기에 정식 습작품처럼 보이던 큼지막한 사진이 기억난다. 플라스틱 같은 분홍색과 암갈색과 광택이 나는 회색의 색조로 이루어진 하드에지* 같은 느낌을 주는 그 사진은 침대 발치의 낮은 곳에서 찍은 사진이었다. 머리가 헝클어진 뚱뚱한 노파는 퍼런 정맥이 드러난 늘어진 두 다리를 들어올리고 무릎을 벌려, 탈수脫垂한 자궁을 자랑하듯이 보여주고 있었다. 그 배치는 블레이크 예언서의 권두 그림처럼 놀라움을 안겨주면서도 자못 세심하게 구성된 것이었다. 중앙의 공간, 즉 여자의 들어올린 두 다리가 양쪽 변을 이루고 무릎과 무릎 사이에 팽팽하게 펼쳐진 하얀 가운 가장자리가 윗변을 이루는 역삼각형은 불의 기록

---

* 기하학적 도형과 선명한 윤곽의 추상화.

을 기다리는 텅 빈 양피지 조각처럼 보였다. 그것은 뭔가의 탄생을 예고하는 듯했는데, 실제로 그녀의 허벅지 안쪽에서는 분홍과 짙은 자주색이 섞인 것이 탄생을 흉내내고 있었다. 이 역삼각형 위에 자리잡은 여자의 메두사 같은 머리는 원근법의 교묘한 장난 때문에 목에서 잘라낸 뒤 무릎과 같은 높이에 갖다놓은 듯했다. 목의 깨끗하게 잘린 아랫부분은 역삼각형의 윗변을 이루는 직선 위에 균형을 잡고 있는 것처럼 보였다. 그런 묘한 위치임에도 얼굴은 아주 편안해 보였다. 웃고 있다고 해도 좋을 것 같았다. 익살맞게 자기를 비하하는 듯하기도 했고, 어떤 만족감을 드러내기도 했고, 그래, 어떤 분명한 자부심을 보여주기도 했다. 머리가 다 빠져버린 뒤의 어느 날 애나와 함께 거리를 걷던 기억이 난다. 애나는 맞은편 보도에서 역시 대머리가 되어버린 여자가 지나가는 것을 발견했다. 둘은 눈길을 교환했고, 나는 그 장면을 보았다. 애나가 그것까지 알았는지는 모르겠지만, 어쨌든 이 두 여자의 눈은 텅 비어 있으면서도 동시에 예리하고 교활했으며, 서로 공모하는 듯했다. 애나가 아팠던 그 끝도 없는 열두 달 동안 나는 그 순간만큼 그녀가 멀게 느껴진 적이 없다. 고통받는 여성들의 우애 모임에 의해 옆으로 밀려난 기분이었다.

"어때?" 애나가 사진에 눈을 고정시킨 채 나를 보지 않고 묻고 있었다. "어떻게 생각해?"

사실 애나는 내가 어떻게 생각하는지 관심이 없었다. 이제 그녀는 나나 내 의견을 넘어서 있었다.

"이걸 클레어한테 보여줬어?" 내가 물었다. 어째서 그런 의문이 내 머리에 제일 먼저 떠올랐을까?

애나는 듣지 않은 척했다. 아니면 실제로 내 말을 듣고 있지 않았던 것인지도 몰랐다. 건물 어딘가에서 작지만 집요한 통증을 소리로 바꾸어놓은 것처럼 벨이 울리고 있었다.

"이 사진들은 내 사건 기록이야." 애나가 말했다. "내 고발장이지."

"당신 고발장이라고?" 내가 무력하게 물었다. 어딘가에서 희미한 통증이 느껴졌다. "뭘 고발해?"

애나가 어깨를 으쓱했다.

"아, 모든 걸." 애나가 온화한 목소리로 말했다. "모든 걸."

***

클로이, 그애의 잔인함. 해변. 한밤의 수영. 그애가 잃어버린 샌들, 무도장 입구의 그날 밤, 신데렐라의 구두. 모두 사라졌다. 모두 잃었다. 상관없다. 피곤하다, 피곤하고 술에 취했다. 상관없다.

폭풍이 찾아왔다. 밤새도록 계속되고도 모자라 아침나절까지 이어졌다. 특별한 폭풍이었다. 이런 온대에서 그렇게 격렬하고 그렇게 지속적인 폭풍은 만난 적이 없다. 나는 영구대靈柩臺―이것이 내가 원하던 말인지 모르겠다―처럼 잘 꾸며진 침대에 앉아 난폭한 마음으로 그 폭풍을 즐겼다. 방은 내 주위에서 깜박거리고, 하늘은 포악하게 아래위로 발을 구르며 뼈를 부러뜨렸다. 마침내, 나는 생각했다, 마침내 자연의 힘이 나의 내적인 소란에 대응할 만한 수준의 장엄함에 이르렀구나! 변신한 듯한 기분이었다. 바그너의 반신반인이 되어, 뇌운雷雲 위

172

에 높이 앉아 크게 왕왕거리는 화음과 천상의 심벌즈가 부딪치는 소리를 지휘하는 느낌이었다. 이런 연극적인 행복감, 브랜디의 독기와 정전기로 쉭쉭거리는 소리를 내는 행복감에 젖어, 나는 딱딱거리는 새로운 빛 속에서 나의 자리를 생각해보았다. 내 전반적인 자리를 생각해보았다는 것이다. 나는 모든 합리적인 생각들에 저항하면서, 구체적으로 언제인지는 모르지만 미래의 어떤 순간에 수많은 오독과 실수와 대실패로 점철된 내 인생이라는 지속적인 리허설은 끝이 나고, 내가 늘 열심히 준비해왔던 진짜 드라마가 마침내 시작될 것이라는 신념을 품고 있었다. 나도 안다, 이것은 모두가 품는 흔한 망상이다. 그러나 어젯밤, 그 발할라*의 지저분한 성질이 웅장하게 과시되는 동안 나는 내가 입장할 순간, 말하자면 내가 무대에 올라갈 순간이 임박한 것이 아닌지 궁금했다. 그것이, 그런 식으로 활발한 움직임 한가운데로 극적으로 뛰어드는 것이 어떤 모습일지, 또는 무대에서 어떤 일이 일어날 것이라고 기대하는 건지, 나는 모른다. 하지만 어떤 신성화, 어떤 대전환은 예상할 수 있다. 지금 사후의 변신을 이야기하는 것이 아니다. 나는 내세의 가능성, 또는 그런 것을 줄 수 있는 어떤 신의 가능성을 선뜻 받아들이지 않는다. 신이 창조한 세계를 볼 때, 신을 믿는 것은 신에 대한 불경일 것이다. 내가 고대하는 것은, 그래, 세속적 표현의 순간이다. 바로 그것, 정확하게 바로 그것이다. 나는 표현될 것이다, 완전하게. 나는 연설될 것이다, 마치 고상한 폐회사처럼. 한마디로 나는 말해질 것이다. 이것이 늘 내 목표 아니었던가? 사실 이것이 우리 모두

---

* 북유럽신화에 나오는 오딘 신을 위해 싸우다 죽은 전사들이 머무는 전당.

의 은밀한 목표 아니던가? 살로는 이제 그만 존재하고, 고통을 겪지 않는 거미줄 같은 영으로 완전히 변신하는 것이? 쾅, 우지끈, 부르르. 벽 자체가 흔들린다.

그런데 침대, 내 침대. 배버수어 양은 그 침대가 늘 그곳에 있었다고 우긴다. 그레이스 집안 사람들, 그 어머니와 아버지, 이게 그 사람들 것이었을까? 그들이 여기에서 잠을 잤을까? 바로 이 침대에서? 도대체 무슨 생각이냐? 나도 이 생각을 어찌할지 모르겠다. 중단하자. 그것이 최선이다. 그러니까 그게 마음의 동요가 가장 적다는 것이다.

또 한 주를 처리했다. 계절이 나아가면서 시간이 얼마나 빠르게 흐르는지. 지구는 자신의 홈을 따라, 가파르게 하강하는 한 해의 마지막 호弧 속으로 돌진하고 있다. 날씨는 계속 온화하지만 그래도 대령은 겨울이 다가오는 것을 느낀다. 최근 그는 몸이 좋지 않았다. 그의 말에 따르면 신장에 감기가 걸렸다. 나는 대령한테 나의 어머니도 그런 불평을 했다고 말해준다. 사실 어머니가 가장 애용하는 불평 가운데 하나였다. 그렇게 덧붙이지는 않는다. 대령은 내가 혹시 놀리는 건지도 모른다고 생각하는 양 묘한 표정으로 나를 본다. 사실 나는 대령을 놀리는 건지도 모른다. 신장에 감기가 든다는 것이 무슨 말인가? 엄마도 대령과 마찬가지로 이 문제에 관해 더 구체적으로는 말하지 않았고, 심지어 『블랙 의학사전』도 아무런 깨달음을 주지 않는다. 어쩌면 대령은 나에게 이것이 그가 밤낮없이 자주 발을 질질 끌며 변소에 가는 이유이지, 내가 의심하는 더 심각한 것은 아니라고 생각해주기를 바라는지도 모른다. "내가 한창때는 아니지 않소." 대령은 말한다. "그거야 사실이지." 대령은 식사시간에도 목도리를 두르고 나오기 시작했다. 대령은 맥없이 음식을 뒤적거리다 옆에서 약간이라도 경박한 행동을 하려는 시도를 고통스러워하는 간절한 눈길로 환영하지만, 피곤한 듯 거의 신음에 가까운 희미한 한숨과 더불어 그런 눈길마저 곧 사라져버린다. 내가 매혹적으로 색깔이 변하는 대령의 코 이야기를 했던가? 그의 코는 하루에도 몇 번씩 시간에 따라 또 날씨의 미세한 변화에 따라, 창백한 라벤더 색에서 부르고뉴 포도주 색깔을 거쳐 아주 짙은 황제 자주색에 이르기까지 다채롭게 변한다. 이 비류가 닥터 톰슨의 유명한 주부코일까? 갑자기 궁금해진다. 배버수어 양은 그의 불평을 그대로 받아들이지 않아 대령이 보지 않을 때 내 쪽을 향해 얼굴을 찌푸려 보인다. 대령은 그녀에게 구애를 하려고 시도하지만 낙담하고 있는 것 같다. 밝은 노란색 조끼를 입은 대령은 맨 아래 단추를 꼼꼼하게 풀어 뾰족한 자락들을 아담한 올챙이배 위로 펼친 채 깃털이 이국적인 수컷 새, 공작이나 장끼처럼 열중한, 그러나 용의주도한 태도로 거리를 두고 화려하게 활보한다. 눈은 간절하지만 짐짓 무관심을 가장하는 것이다. 반대로 칙칙한 암컷은 전혀 관심 없이 자갈밭에서 굼벵이나 쪼고 있다. V양은 화를 내기도 하고 당황하여 창피해하기도 하면서 대령의 묵직하면서도 짐짓 부끄러운 척하는 관심들을 밀쳐낸다. 대령이 그녀에게 보내는 상처받은 표정으로 보건대 전에 배버수어 양은 대령에게 희망을 가질 만한 근거를 주었던 것 같은데, 내가 와서 그녀의 어리석음의 증인 노릇을 할 상황이 되자 배버수어 양은 그 근거들을 그의 발밑에서 확 잡아채버렸다. 그녀는 이제 자신에게 약이 올라 대령이 격려라고 여겼을 수도 있는 것이 사실은 집주인의 직업적인 예의의 과시에 지나지 않았음을 나에게 납득시키려고 열심이다.

시간을 주체 못해 어쩔 줄 모르는 경우가 많다보니 대령의 전형적인 하루 일정을 정리해보기도 했다. 대령은 일찍 일어난다. 잠을 잘 못 자기 때문이다. 그는 표정이 풍부한 침묵이나 입을 꽉 다물고 어깨만 으쓱거리는 동작으로 자신에게 수면발작증 환자라도 잠을 못 자게 할 만한 전장의 악몽들이 그득함을 암시하지만, 내가 보기에 그를 괴롭히는 흉흉한 기억들은 머나먼 식민지가 아니라 고향 근처에서 나온 것 같다. 예를 들어 사우스아마South Armagh의 좁은 길이나 구멍이 많이 파인 이면도로 같은 데서. 대령은 아침을 혼자 먹는다. 부엌 화롯가 작은 탁자에서—아니, 말이 그렇다는 것이지 사실 그 화로는 내 기억에 남아 있지 않았다. 대령은 자주 엄숙하게 아침이 하루 가운데 가장 중요한 식사라고 단언하는데, 고독이 그가 거기에 참여하는 데 선호하는 방식 같다. 배버수어 양은 기꺼운 마음으로 그를 방해하지 않으며, 빈정거리는 침묵으로 얇게 썬 햄과 달걀과 블랙푸딩을 갖다준다. 대령은 양념은 자기 것을 쓴다. 갈색과 붉은색과 진녹색 걸쭉한 물질이 든, 아무 표시도 붙어 있지 않은 병들인데, 그것을 연금술사처럼 정확하게 재서 음식에 조금씩 뿌린다. 빵에 바르는 것도 스스로 준비한다. 대령은 그것을 처바르는 것이라고 부르는데, 안초비, 카레 가루, 많은 양의 후추를 비롯해 무엇인지 알 수 없는 것들이 포함된 카키색의 찐득거리는 물질이다. 묘하게도 개 냄새가 난다. "자루를 잘 문질러주는 거지요." 대령은 그렇게 말한다. 나는 한참 지나서야 그가 자주 말하는, 그러나 V양이 옆에 있을 때는 절대 말하지 않는 이 자루가 위뻘와 그 주변을 가리킨다는 것을 깨달았다. 대령은 자루의 상태에 늘 민감하다.

아침식사 뒤에는 아침 보건운동이다. 날씨와 상관없이 스테이션 로드를 따라 내려가 클리프 워크를 거쳐 피어헤드 바를 지나, 다시 등대 옆 오두막들과 젬을 통과하는 먼길로 돌아온다. 대령은 젬에 들러 아침신문과 초강력 페퍼민트 한 롤을 사는데, 하루 종일 그것을 빨고 다니기 때문에 그 역겨운 냄새가 집안 곳곳에 희미하게 스민다. 대령은 아주 활달한 동작으로 걸어다니는데, 그로서는 틀림없이 군인의 자세를 보여주려는 것 같지만, 대령이 산책을 나가는 것을 본 첫날 아침 나는 그가 한 걸음 걸을 때마다 왼쪽 발을 밖으로 내밀었다가 안으로 들이며 좁게 곡선을 그리는 것을 보고 화들짝 놀라고 말았다. 오래전에 사라진 아버지와 똑같은 동작이었기 때문이다. 내가 이곳에 머물던 첫 한두 주 동안 대령은 이 노상 행군에서 배버수어 양을 위한 기념품을 가져오곤 했다. 그렇다고 화려한 것이나 계집애 같은 것은 아니고, 황갈색 잎들이 달린 작은 가지나 푸른 나뭇가지 정도로, 그냥 원예에 관심이 있어서 가져온 물건이라고 내밀 수도 없는 것들이었다. 대령은 아무 말 없이 그것을 현관 탁자에 놓인 그녀의 정원용 장갑이나 커다란 집안 열쇠 꾸러미 옆에 놓곤 했다. 하지만 지금은 신문과 페퍼민트 말고는 빈손으로 돌아온다. 나 때문이다. 내가 오면서 그 꽃다발 의식이 끝장난 것이다.

신문은 그의 남은 아침 시간을 다 잡아먹는다. 대령은 신문을 1면부터 마지막 면까지 모조리 읽으면서 정보를 모으고 어떤 것도 놓치지 않는다. 대령은 휴게실의 난롯가에 앉아 있다. 벽난로 위의 시계는 노인병에 걸린 듯 멈칫멈칫 똑딱거리다 15분, 30분, 45분에는 멈춰서 한 번 약하게 귀에 거슬리는 종소리를 내지만, 정작 한 시간이 되었을 때는 복수를 하듯이 침묵을 지킨다. 대령은 팔걸이의자, 파이프를 위한 유리 재떨이, 스완 베스타 성냥갑, 발판, 신문걸이를 갖추고 있다. 대령이 퇴창의 납유리를 통해 떨어지는 그 놋쇠 같은 햇살, 아직 계절의 첫 불을 피울 필요가 없는 쇠살대를 차지하고 있는, 바다처럼 파란색과 핏빛 섞인 부드러운 갈색이 어우러진 마른 수국 한 묶음을 보기라도 할까? 그가 신문에서 읽는 세계가 더는 그가 알던 세계가 아님을 알기나 할까? 요즘에는 그의 모든 에너지가, 내 에너지와 마찬가지로, 알거나 보지 않으려는 노력에 들어가는 것 같기도 하다. 나는 대령이 스트랜드 로드 아래 돌로 지은 교회에서 삼종기도를 알리는 종소리가 들려오자 몰래 성호를 긋는 모습을 보기도 했다.

점심식사 때는 대령과 내가 알아서 해야 한다. 배버수어 양은 매일 정오에서 세시까지 자기 방에 들어가 자거나 책을 읽거나 회고록을 쓰기 때문이다. 뭘 한다 해도 나야 놀라지 않겠지만. 대령은 반추동물이다. 그는 셔츠와 소매 없는 낡은 스웨터 차림으로 부엌 탁자에 앉아 형편없는 샌드위치를 우적우적 씹는다. 치즈 덩어리나 차가운 고기 조각을 잘라 그의 처바르는 것이나 콜먼스 제품 중 가장 매운 것, 또는 강력한 효과를 원할 때는 그 둘을 다 발라 문버팀쇠 같은 빵 두 짝 사이를 채운 것이다. 그러면서 적의 방어선에서 유리한 곳을 찾는 신중한 야전 지휘관처럼 나에게 양동작전을 펼치듯 대화를 던져보곤 한다. 대령은 날씨, 운동경기 일정, 경마 등 중립적인 화제를 고수하면서 자신은 내기하는 사람이 아니라고 분명하게 말한다. 그의 암띤 태도에도 불구하고 그의 요구는 분명하다. 그는 오후를, 그 텅 빈 시간들을 두려워하는 것이다. 내가 잠 못 이루는 밤들을 두려워하듯이. 대령은 나를 파악할 수가 없다. 내가 여기에서 정말로 뭘 하는지 알고 싶어한다. 그가 보기에 나는 원한다면 어디에라도 갈 수 있는 사람인데 말이다. 따뜻한 남쪽으로 갈—"태양이야말로 고통과 통증에는 특효약이지요." 대령은 그렇게 말한다—경제적 여유도 있는 사람이 뭐하러 시더스까지 와서 슬픔을 다독거린단 말인가? 나는 대령에게 이곳에서 보낸 옛 시절, 그레이스 가족, 그런 것들에 관해 말하지 않았다. 그렇다고 그런 것들이 무슨 설명이 된다는 것은 아니지만. 나는 떠나려고 일어선다. "일 때문에." 나는 엄숙하게 말한다. 대령은 간절한 표정으로 나를 본다. 불친절한 말벗이라도 그의 방과 라디오보다는 나은 것이다.

　내가 우연히 딸 이야기를 하자 흥분된 반응이 나왔다. 대령이 하는 말로 보면, 그에게도 딸이 있다. 결혼해서 어린아이 둘을 키우고 있다. 그들은, 딸, 엔지니어인 남편, 일곱 살과 세 살인 손녀는 이제 곧 그를 찾아보러 올 것이다. 사진이 나올 것 같은 예감이 든다. 아니나 다를까 뒷주머니에서 지갑이 나오고 스냅사진들이 나타난다. 가죽을 뒤집어쓴 듯 불만에 차 보이는 젊은 여자는 대령과 전혀 닮지 않았고, 대신 파티 드레스를 입은 어린 여자아이가 안타깝게도 대령을 닮았다. 아기를 품에 안고 해변에서 싱긋 웃고 있는 사위는 뜻밖에도 잘생겼다. 어깨가 넓은 남쪽 체형으로, 기름을 바른 고수머리에 눈에는 멍이 든 듯했다. 생쥐 같은 블런딘 양이 어쩌다가 그런 사내다운 사내를 얻게 되었을까? 다른 사람의 삶이란, 다른 삶이란. 갑자기 그들이, 대령의 딸, 그녀의 남편, 그들의 딸들이 나에게 너무 부담스러워진다. 나는 황급히 사진들을 돌려주며 고개를 젓는다. "아, 미안합니다, 미안해요." 대령이 말하며 당황하여 헛기침을 한다. 자기가 가족 이야기를 꺼내는 바람에 내가 고통스러운 일들을 연상했다고 생각하는 것이다. 하지만 그런 것이 아니다. 아니, 그런 것만은 아니다. 요즘 나는 세상을 조금씩 재서 섭취해야 한다. 내가 받고 있는 일종의 동종요법 치료다. 도대체 이 치료로 무슨 병을 고치려는 것인지는 분명치 않지만. 어쩌면 살아 있는 사람들 사이에서 사는 법을 배우고 있는지도 모른다. 연습하는 것인지도 모른다. 하지만 아니다, 그것은 아니다. 여기에 있는 것은 그저 어디에라도 가지 않는 방법일 뿐이다.

우리를 돌보는 다른 영역에서는 아주 열심인 배버수어 양은 점심식사만이 아니라 식사 문제 전체에서 거만하다고까지 할 수는 없겠지만 꽤 변덕스럽다. 특히 시더스에서 저녁식사는 예측할 수 없는 간식 비슷한 것이 된다. 식탁에는 무엇이라도 올라올 수 있으며, 실제로 그렇게 된다. 예를 들어 오늘 저녁에는 아침에 먹던 훈제 청어 말린 것에 수란水卵과 삶은 양배추를 식탁에 올렸다. 대령은 코를 킁킁거리며 마치 콩에 점을 찍는 예술가처럼 여봐란듯이 양념 병들을 번갈아가며 휘둘렀다. 대령의 이런 말없는 항의에 배버수어 양은 늘 경멸에 가까운 귀족적인 방심으로 대응한다. 청어 뒤에는 내 어린 시절 기억이 맞다면 거친 세몰리나*로 보이는, 모래 같은 회색의 미지근한 물질에 든 통조림 배가 나왔다. 맙소사, 세몰리나라니. 우리가 이 맛대가리 없는 음식을 먹는 동안 정적을 깨는 것은 식기들이 딸깍거리는 소리밖에 없었

---

* 마카로니나 푸딩용의 굵게 간 밀가루.

다. 갑자기 나 자신이 식탁에 구부정하게 앉은 크고 시커먼 유인원 같은 것이 된 듯한 느낌이 들었다. 아니, 뭔가가 된 것이 아니라 아무것도 아니게 된 것 같았다. 방안의 구멍, 손으로 만져지는 부재, 눈에 보이는 어둠이 된 것 같았다. 아주 묘했다. 나는 마치 나 자신의 밖으로 나온 것처럼 그 장면을 보았다. 평범한 등 두 개가 반쯤 밝혀주는 식당, 나선형 무늬가 새겨진 다리가 달린 못생긴 식탁, 멍한 표정으로 물끄러미 바라보는 배버수어 양과 접시 위에 허리를 굽히고 음식을 씹으면서 위쪽 틀니 한쪽을 드러내는 대령, 그리고 이 크고 시커멓고 형체를 알아볼 수 없는 나, 은판 사진을 현상하기 전에는 이 강신회에 참석한 누구도 볼 수 없는 형체 같은 나. 나는 나 자신의 유령이 되어가는 것 같다.

저녁식사 뒤에 배버수어 양이 몇 번 여기저기 휘휘 쓸면서 지나가면 식탁은 정리된다. 그녀는 이런 천한 잡일을 하기에는 너무 훌륭한 사람이다. 그녀가 청소하는 동안 대령과 나는 우리 몸이 방금 대접받은 모욕을 처리하느라 최선을 다하는 소리에 귀를 기울이며 모호한 고통에 사로잡힌 채 앉아 있다. 이윽고 V양은 당당하게 앞장서서 텔레비전 방으로 들어간다. 이 방은 왠지 지하 같은 분위기가 나는 음산하고 조명도 형편없는 곳으로, 늘 습하고 춥다. 가구마저 지하의 느낌을 주어, 마치 오래전에 위의 더 밝은 곳으로부터 이곳에 내려와 있는 물건들 같다. 사라사 무명을 덮은 소파는 기겁한 듯 두 팔을 활짝 벌리고 쿠션들을 축 늘어뜨린 채 널브러져 있다. 속을 채운 격자무늬 팔걸이의자도 하나 있다. 다리가 셋 달린 작은 탁자에는 화분에 먼지가 덮인 식물이 있는데, 진짜 엽란葉蘭 같다. 이런 엽란을 보는 것이 얼마

만인지 모르겠다. 배버수어 양의 피아노는 뚜껑이 닫힌 채 뒷벽에 붙어 서 있어, 마치 맞은편에 있는 야한 경쟁자에게 화가 나 입을 꾹 다물고 씩씩거리는 것 같다. 그 경쟁자는 튼튼한 암회색 픽실레이트 파노라믹 텔레비전으로, 그 소유자는 이것을 자부심과 약간 부끄러운 우려가 교차하는 눈으로 바라본다. 우리는 이 텔레비전으로 코미디 쇼를 보는데, 재방송되는 20, 30년 전의 좀 부드러운 코미디를 좋아한다. 우리는 입을 다물고 앉아 있다. 미리 녹음된 관객의 웃음소리가 우리 대신 웃음을 터뜨려준다. 화면에서 나오는 신경과민에 걸린 듯한 색색의 빛이 우리 얼굴 위에 장난을 친다. 우리는 황홀경에 빠져, 아이들처럼 넋을 놓고 있다. 오늘밤에는 아프리카의 어떤 곳—아마 세렝게티 평원이었던 것 같다—과 그곳의 커다란 코끼리 떼에 관한 프로그램을 방영했다. 코끼리란 얼마나 놀라운 짐승인지. 그들은 분명 우리 시대보다 훨씬 오래된 시대, 그들보다 훨씬 더 큰 짐승들이 포효하며 숲과 늪지를 날뛰던 시대와 직접 연결되는 고리일 것이다. 그 태도만 보면 우울해하면서도 은근히 즐거워하는 것 같다. 어쩌면 우리를 보고 그러는지도 몰라. 그들은 한 줄로 늘어서서 평온하게 쿵쿵 걸어가며, 한 코끼리의 코끝이 앞에 있는 사촌의 우스꽝스러운 돼지꼬리를 미려하게 휘감는다. 나이든 코끼리들보다 털이 많은 어린 코끼리는 만족한 표정으로 어머니의 다리 사이에서 종종걸음을 친다. 우리와 같은 피조물들, 적어도 땅에 붙어사는 피조물들 가운데 우리와 정반대인 것을 찾으려 한다면, 분명 코끼리보다 더 먼 곳을 찾을 필요는 없을 것이다. 어떻게 우리가 이들이 그렇게 오랜 동안 생존하도록 허용했을까? 이 모든 것을 안다는 듯한 작고 슬픈 눈은 상대에게 어서 나팔총을 집어들라고 권유하는 것 같다. 그래, 저 사이에, 아니면 저 거대하고 터무니없이 펄럭거리는 귀에 커다란 총알을 박자. 그래, 그래, 모든 짐승을 박멸하고, 그루터기만 남을 때까지 생명의 나무를 베어내고, 그러고 나서 그 그루터기에도 다정하게 큰 칼을 들이대자. 모든 것을 끝장내자.

이런 나쁜 년, 이런 씨발년, 네가 어떻게 나를 이렇게 두고 떠날 수 있어. 나를 구해줄 사람 하나 없이, 나 혼자 이 더러움 속에서 버둥거리게 해놓고. 네가 어떻게 이럴 수 있어.

텔레비전 방을 이야기하다보니 갑자기 떠오른다. 왜 이제야 떠올랐는지 알 수가 없다, 이렇게 분명한 건데. 그 방을 보고 떠오른 것, 사실 집 전체를 보고 떠오른 것, 사실 이것이 내가 애초에 이곳에 와서 숨게 된 진짜 이유임이 틀림없는데, 그것은 십대 시절 내내 어머니와 내가 살던, 살 수밖에 없었던 셋방들이다. 아버지가 떠난 뒤 어머니는 우리 둘이 먹고살고 또 내 교육비를 대려고, 대단히 많은 돈도 아니었지만, 어쨌든 일을 찾을 수밖에 없었다. 우리는, 어머니와 나는 도시로 이사했다. 그곳에 가면 분명히 어머니에게 기회가 더 많을 것 같았다. 어머니는 아무런 기술이 없었다. 학교를 얼마 다니지도 않았고, 잠깐 점원일을 하다가 아버지를 만났고 가족에게서 달아나려고 결혼을 했기 때문이다. 그럼에도 어머니는 어딘가에 자신에게 이상적인 자리, 일자리 중의 일자리, 어머니가, 오직 어머니만이 할 수밖에 없는 일이지만 미치게도 찾아낼 수가 없는 일자리가 있다고 확신했다. 그래서 우리는 이곳에서 저곳으로, 이 하숙집에서 저 하숙집으로 옮겨다녔다. 늘 가랑비가 내리는 겨울 저녁에 새로 살 곳에 도착하는 느낌이었다. 그것들, 그 방들은 모두 똑같았다. 적어도 내 기억에서는 그렇다. 팔걸이가 부서진 팔걸이의자가 있고, 바닥에는 얽은 자국이 있는 리놀륨이 깔려 있고, 구석에 음침하게 앉아 있는 땅딸막한 가스풍로에서는 전에 살던 사람이 튀겨 먹은 음식 냄새가 났다. 변소는 복도 아래쪽에 있었는데, 나무 좌변기는 쪼개졌고, 변기 뒤편에는 긴 갈색의 녹 자국이 있고, 사슬의 고리 손잡이는 사라지고 없었다. 복도에서 나는 냄새가 질식이 어떤 느낌인지 알아보려고 두 손으로 코를 덮고 되풀이해 숨을 쉬었을 때 내 숨에서 나는 냄새였다. 우리가 식사하는 식탁은 어머니가 아무리 북북 문질러 닦아도 손이 닿으면 늘 끈적거렸다. 차를 마신 뒤면 어머니는 상을 치우고 나서 육십 와트짜리 전구의 희미한 불빛 아래 〈이브닝 메일〉을 펼치고, 머리핀으로 구인 광고란을 훑으며 광고를 하나하나 확인하고는 성난 목소리로 나지막이 중얼거렸다. "경력 필수…… 신원보증인 필요…… 대학 졸업장 제출…… 참 나!" 그런 뒤면 기름이 묻은 카드를 꺼내고, 성냥을 똑같이 나누어 두 더미로 쌓고, 나에게는 코코아를 주고 자신은 조리용 셰리주를 마셨다. 우리는 카드로 '올드 메이드', '진 러미', '하츠'를 했다. 그런 뒤에는 소파 침대를 펼치고, 시큼한 냄새가 나는 바닥 시트를 팽팽하게 당기고, 어떻게 했는지 몰라도 천장에 핀으로 고정시켜 두었던 담요를 아래로 드리워 침대의 어머니 쪽에 사적인 공간을 확보했다. 나는 침대에 누워 무력한 분노에 사로잡힌 채 어머니의 한숨, 코 고는 소리, 뻑뻑대는 방귀 소리에 귀를 기울였다. 하루 건너씩 잠을 깨 어머니가 우는 소리를 들었던 것 같다. 어머니는 주먹으로 입을 누른 채 베개에 얼굴을 묻고 울었다. 아버지가 매달 부치는 우편환이 늦지 않는 한 우리 사이에 아버지 이야기를 하는 일은 거의 없었다. 어머니는 도저히 아버지 이름을 입에 올릴 수가 없었다. 아버지는 '신사 짐' 또는 '각하'였으며, 어머니가 분노에 치를 떨거나 셰리주를 너무 많이 마셨을 때는 '플루트 연주자 필' 또는 심지어 '사기꾼 방귀궁둥이'가 되기도 했다. 어머니는 이상하게도 아버지가 저 너머에서 남아돌도록 성공을 누리고 있다고 생각했다. 마땅히 우리와 함께 나누어야 하고 또 우리는 그럴 자격이 있음에도 아버지는 잔인하게도 성공을 우리와 나누기를 거부했다. 우편환을 싣고 오는 봉투―편지는 한 번도 없었고, 크리스마스나 내 생일이면 아버지가 늘 자랑하던, 공들여 쓴 가늘고 예쁜 글씨가 적힌 카드가 들어 있을 뿐이었다―에 소인으로 찍힌 이 장소들은 내가 저 너머로 와 있는 지금에도, 아버지가 힘을 써 건설했을 도로 위의 이정표에서 그 이름을 볼 때마다, 내 안에서 끈적끈적한 슬픔, 분노 또는 그 여진, 향수, 내가 한 번도 가본 적이 없는 어떤 장소를 향한 향수 비슷한 묘한 갈망을 포함한 여러 혼란스러운 감정을 불러일으킨다. 왓퍼드. 코번트리. 스토크. 아버지 역시 더러운 방, 바닥에 깔린 리놀륨, 가스풍로, 복도의 냄새를 잘 알았을 것이다. 이윽고 어떤 이상한 여자―이름마저 모린 스트레인지Strange였다!―에게서 마지막 편지가 왔다. 아주 슬픈 소식을 이야기해야겠다는 내용이었다. 어머니가 아프게 흘린 눈물은 슬픔의 눈물만큼이나 분노의 눈물이기도 했다. "이게 누구야?" 어머니가 소리쳤다. "이 모린이 누구야?" 어머니의 손에서 파란 줄이 쳐진 공책 종이 한 장이 흔들리고 있었다. "나가 뒈질 인간." 어머니는 이를 갈며 내뱉었다. "어차피 나가 뒈질 인간이었어, 그 새끼는!" 마음속에서 순간적으로 아버지의 모습이 보였다. 배경은 공교롭게도 샬레였다. 밤이었고, 등

잔의 흐릿한 노란 불빛을 받으며 열린 눈에서 등을 돌리고 있었다. 아버지는 묘하게 놀리는 듯한 눈길을 나에게 던졌다. 거의 웃음 같았다. 등잔에서 나오는 반점 같은 빛이 아버지의 이마에 반사되었고, 아버지 너머의 문간으로 여름밤의 벨벳 같은 바닥 없는 어둠이 깔려 있었다.

마지막으로, 텔레비전 방송국들이 품위 없을 정도로 야한 심야 프로그램들로 막 뛰어들려고 할 때 단호하게 전원을 끄고 나면 대령은 배버수어 양이 준비해준 허브차를 한 잔 마신다. 대령은 나에게 그것이 싫다고 말하지만—"하지만 얘기하면 안 됩니다!"—감히 거절하지는 못한다. 그가 마시는 동안 배버수어 양은 서서 굽어본다. 그녀는 이 차를 마시면 잠이 잘 올 거라고 고집하고 대령은 우울하게도 그 반대라고 확신하지만, 이의를 제기하지 않고, 죽을 운명을 선고받은 표정으로 잔을 끝까지 비운다. 어느 날 밤 나는 대령을 설득해서 자기 전에 한잔하자고 피어헤드 바에 데려갔으나, 그것은 실수였다. 그는 나와 함께 있으니 점점 불안해했다. 그를 탓할 수는 없다. 나도 그 술집에 가면 불안해지니까. 대령은 초조하게 담배 파이프와 스타우트 잔을 만지작거리며, 손목시계로 시간을 확인하려고 슬쩍 소매를 뒤로 젖혀두었다. 술집에 있던 동네 사람 몇 명이 우리를 노려보았다. 우리는 곧 술집을 나와 별이 반짝이고 달이 나부끼고 구름이 너덜거리는 무시무시한 시월 하늘 밑에서 말없이 시더스로 걸어 돌아갔다. 나는 밤이면 대개 방에 보관해둔 4리터 좀 안 되는 병에 든 나폴레옹을 여섯 잔 정도 찰랑찰랑 따라 마시며 잠을 잔다, 아니, 자려고 한다. 그것을 대령에게 한 잔 줄 수도 있지만, 그러지 않는 것이 좋다고 생각한다. 심야에 대령과 인생이나 그와 관련된 일들을 이야기한다는 생각은 별로 끌리지 않는다. 밤은 길고, 내 참을성은 짧으니.

　내가 벌써 술 이야기를 했나? 나는 물고기처럼 술을 마신다. 아니, 물고기처럼 마시지는 않는다, 물고기는 술을 마시지 않으니까. 물고기는 숨을 쉴 뿐이다, 자기 나름의 숨을. 나는 최근에 혼자가 된—홀아비가 된?—재능도 없고 야망은 더 없는 사람처럼, 세월이 흘러 머리가 희어지고, 확신 없이 헤매며, 위로와 술이 유도하는 망각이라는 짧은 유예가 필요한 사람처럼 마신다. 마약이 있다면 그것을 먹을 테지만 약은 없고, 어디 가면 얻을지도 알지 못한다. 밸리레스에는 마약상이 없을 것 같다. 페커 데브렉스가 도와줄 수 있을지도 모른다. 페커는 어깨가 떡 벌어지고 가슴은 두툼하고, 커다란 얼굴은 세파에 시달려 거칠고, 두 팔은 고릴라처럼 겨드랑이에서 쩍 벌어진 무시무시한 사람이다. 거대한 얼굴은 오래된 여드름이나 천연두 때문에 온통 구멍투성이인데, 구멍마다 반짝이는 검은 먼지 같은 점이 박혀 있다. 페커는 왕년에 원양 선원이었으며, 사람도 죽였다는 이야기가 있다. 그는 과수원을 하나 갖고 있는데, 나무 밑에 바퀴 없는 이동 주택을 하나 갖다두고 야윈 경주견 같은 부인과 함께 살고 있다. 페커는 과일을 팔면서 바람에 떨어진 과일로 만든 탁한 유황빛의 밀조주도 몰래 파는데, 이것 때문에 토요일 밤이면 마을의 청년들이 정신을 잃는다. 내가 왜 페커를 이런 식으로 이야기하는 걸까? 나에게 페커 데브렉스 Devereux가 무엇일까? 이 지역에서는 그의 성의 맨 끝에 있는 x를 발음하여 데버로가 아니라 데브렉스라고 부른다. 어쨌거나 멈출 수가 없다. 무방비 상태의 공상은 얼마나 제멋대로 흘러가는지.

　오늘은 우리의 하루가 환해졌다. 그렇게 표현해도 좋은지 모르겠지만, 어쨌든 배버수어 양의 친구 번이 찾아왔기 때문이다. 그녀는 우리와 함께 일요일 점심을 먹었다. 나는 정오에 휴게실에서 그녀와 마주쳤다. 그녀는 퇴창의 고리버들을 엮어 만든 팔걸이의자에 흘러넘치고 있었다. 완전히 기운이 빠진 듯 그 의자에 축 늘어져 가볍게 숨을 헐떡이고 있었다. 그녀가 앉은 공간에는 연기 같은 햇빛이 모여 있었기 때문에 처음에는 그녀를 알아보기 힘들었다. 사실 그녀는 예전에 죽은 통가의 여왕처럼 눈에 쏙 들어오는 사람이었음에도. 번은 엄청나게 몸집이 큰 사람으로, 나이를 짐작할 수 없었다. 그녀는 마대 색깔의 트위드 드레스를 입고 중간에 허리띠를 꼭 묶었기 때문에 마치 가슴과 엉덩이를 터뜨리려고 펌프질을 한 것처럼 보였으며, 코르크 색깔의 짧고 굵은 두 다리는 그녀의 아래쪽에 붉어진 거대한 마개 두 개처럼 그녀 앞쪽으로 불쑥 튀어나왔다. 크고 허연 푸딩 같은 그녀의 머리 한가운데 이목구비가 섬세하고 분홍색으로 반짝이는 아주 작고 어여쁜 얼굴이 자리잡고 있었다. 오래전 한때 그녀였던 소녀의 화석이 놀랍게도 잘 보존되어 있었다. 잿빛과 은빛이 섞인 머리카락은 구식으로 꾸미며, 중앙에서 가르마를 타 뒤로 당겨 빵 모양으로 묶었는데, 번bun이라고 부르는 이 머리 스타일에서 그녀의 별명 번이 나왔다. 번이 나를 보고 웃음 지으며 고개 숙여 인사하자 분을 바른 늘어진 목살이 흔들거렸다. 나는 그녀를 몰랐기 때문에 새로 묵으러 온 손님이라고 생각했다. 비수기라 배버수어 양의 집에는 빈방이 여섯 개쯤 있었기 때문이다. 그녀가 비트적거리며 일어서자 고리버들 의자가 몹시 고통스러워하며 안도의 소리를 내질렀다. 정말 대단한 덩치다. 만일 그녀의 허리띠 버클이 망가져 허리띠가 탁 풀려버린다면, 그녀의 몸통은 완벽한 공 모양으로 볼록 부풀고, 머리는 그 위에 음, 번 위의 커다란 버찌처럼 얹힐 것이다. 그녀가 나를 보는 표정, 공감과 열렬한 관심이 뒤섞인 표정을 보고 나는 그녀가 나의 정체와 더불어 나의 비참한 상황을 이미 통고받았음을 알았다. 그녀는 나에게 하이픈까지 들어간 거창한 이름을 말해주었지만, 나는 바로 잊어버렸다. 그녀의 손은 작고 부드럽고 촉촉하고 따뜻했다. 아기 손이었다. 그때 블런딘 대령이 일요일자 신문을 겨드랑이에 끼고 휴게실로 들어오다가 그녀를 보고 얼굴을 찌푸렸다. 대령은 그런 식으로 얼굴을 찌푸리면 눈의 노르스름한 흰자위가 거무스름해지고, 입은 동물 주둥이처럼 네모나게 앞으로 튀어나오는 듯한 느낌을 준다.

상처喪妻의 대체로 괴로운 결과들 가운데는 내가 사기꾼이라는 사실 때문에 생기는 수줍은 느낌도 있다. 애나가 죽은 뒤 나는 어디를 가나 사람들이 떠받들어주고, 공경해주었으며, 특별한 배려의 대상이 되었다. 상처 이야기를 들은 사람들은 내 주위에서 입을 다물었으며, 결국 나도 엄숙하고 생각에 잠긴 표정으로 입을 다물 수밖에 없었다. 그러자 곧 경련이 일어나고 말았다. 이것은, 이런 식으로 나를 유별나게 만드는 분위기는 그전은 아니라 해도 묘지에서부터는 분명하게 시작이 되었다. 무덤구덩이 너머에서 사람들이 얼마나 부드러운 표정으로 나를 바라보던지, 식이 끝나자 얼마나 부드러우면서도 단단하게 내 팔을 잡던지, 마치 내가 기절해서 쓰러지거나 나 자신이 머리부터 그 구덩이로 곤두박질치기라도 할 것처럼. 심지어 어떤 여자들의 따뜻한 포옹에서, 내 손을 잡고 놓아주지 않으며 미적거리는 태도에서, 나의 공상인지도 모르지만, 어떤 것을 탐지해낼 수도 있었다. 여자들은 내 눈을 들여다보며 동정하는 태도로 말없이 고개를 저었다. 괴로움에 시달리는 주인공이 품에 여주인공의 주검을 안고 무대에서 비틀거리는 마지막 장면에서 구식의 비극 여배우들이 보여주는 녹아버리는 돌덩이 같은 표정으로 말이다. 나는 발을 멈추고 손을 들어올리며 이 사람들에게, 나는 그들의 경의—나는 그것이 경의라고 느꼈다—를 받을 자격이 없다고, 죽는 일은 애나가 했고 나는 방관자였을 뿐이라고, 단역이었을 뿐이라고 말해야 한다고 느꼈다. 점심식사 내내 번은 따뜻한 걱정, 소리 죽인 경외감이 담긴 목소리로 나에게 말을 하려고 했고, 나는 노력했지만 용감하거나 부끄러워하는 것처럼 들리지 않는 말투로는 대응할 수가 없었다. 배버수어 양이 이런 감정 과잉에 짜증내기 시작하는 게 보였다. 그녀는 식탁에 덜 감정적인, 더 활달한 분위기를 조성하려고 여러 번 시도했지만 성공하지 못했다. 대령도 노력했지만 전혀 도움이 되지 않았다. 그는 번의 무자비하게 흘러나오는 우려의 목소리를 끊고 일기예보나 그날 신문에 나온 화제를 꺼냈지만 매번 밀려났다. 도저히 번의 적수가 되지 못했다. 싱긋 웃거나 얼굴을 찌푸릴 때마다 변색된 틀니를 무시무시하게 드러내는 대령의 모습을 보자 무지막지하게 달려오는 하마 앞에서 몸을 까닥거리고 꿈틀거리는 하이에나가 떠올랐다.

번은 도시에서, 가게 위의 아파트에서 살고 있다. 그녀가 나에게 분명하게 알려주었듯이 이름에 하이픈까지 들어간 신사계급의 딸인 그녀에게 전혀 어울리지 않는 환경에서 사는 셈이다. 그녀를 보면 지나간 시절의 상냥한 처녀들이 떠오른다. 예를 들어 독신 성직자나 홀아비가 된 지주를 돌보며 집안을 관리하는 여동생. 번이 계속 재잘대는 동안 나는 봄버진*―나도 무엇인지는 잘 몰라도―과 단추 달린 장화 차림으로, 눈을 가늘게 뜬 하인들이 층층이 늘어선 거대한 현관문 앞 화강암 계단에 당당하게 앉아 있는 그녀의 모습을 그려보았다. 여우가 두려워하는 여신처럼 여우사냥용 분홍색 웃옷과 베일이 달린 중산모 차림으로 전속력으로 질주하는 크고 검은 말의 축 늘어진 등에 올라탄 그녀의 모습을 그려보기도 했다. 또는 화덕과 박박 문질러 닦은 나무 탁자와 공중에 걸린 햄들이 보이는 주방에서 충성스러운 늙은 그러브 부인에게 해마다 열리는 주인의 '영광의 12일'** 기념 만찬에 쇠고기의 어느 부위를 쓸지 지침을 내리는 그녀의 모습을 그려보기도 했다. 이 런 해로울 것 없는 방식으로 딴전을 피우고 있었기 때문에 나는 그녀 와 배버수어 양 사이의 싸움이 한창 진행될 때까지도 눈치를 채지 못 했다. 따라서 어떻게 시작이 되었는지, 무슨 내용인지를 알지 못했다. 보통 부드러운 색조를 띤 배버수어 양의 광대뼈 얼룩이 사납게 타오르 고 있었고, 점점 치밀어오르는 분노가 공기에 영향을 주었기 때문인지 훨씬 더 크게 부풀어오른 것처럼 보이는 번은 개구리 같은 웃음을 얼 굴에 매단 채 탁자 너머의 친구를 물끄러미 바라보며, 빠르게 작은 파 열음을 내뱉으면서 숨을 헐떡였다. 그들은 독을 예의로 감싼 채 불공 평하게 짝을 지어놓은 회전목마의 두 말처럼 서로 부딪치고 있었다. 정 말이지, 네가 어떻게 그런 말을 할 수 있는지 알 수가 없어…… 그러니까 이 렇게 이해해도 좋은 거야……? 문제는 그게 아니라…… 문제는 네가…… 글쎄, 그건 그냥…… 그건 분명히 그게 아니고…… 미안하지만, 그건 분명

---

* 비단, 무명, 털실 따위로 짠 능직으로 주로 여자의 상복에 쓰인다.
** 영국에서 뇌조 사냥 해금일인 8월 12일을 가리킨다.

히 그래! 대령은 점점 놀라 흥분한 표정으로 한 사람에게서 다른 사람에게로 고개를 돌렸다 다시 앞사람에게 고개를 돌리는 바람에 안와眼窩 속의 두 눈이 딸깍거렸다. 마치 우호적인 분위기에서 시작되었으나 갑자기 살벌해진 테니스 시합을 구경하는 사람 같았다.

나는 배버수어 양이 이 시합에서 쉽게 승리를 거둘 거라고 생각했으나 그렇게 되지는 않았다. 분명히 그녀가 사용할 수 있는 무기들이 많은데도, 그녀는 그 무기를 모두 동원하여 싸우지 않았다. 뭔가가 그녀의 뒷덜미를 잡고 있다는 것을 알 수 있었다. 번은 그것을 잘 알기 때문에, 그녀의 상당한 무게를 모두 동원하여 거기에 의지했기 때문에 매우 유리한 위치에서 싸웠다. 그들은 토론의 열기에 휩싸여 대령과 나를 잊은 듯 보였지만, 나는 그들이 적어도 얼마간은 나 때문에 싸운다는 것, 나에게 강한 인상을 주려고, 나를 이쪽 아니면 저쪽으로 끌어가려고 노력하고 있다는 것을 서서히 깨달았다. 번의 작고 간절한 검은 눈이 계속 내 쪽을 향해 짐짓 부끄러운 척하며 깜빡거리고, 반대로 배버수어 양은 내 쪽으로는 눈길 한 번 주지 않는 것을 보고 그것을 알 수 있었다. 번은 내가 처음에 평가했던 것보다 훨씬 더 교활하고 빈틈없는 사람이라는 사실이 드러나기 시작했다. 사람들은 뚱뚱한 사람은 반드시 멍청하다고 생각하는 경향이 있다. 그러나 여기 있는 뚱뚱한 사람은 내 됨됨이를 간파하여, 나를 있는 그대로, 핵심을 하나도 빼놓지 않고 보고 있다는 확신이 들었다. 그렇다면 그녀가 본 것은 무엇일까? 나는 평생 부유한 또는 부유해 보이는 아내가 나를 부양한다고 해서 괴로워한 적이 없다. 나는 태어나기를 딜레탕트로 태어났으며, 애나를 만나기 전까지 부족한 것이라고는 자산뿐이었다. 나는 또 애나가

가진 돈의 출처 때문에 특별히 걱정한 적도 없는데, 그 돈은 처음에는 찰리 와이스의 것이었으나 이제 내 것이 되었다. 또 찰리가 그 돈을 모으는 과정에서 어떤 종류의 무거운 기계들을 얼마나 많이 사고팔았는지 크게 관심을 가진 적도 없다. 결국 돈이란 무엇인가? 충분히 가지고 있을 때에는 거의 아무것도 아니다. 그런데 내가 왜 번의 베일에 가려진, 그러나 다 알고 있는 듯한, 저항 불가능한 신문 앞에서 그렇게 어색해했을까?

이거 왜 이러나, 맥스, 왜 이래. 그래, 나는 그 점을 부인하지 않을 것이다. 나는 늘 내 출신을 부끄러워했다. 지금도 번 같은 사람이 눈썹을 추켜올리고 흘끗 보거나 생색을 내는 말만 해도 분이 치솟고 뜨거운 원한이 부글거려 속으로 부들부들 떤다. 나는 애초부터 훌륭해지려고 노력하는 경향이 있었다. 사실 내가 클로이 그레이스에게서 원했던 것 또한 아무리 잠깐이라 해도, 아무리 거리가 있다 해도, 그애 가족의 우월한 사회적 지위와 같은 수준에 올라가보려는 것 외에 달리 무엇이었겠는가? 나는 열심히 노력하여 그 올림포스 산을 기어올라갔다. 번과 함께 앉아 있는 동안 나는 50년 전 시더스에서 먹었던 또다른 일요일 점심식사가 기억나 어쩔 수 없이 희미하게 몸을 부르르 떨고 말았다. 누가 나를 초대했더라? 틀림없이 클로이는 아니었다. 아마 그녀의 어머니였을 것이다. 내가 여전히 그녀를 사모하여, 나를 말 한마디 못하는 상태로 식탁에 앉혀두는 것이 그녀에게 재미를 주던 시절의 일이었을 것이다. 얼마나 신경이 예민해졌던지, 정말로 무서웠다. 식탁에는 내가 한 번도 보지 못한 것들이 놓여 있었다. 묘하게 생긴 양념 병, 소스를 담는 보트 모양의 도자기, 고기 써는 나이프를 올려놓는 은 받

침대, 동물의 뼈로 만든 손잡이 위에서 잡아당기는 안전 레버가 달린 고기 자르는 큰 포크. 코스가 나올 때마다 나는 다른 사람들이 어떤 나이프와 포크를 드는지 확인한 뒤에야 위험을 무릅쓰고 내 것을 집어 들 수 있었다. 누군가 나에게 박하 소스가 든 그릇을 건네주었는데, 나는 그것을 어떻게 해야 좋을지 알지 못했다―박하 소스라니! 이따금 탁자 맞은편 끝에서 칼로 그레이스가 열심히 음식을 씹다가 허리를 굽히고 활기 넘치는 눈으로 나를 물끄러미 바라보았다. 샬레 생활은 어떻지? 그는 알고 싶어했다. 음식은 어디에 하니? 프라이머스 풍로에요, 내가 대답했다. "하!" 그가 소리쳤다. "프라이머스 인테르 파레스!"* 그러면서 얼마나 웃던지. 그 자신 외에는 그 농담을 이해한 사람이 없었을 텐데 마일스도 웃음을 터뜨렸고, 심지어 로즈도 입술을 씰룩거렸다. 클로이는 얼굴을 찌푸렸다. 그들의 조롱 때문이 아니라 나의 불운 때문이었다.

애나는 계급에 구애받지 않는 계급의 산물이었기 때문에 이런 문제에 내가 예민한 것에 공감할 수가 없었다. 그녀는 나의 어머니가 유쾌한 사람이라고 생각했다. 무시무시한 사람이었지만, 그러니까 가차없고 용서 없는 사람이었지만, 그럼에도 어머니 나름으로 즐거움을 주는 사람이라고 생각했던 것이다. 말할 필요도 없지만, 어머니는 애나의 이런 따뜻한 존중에 똑같은 방법으로 보답하지 않았다. 두 사람은 불과 두세 번밖에 만나지 못했는데, 그 결과는 참담했던 것 같다. 엄마는 결혼식에 오지 않았다. 솔직히 말하면, 내가 초대하지 않았다. 그리고

---

* Primus *inter pares*. '동등한 자들 가운데 첫째'라는 뜻의 라틴어.

그뒤 얼마 안 지나 세상을 떴다. 찰리 와이스와 비슷한 시기였다. "마치 우리를 놓아주는 것 같아, 그 두 분이 말이야." 애나는 그렇게 말했다. 나는 이런 자비로운 해석을 공유하지 않았지만, 아무 말도 하지 않았다. 요양소에 있던 어느 날, 애나는 갑자기 내 어머니 이야기를 하기 시작했는데, 도대체 무엇 때문에 그 이야기를 하게 되었는지 짐작이 가지 않았다. 아무래도 마지막에는 먼 과거의 인물들이 다시 찾아와 자신들의 몫을 요구하는 모양이다. 폭풍우가 끝난 다음날 아침이었다. 구석방 창밖의 모든 것이 헝클어지고 지친 듯이 보였다. 흐트러진 잔디에는 명이 짧은 잎들이 흩어져 있었고, 나무들은 여전히 숙취에 시달리는 술꾼처럼 몸을 흔들고 있었다. 애나는 한쪽 손목에는 플라스틱 꼬리표를 차고 있었고, 다른 손목에는 손목시계처럼 생긴 장치를 차고 있었다. 거기 있는 단추를 누르면 이미 오염된 그녀의 핏줄기로 정해진 양의 모르핀이 들어갔다. 우리가 처음으로 집―집이라는 말이 나를 미는 바람에 몸이 비틀거린다―에 들렀을 때 어머니는 애나에게 거의 한마디도 하지 않았다. 엄마는 운하 옆의 아파트에 살고 있었다. 주인집에서 키우는 고양이들 냄새가 풍기는 침침하고 낮은 곳이었다. 우리는 면세점 담배와 셰리주 한 병을 선물로 가져갔고, 어머니는 코를 쿵쿵거리며 그것을 받았다. 어머니는 우리를 재워줄 것이라고 기대하지 않았기를 바란다고 말했다. 우리는 근처의 싸구려 호텔에 묵었다. 목욕물이 갈색이었고 애나는 그곳에서 핸드백을 도난당했다. 우리는 엄마와 함께 동물원에 갔다. 엄마는 비비를 보고 짓궂게 웃음을 터뜨려, 우리한테 그것을 보고 생각나는 사람이 있음을 암시했다. 물론 나였다. 비비 가운데 하나는 묘하게 늘쩍지근한 태도로 자위를 하며 어깨 너머를 흘끔거렸다. "지저분한 놈." 엄마는 경멸적으로 내뱉고는 등을 돌렸다.

우리는 동물원 안에 있는 카페에서 차를 마셨다. 코끼리 우는 소리가 공휴일 인파의 소란과 뒤섞이는 곳이었다. 엄마는 면세점 담배를 피웠지만, 피울 때마다 서너 모금 빨고는 보란듯이 비벼 꺼버려, 나의 평화의 선물을 어떻게 생각하는지 보여주었다.

"왜 너를 계속 맥스라고 부르는 거냐?" 엄마는 애나가 엄마에게 줄 핫케이크를 가지러 카운터로 가자 작은 목소리에 날을 세워 물었다. "네 이름은 맥스가 아니잖아."

"지금은 그래요." 내가 말했다. "제가 보낸 거 안 읽어보셨어요? 제가 쓴 거 말이에요, 제 이름이 인쇄된 거?"

엄마는 특유의 과장된 몸짓으로 어깨를 으쓱했다.

"나는 다른 사람이 쓴 건 줄 알았다."

엄마는 그냥 앉는 자세만으로도 자신의 분노를 보여줄 수 있었다. 의자에 옆으로 비스듬히 앉아 허리를 똑바로 세우고 손으로 무릎 위의 핸드백을 꽉 움켜잡고 있었다. 브리오슈* 같은 모양에 꼭대기 주위에 검은 그물이 달린 모자는 단정치 못한 잿빛 곱슬머리 위에 비뚜름하게 얹혀 있었다. 턱에도 잿빛 솜털이 약간 보였다. 엄마는 경멸하는 눈빛으로 주변을 흘끔거렸다. "참 나." 엄마가 말했다. "굉장한 곳이네. 아마 너는 나를 여기 두고 가고 싶겠지. 원숭이들 있는 데 넣어두고 그놈들이 나한테 바나나를 먹여주기를 바라겠지."

---

* 버터와 달걀이 든 롤빵.

애나가 핫케이크를 가지고 왔다. 엄마는 냉소가 가득한 표정으로 그것을 바라보았다.

"난 필요 없다." 엄마가 말했다. "사다 달란 적 없잖니."

"엄마." 내가 말했다.

"나한테 엄마라고 부르지 마."

그러나 우리가 떠나자 엄마는 울었다. 아파트의 열린 문 뒤에서 얼굴을 가릴 것을 찾아 뒤로 물러났다가 팔뚝을 들어 눈을 가렸다. 자신에게 분노하고 있었다. 엄마는 그해 겨울, 겨울답지 않게 따뜻하던 주중의 오후에 운하 옆 벤치에 앉은 채로 죽었다. 협심증, 아무도 모르고 있었다. 비둘기들은 여전히 엄마가 길에 뿌려준 빵껍질에 정신이 팔려 있었고, 부랑자 한 명이 엄마 옆에 앉아 갈색 봉투에 든 병을 한 모금 하라고 권하다가 엄마가 죽은 것을 알았다.

"이상해." 애나가 말했다. "여기 있다는 게, 그런 식으로, 그러다 없어진다는 게."

애나는 한숨을 쉬더니 창밖의 나무들을 보았다. 애나는 매혹되었다, 그 나무들에. 밖으로 나가 나무들 사이에 서고 싶었다. 나뭇가지들 사이로 부는 바람 소리를 듣고 싶었다. 그러나 이제 나가는 것은 불가능했다, 그녀에게. "여기 살았다는 게." 애나가 말했다.

누가 나를 부르고 있었다. 번이었다. 내가 얼마나 오래 떠나 있었을까? 내 머릿속의 공포의 방을 얼마나 오래 헤맸을까? 점심식사는 끝이 났고, 번은 작별인사를 하고 있었다. 번이 웃음을 짓자 작은 얼굴이 더 작아져, 작은 단추 같은 코 주위로 주름이 지며 수축되었다. 창밖으로 구름들이 큰 덩어리를 이루는 것이 보였지만, 축축한 해가 서쪽 낮은 곳의 파 색깔 하늘의 옅은 은빛을 뚫고 여전히 강하게 노려보고 있었다. 순간적으로 나 자신의 이미지가 다시 떠올랐다. 의자에 구부정하게 앉아 있는 거대한 나. 분홍색 아랫입술은 아래로 처지고 엄청나게 큰 두 손은 무력하게 앞쪽 탁자에 놓여 있다. 거대한 원숭이, 진정제를 맞아 눈이 흐릿한 포획된 원숭이. 아무것도 모르는 듯한 순간, 내가 아는 모든 것이 소나기처럼 정신에서 씻겨나가버린 듯한 순간이 있다. 사실 요즘에는 그런 순간이 점점 늘어난다. 그럴 때마다 나는 순간적으로 당황하여 몸이 마비된 채, 내가 아는 것들이 모두 다시 돌아오기를 기다리지만 그렇게 되리라는 확신은 없다. 번은 자기 소지품들을 챙기고 있다. 이제 곧 상당한 노력을 기울여 그 막강한 다리를 식탁 밑에서 꺼내 일어서야 할 차례다. 배버수어 양은 벌써 일어서서 친구의 어깨—볼링공처럼 크고 둥글다—옆에서 맴돌고 있다. 어서 가주기를 바라지만 내색하지 않으려고 애쓴다. 번 옆에 앉았던 대령이 어색한 각도로 몸을 앞으로 기울이며 두 손으로 허공에 모호한 손짓을 한다. 이삿짐 부리는 사람이 무겁고 다루기 곤란한 가구를 손으로 가늠해보는 것 같다.

"자!" 번이 주먹으로 탁자를 탁 치며 밝은 표정으로 먼저 배버수어 양을 보고 이어 대령을 보자 둘 다 한걸음 더 바짝 다가간다. 정말로 번의 팔꿈치에 손이라도 갖다대 그녀를 일으켜 세우기라도 할 자세다.

우리는 바깥의 늦가을 구릿빛 속으로 나갔다. 스테이션 로드를 따라 강한 바람이 몰아쳐, 나무 우듬지들이 몸을 흔들며 낙엽을 하늘에 흩뿌렸다. 떼까마귀들이 거친 목소리로 울어댔다. 한 해가 거의 다 갔다. 왜 나는 달력의 숫자가 아니라 뭔가 새로운 것이 이 해를 대체할 거라고 생각하는가? 무당벌레처럼 밝은 느낌을 주는, 번의 얍삽하고 자그마한 빨간 차는 대문 안의 자갈밭에 주차해 있었다. 번이 뒤쪽부터 운전석에 들이밀자 차의 스프링들이 숨이 턱 멈추는 소리를 낸다. 번은 우선 그 거대한 둔부를 밀어넣은 다음, 두 다리를 들어올려 툴툴거리는 소리를 내면서 인조 호피를 씌운 좌석 등받이에 무겁게 등을 기댔다. 대령이 대문을 열고 길 한가운데 서서 두 팔을 극적으로 과장되게 휘둘러대며 차를 인도했다. 배기가스, 바다, 정원에 내려앉은 가을 부패물의 냄새들. 짧은 쓸쓸함. 나는, 늙은 원숭이인 나는 아무것도 모른다, 아무것도. 번은 즐겁게 경적을 울리며 손을 흔들었고, 그녀의 바싹 죄어진 얼굴은 유리를 통해 우리를 향해 웃음을 짓고 있었다. 배버수어 양도 마주 손을 흔들었지만, 즐거운 표정은 아니었다. 차는 한쪽으로 기운 채 붕붕거리며 도로로 올라가 철교를 넘어 사라졌다.

"성가신 사람이야." 대령이 말하면서 두 손을 비비며 안으로 들어갔다.

배버수어 양이 한숨을 쉬었다.

점심을 너무 오래 너무 많이 먹었으니 저녁은 먹지 않을 것이었다. V양이 친구와 주고받은 말 때문에 아직도 흥분한 상태라는 것을 알 수 있었다. 대령이 오후의 차라도 마셔보려고 부엌으로 그녀를 따라 들어가자 그녀는 아주 매섭게 대령을 몰아붙였고, 대령은 허둥지둥 자기 방으로 달려가 라디오로 축구 중계를 들었다. 나도 책—벨*이 보나르에 관해 쓴 책으로, 도랑에 괸 물처럼 활기라고는 찾아볼 수가 없다—을 들고 휴게실로 물러났지만 읽히지 않아 옆으로 밀어놓았다.

---

* 영국 화가이자 비평가.

번의 방문으로 집안의 미묘한 균형이 깨져 집안 공기가 소리 없이 진동하는 것 같았다. 누가 가늘고 팽팽한 경보용 철사에 걸려, 그 철사가 아직도 떨고 있는 것 같았다. 나는 창의 우묵한 곳에 앉아 어두워지는 날을 지켜보았다. 도로 건너편의 헐벗은 나무들은 지는 해의 마지막 불길을 배경으로 검은색으로 보였고, 떼까마귀들은 떠들썩하게 떼를 이루어 선회하고 하강하면서 시끄럽게 밤을 보낼 일을 의논했다. 나는 애나 생각을 하고 있었다. 나는 일부러 그녀 생각을 한다. 하나의 훈련이다. 그녀는 칼처럼 내게 박혀 있는데도 나는 그녀를 잊기 시작한다. 내 머릿속에 담긴 그녀의 영상은 이미 가장자리가 닳고, 염료 조각, 금박 조각이 떨어져나가고 있다. 언젠가는 캔버스 전체가 텅 빌까? 내가 그녀를 얼마나 모르는지 깨닫게 되었다. 아주 천박하게, 아주 서툴게 알았다는 뜻이다. 그렇다고 나 자신을 탓하는 것은 아니다. 아니, 탓해야 하는지도 모른다. 내가 너무 게을렀던가? 너무 주의를 기울이지 않았던가? 너무 나 자신에게만 열중했던가? 그래, 다 맞다. 하지만 그것을, 이런 잊음을, 이런 몰랐음을 꼭 탓할 일로 생각할 필요는 없다. 차라리 안다는 면에서 너무 많은 것을 기대했다고 생각할 수도 있다. 나 자신도 요것밖에 모르는데 어떻게 다른 사람을 안다고 생각할 수 있겠는가?

하지만 잠깐, 아니야, 그게 아니야. 나는 부정직하게 나아가는 중이다―분위기를 바꾸려고, 당신은 그렇게 말한다, 그래, 그래. 하지만 사실은 우리는 서로를 알고 싶어하지 않았다. 나아가서, 우리가 바랐던 것은 바로 그것, 서로 알지 못하는 것이었다. 어딘가에서 이미 말했지만―이제 다시 돌아가 찾아볼 시간은 없다. 갑자기 이 괴롭기 짝이 없는 생각에 사로잡혀버렸으니—내가 처음부터 애나에게서 발견한 것은 나 자신의 환상을 실현하는 한 가지 방식이었다. 말은 했지만, 나도 내가 무슨 말을 했는지 잘 모르겠다. 하지만 조금 생각해보니 갑자기 알 것 같다. 아니, 정말 아는 것일까? 한번 파헤쳐보자, 시간도 많으니, 일요일 저녁은 끝도 없으니.

　나는 아주 어렸을 때부터 다른 사람이 되고 싶었다. 노스케 테 입숨,* 이 명령은 맨 처음 어떤 선생님이 그 말을 따라할 것을 요구했을 때부터 내 혀에 재 맛을 남겼다. 나는 나 자신을 알았다, 너무 잘 알았다. 그리고 내가 아는 내용이 마음에 들지 않았다. 역시 여기에도 단서를 달아야겠다. 내가 싫어한 것이 나라는 사람, 그러니까 독특하고 핵심적인 나였던 것이 아니라—물론 나도 핵심적이고 독특한 자아라는 개념이 문제가 있다는 것은 인정하지만—내가 싫어한 것은 나의 출생과 가정교육이 개성 대신 나에게 부여한 정서, 경향, 수용한 관념, 계급적 집착 등의 덩어리였다. 그래, 개성 대신. 나는 개성이라는 것을 가져본 적이 없다. 다른 사람들이 가지는 것과 같은 방식으로, 또는 가졌다고 생각하는 방식으로는. 나는 늘 독특하게 아무것도 아닌 존재였으며, 나의 가장 강렬한 소망은 독특하지 않은 어떤 존재가 되는 것이었다. 나는 내 말이 무슨 뜻인지 안다. 나는 애나가 나의 변형의 매개가 될 것임을 즉시 알아보았다. 그녀는 나의 비틀린 곳들을 모두 바로 펼 수 있는 놀이공원의 거울이었다. "왜 당신 자신이 되려 하지 않아?" 애나는 우리가 함께 지내던 초기에 커다란 세상을 파악하려는 내 서툰 시

---

* nosce te ipsum. 라틴어로 '너 자신을 알라'는 뜻.

도가 안쓰러워 나한테 그렇게 말하곤 했다. 그녀가 나 자신을 알라고 하지 않고 나 자신이 되라고 한 것에 주목하라. 너 자신이 되라! 물론 그 의미는 뭐든 네가 원하는 사람이 되라는 것이었다. 그것이 우리가 맺은 협정이었다. 다른 모든 사람들이 우리라고 규정하는 사람이 되어야 하는 짐을 서로에게서 덜어주기로 한 것이다. 어쨌든 그녀는 내게서 그런 짐을 덜어주었다. 하지만 나는 그녀에게 무엇을 해주었을까? 어쩌면 이 알지 못함을 향한 충동에 그녀를 포함시키지 말아야 할지도 모르겠다. 어쩌면 무지를 바란 것은 나뿐인지도 모른다.

어쨌든 이제 나에게 남겨진 문제는 바로 아는 것의 문제다. 우리가 우리 자신이 아니라면 우리는 누구인가? 좋다, 애나는 여기서 빼자. 내가 나 자신이 아니라면 나는 누구인가? 철학자들은 우리가 다른 사람들을 통해 규정되고 우리의 존재를 갖게 된다고 말한다. 장미는 어둠 속에서 붉은가? 들어줄 귀가 없는 머나먼 행성의 숲에서 쓰러지는 나무가 우지끈 소리를 낼까? 나는 묻는다. 애나가 아니라면 누가 나를 알 수 있을까? 내가 아니라면 누가 애나를 알 수 있을까? 터무니없는 질문들이다. 우리는 함께 행복했다. 아니, 불행하지는 않았다. 이것만으로도 대부분의 사람들이 이룰 수 있는 것 이상이다. 이것으로 충분하지 않은가? 물론 긴장도 있고, 압박도 있었다. 우리 같은 결합에서, 그런 결합이 달리 또 있을지는 몰라도, 어떻게 그런 것이 없을 수 있겠는가? 고함, 비명, 날아다니는 접시, 우연한 따귀, 더 우연한 주먹질. 우리에게도 그런 것들이 다 있었다. 그리고 세르주와 그런 종류들도 있었다. 나의 여자 세르주들은 말할 것도 없고, 그래, 말할 것도 없다. 그러나 우리가 아무리 사납게 싸워도, 그것은 그저 격렬하게 노는 것일 뿐이었다. 클로이와 마일스가 레슬링 시합을 하듯이. 우리는 싸움이 끝나면 웃음을 터뜨렸다. 쓴웃음이었지만, 어쨌든 웃음이었다. 겸연쩍고 심지어 좀 창피하기도 했다. 그러니까 우리가 광포해서가 아니라, 광포함이 없어서 창피했다는 것이다. 우리는 느끼기 위해서 싸웠다, 진짜라고, 우리가 자력으로 생겨난 생물들이라고 느끼기 위해서 싸웠다. 나는 그런 생물이었다.

우리가, 내가 달리 어쩔 수 있었을까? 내가 달리 살 수 있었을까? 부질없는 심문이다. 물론 나는 그럴 수 있었지만, 그러지 않았다. 바로 이 점 때문에 그런 질문을 하는 것 자체가 터무니없는 것이다. 어쨌든 나의 날조된 자아를 심판하는 기준이 될 수 있는 진정성의 모범들은 어디 있는가? 보나르는 칠십대의 마르트를 그린 마지막 욕실 그림에서 그녀를 처음 만났을 때 자신이 생각했던 나이로, 즉 십대로 묘사했다. 왜 내가 나 자신이 보는 것에 대해서 이 위대하고 비극적인 화가보다 더 정직해야 하는가? 우리는, 애나와 나는 최선을 다했다. 우리는 우리 자신이 아니었던 모든 것도 서로 용서했다. 이 고통과 눈물의 골짜기에서 더이상 무엇을 기대할 수 있겠는가? 그렇게 걱정스러운 표정 짓지 마. 애나는 말했다. 나도 당신을 미워했어, 조금은. 우리도 어차피 인간이었으니까. 그러나 그 모든 것에도 불구하고, 우리에게는 뭔가가 빠져 있었다는, 나에게 뭔가가 빠져 있었다는 확신을 지워버릴 수가 없다. 다만 그것이 무엇이었는지 모를 뿐이다.

중간에서 놓치고 말았다. 모든 게 뒤죽박죽이 되었다. 왜 내가 이런 해결할 수도 없는 애매한 것으로 나 자신을 괴롭히는지? 궤변이라면 겪을 만큼 겪지 않았나? 너 자신을 가만 내버려둬라, 맥스, 너를 좀 가만 내버려둬.

배버수어 양이 들어왔다. 어스름이 깔리는 방의 그림자들 속에서 유령이 움직이는 것 같았다. 그녀는 춥지 않은지, 불을 피울지 물었다. 나는 번에 관해 물었다. 누구인지, 둘이 어떻게 만났는지. 그냥 뭔가 물어야 할 것 같았다. 배버수어 양은 잠시 뜸을 들이다 대답을 했지만, 내가 물은 것에 대한 답이 아니었다.

"뭐 아시다시피 비비언네 집안 사람들이 이 집을 소유하고 있죠."

"비비언이요?"

"번 말이에요."

"아."

배버수어 양은 난로 쪽으로 허리를 굽히더니 쇠살대에서 말라 부서지는 수국 묶음을 집어들었다.

"어쩌면 지금은 비비언 소유일지도 몰라요. 이제 그 집안 사람들이 대부분 세상을 떠났으니까." 나는 놀랐다고, 이 집이 배버수어 양 것인 줄 알았다고 말했다. "아니에요." 그녀는 말하더니 얼굴을 찌푸리고 손에 쥔 곧 부서질 듯한 꽃들을 보다가, 고개를 들며 장난꾸러기처럼 혀끝을 아주 조금 내밀었다. "나도 말하자면 이 집에 부속되어 있는 셈이죠."

대령의 방에서 군중이 환호하고 해설자가 흥분하여 꽥꽥거리는 소리가 들렸다. 누가 골을 넣은 것 같았다. 선수들은 이제 어두컴컴한 운동장에서 시합을 하고 있을 것이 틀림없었다. 추가시간인 것 같았다.

"결혼은 하신 적이 없나요?" 내가 물었다.

배버수어 양은 그 질문에 질박한 웃음을 짓더니 다시 눈을 내리깐다.

"없어요." 그녀가 말했다. "결혼한 적 없어요." 그녀는 나를 흘끗 보더니 얼른 눈길을 돌렸다. 광대뼈의 색 짙은 두 반점이 빛을 발했다. "비비언이 내 친구였죠. 번 말이에요."

"아." 나는 다시 말했다. 달리 무슨 말을 한단 말인가?

배버수어 양은 지금 피아노를 치고 있다. 슈만의 〈어린이 정경〉이다. 마치 나를 자극하듯이.

이상하지 않은가? 그것들이 마음에 자리를 잡는 방식은? 무심히 넘겨버리는 듯했던 것들이. 시더스 뒤쪽, 집의 모서리가 덤불이 덮인 잔디와 만나는 곳의 구부러진 검은 배수관 밑에 빗물통이 있었다, 물론 지금은 사라진 지 오래지만. 나무통. 온전한 크기의 진짜 빗물통이었다. 통널은 세월 때문에 시커메지고, 철테는 녹이 슬어 가두리 장식만 남았다. 아가리는 멋지게 빗각을 이루고 있었으며, 겉이 아주 매끄러워 손으로 만져도 통널 사이의 이음매가 잘 느껴지지 않았다. 매끄럽게 톱질을 하고, 대패질을 했기 때문이다. 그러나 물때가 앉은 나무에서는 물에 불은 나뭇결이 느껴져 마치 보풀이 이는 듯했다. 꼭 큰고랭이로 만든 자루그물 같았는데, 단지 촉감이 더 거칠고, 차갑고, 축축하다는 점이 다를 뿐이었다. 거기에 물이 몇 갤런이나 들어갔는지는 모르겠지만, 거의 언제나 넘치도록 찰랑거렸다. 이 지역에는 여름에도, 아니 특히 여름에 비가 많이 오는 덕분이었다. 물을 내려다보면 기름처럼 검고 걸쭉해 보였다. 통이 약간 기울었기 때문에 수면은 통통한 타원형을 이루었으며, 숨만 조금 내뿜어도 바르르 떨렸고, 기차가 지나갈 때면 겁에 질린 듯 잔물결로 부서졌다. 잘 돌보지 않는 그쪽 정원

구석은 이 물통 때문에 독자적으로 온화하고 누누한 기후대를 형성했다. 그곳에서는 쐐기풀, 참소리쟁이, 메꽃 또 그 밖에 나는 이름을 모르는 잡초가 무성하게 자랐다. 날빛은 희미하게 녹색을 띠었는데, 특히 아침나절에 심했다. 물통에 담긴 물은 빗물이었기 때문에 단물, 아니 센물인가, 어쨌든 둘 중의 하나라, 머리카락이나 두피나 어쨌든 나는 잘 모르는 그런 것에 좋다고들 했다. 어쨌든 그곳에서 어느 반짝거리는 화창한 아침에 나는 그레이스 부인이 로즈의 머리를 감겨주는 모습을 우연히 보았다.

기억은 움직임을 싫어한다. 사물을 정지된 상태로 유지하는 쪽을 더 좋아한다. 그래서 내가 기억하는 다른 많은 장면들과 마찬가지로 나는 이 장면도 하나의 그림으로 본다. 로즈는 서서 두 손을 무릎에 댄 채 허리를 앞으로 구부리고 있다. 머리카락은 얼굴에서 늘어져 길고 검은 쐐기처럼 반짝거리며 비누 거품을 뚝뚝 떨어뜨리고 있다. 맨발이다. 긴 풀 속에 그녀의 발가락이 보인다. 당시 크게 유행하던 티롤풍을 흉내낸 듯한, 소매가 짧은 하얀 아마포 블라우스를 입었다. 블라우스의 허리는 풍만하고 어깨가 좁으며, 상반신을 가로질러 붉은색과 감청색 실로 추상적 무늬가 수놓여 있었다. 목둘레선은 깊이 파이고 물결 모양으로 꾸며져, 그 안쪽으로 대롱거리는 젖가슴이 분명하게 보인다. 돌아가는 팽이의 끄트머리처럼 작고 뾰족하다. 그레이스 부인은 파란 공단 드레싱가운 차림에 곱고 파란 슬리퍼를 신고 있어, 야외에 어울리지 않게 여성의 내실 같은 느낌이 난다. 머리는 귀 옆에서 거북껍데기 핀으로 묶었다. 그런 핀을 슬라이드라고 불렀던 것 같다. 부인은 침대에서 일어난 지 얼마 안 된 것이 분명하다. 아침 빛 속에서 그녀의 얼굴은 다듬어지지 않은 듯한, 거칠게 조각한 듯한 느낌을 준다. 부인은 페르메이르*의 〈우유 따르는 하녀〉와 똑같은 자세로 서 있다. 머리와 왼쪽 어깨가 기울었고, 한쪽 손으로는 무겁게 쏟아져내리는 로즈의 머리카락을 받치고, 다른 손으로는 이가 빠진 에나멜 단지에서 은색의 밀도 높은 물을 쏟아붓고 있다. 정수리에 떨어지는 물 때문에 로즈의 맨머리가 드러났는데, 그 부분이 피에로의 옷소매에 떨어지는 달빛 조각처럼 계속 흔들리고 미끄러진다. 로즈는 차가운 물이 머릿가죽을 세차게 때리자 항의의 표시로 약간 소리를 지른다―"우! 우! 우!"

　가엾은 로지. 나는 그녀 이름 앞에 그런 수식어가 붙지 않는 경우를 생각할 수가 없다. 그녀는 얼마더라, 열아홉, 기껏해야 스무 살이었다. 키는 큰 편에 놀랄 만큼 늘씬했으며, 허리는 좁고 엉덩이는 길었다. 창백하고 평평한 이마 높은 곳에서부터 단정하고 예쁘장하고 발가락 사이가 약간 벌어진 발에 이르기까지 비단 같으면서도 음산한 우아함을 지녔다. 아마 그녀에게 잘해주고 싶은 마음이 없는 사람―예를 들어 클로이―은 그녀의 이목구비를 날카롭다고 묘사했을지도 모르겠다. 파라오 같은 콧구멍에 눈물방울 모양인 코는 콧마루가 도드라졌으며, 뼈 위로 피부가 팽팽하고 투명하게 펼쳐져 있었다. 그것은, 이 코는 약간 왼쪽으로 비껴 있어서 그녀를 정면으로 볼 때도 피카소의 까다로운 초상화처럼 정면과 옆모습을 동시에 보는 듯한 착각을 불러일으켰다. 그러나 이런 결함 때문에 균형이 어긋난 것처럼 보이지는 않았다. 외려 그녀의 얼굴에 고상한 표정만 보태주었다. 로즈는 누가 자신을 홈

---

* 17세기 네덜란드 화가.

쳐보는 줄도 모르고―나는 얼마나 내딛힌 꼬마 연탑꾼이었던지!―가
만히 있을 때면 머리를 아래로 가파르게 숙이곤 했다. 눈에는 덮개를
덮은 듯 눈까풀이 내리깔리고, 세로로 얕게 갈라진 턱은 어깨에 파묻
혔다. 그러면 그녀는 두초*의 성모마리아처럼 보였다. 우울하고, 정신
은 먼 데 가 있는 표정으로, 자신을 망각하고, 다가올, 그러나 그녀에
게는 다가오지 않을 모든 일에 대한 음울한 꿈에 빠져 있는 듯했다.

그해 여름 소금에 표백된 세 폭짜리 그림의 중심인물 셋 가운데 내
기억의 벽에 가장 선명하게 윤곽을 남긴 사람은 묘하게도 그녀다. 아
마 그 이유는 이 그림에서 앞의 두 인물, 그러니까 클로이와 그녀의 어
머니는 모두 나 자신의 작품인 반면, 로즈는 다른, 미지의 손이 그린
작품이기 때문인 것 같다. 나는 계속해서 그들에게, 두 그레이스에게
가까이 다가간다. 한 번은 어머니에게, 한 번은 딸에게. 여기에 색깔을
살짝 더 칠하고, 저기에서 세밀한 부분에 바림질을 한다. 그러나 이렇
게 바짝 붙어 작업을 했지만, 결국 그들을 향한 나의 초점은 선명해지
기보다는 흐릿해졌다. 한 걸음 물러나 내가 한 작업을 훑어볼 때조차
도. 그러나 로즈, 로즈는 완성된 초상화다. 로즈는 끝났다. 그렇다고
그녀가 나에게 클로이나 그녀의 어머니보다 더 현실적이라거나 더 의
미가 깊다는 뜻은 아니다. 당연히 아니다. 단지 그녀를 가장 직접적으
로 그릴 수 있다는 뜻일 뿐이다. 그녀가 지금도 여기에 있기 때문일 리
는 없다. 여기에 있는 그녀의 판본은 아주 심하게 변해서 거의 알아볼
수 없기 때문이다. 나는 펌프스를 신고 새까만 바지를 입고 주홍색 셔

---

* 13~14세기 이탈리아 화가.

츠를 입은 그녀를 본다. 물론 다른 옷도 있었겠지만, 내 회상에 나올 때면 거의 언제나 그 옷차림이다. 그녀는 하찮은 것들, 되는대로 갖다 놓은 스튜디오 소도구들 사이에 자세를 잡고 있다. 칙칙한 휘장, 띠에 꽃이 달린 먼지 낀 밀짚모자, 판지로 만든 듯한 이끼 덮인 벽, 한쪽 구석 높은 곳에는 암갈색 문간, 그 문간에서는 신비하게도 짙은 그림자들이 공허한 빛의 흰색이 번지는 금빛 광채를 맞이하고 있다. 나에게 그녀의 존재는 클로이나 그레이스 부인만큼 생생하지 않았다. 어떻게 그럴 수가 있겠는가. 그럼에도 그녀를 돋보이게 해주는 뭔가가 있었다. 그 한밤중 같은 검은 머리와 그 하얀 피부, 그 가루로 만든 꽃처럼 피어오르는 피부는 아무리 강한 햇빛이나 아무리 거친 바닷바람도 더럽힐 수 없을 것 같았다.

아마 예전 같으면, 그러니까 내가 말하는 시절보다 훨씬 더 오래된 시절 같으면, 그녀를 가정교사라고 불렀을 것이다. 그러나 가정교사라면 어느 정도는 영향력이 있어야 했지만, 가엾은 로지는 쌍둥이와 아무런 관심을 기울이지 않는 부모 앞에서 무력했다. 클로이와 마일스에게 로지는 분명한 적이며, 가장 잔인하게 굴 수 있는 장난 상대이며, 분개와 끝없는 조롱의 대상이었다. 그들은 두 가지 방식으로 로지를 대했다. 하나는 마치 전혀 눈에 보이지 않는다는 듯한 무관심이었고, 또하나는 로지가 하는 행동이나 말을 아무리 사소한 것이라 해도 모조리 무자비한 관찰과 심문의 대상으로 삼는 것이었다. 로지가 집을 돌아다닐 때면 쌍둥이는 그녀 뒤를 졸졸 쫓아다니면서 그녀의 모든 행동을 꼼꼼하게 관찰했다. 접시를 내려놓을 때도, 책을 집을 때도, 거울에 비친 자기 모습을 보지 않으려 할 때도. 마치 로지가 하는 행동이 그들이 본 가장 이상하고 불가해한 일이나 되는 것처럼. 로지는 견딜 수 있는 한 그들을 무시했지만, 결국 얼굴을 붉히고 몸을 부들부들 떨면서 그들을 마주보며, 제발, 제발, 나 좀 가만히 내버려달라고 애원했다. 자신이 통제력을 잃는 것을 그레이스 부부가 눈치챌까봐 목소리를 고통에 찬 속삭임 수준으로 낮추고 있었다. 물론 이것이야말로 쌍둥이가 원하던 반응이었다. 그들은 로지에게 더 바싹 다가붙어 그녀의 얼굴을 열심히 살피면서 놀란 척했다. 클로이가 질문의 폭격을 퍼부었다. 접시에는 뭐가 있었어요? 좋은 책이었어요? 왜 거울을 보고 싶어하지 않는 거예요? 마침내 슬픔과 무력한 분노 때문에 로지의 눈에 눈물이 고이고 입이 비뚜름하게 밑으로 처지면 쌍둥이는 악마처럼 웃음을 터뜨리며 기뻐서 달려나갔다.

나는 어느 토요일 오후에 클로이를 만나러 시더스에 갔다가 로즈의 비밀을 알았다. 내가 도착했을 때 클로이는 시내에 다녀오려고 자기 아버지와 차에 타고 있었다. 나는 대문에서 발을 멈추었다. 우리는 이미 테니스를 치러 가기로 약속했는데—클로이가 잊어버린 것일까? 물론 그랬을 수도 있다. 나는 당황했다. 텅 빈 토요일 오후에 이런 식으로 버림을 받는 건 가볍게 견뎌낼 수 있는 일이 아니었다. 아버지 차가 나가도록 문을 열어주던 마일스는 내가 당황하는 걸 보더니 역시나 악의에 찬 꼬마 도깨비처럼 싱긋 웃었다. 그레이스 씨는 운전석에서 나를 내다보더니 머리를 클로이 쪽으로 기울이며 뭐라고 이야기를 했는데, 그 역시 싱글싱글 웃고 있었다. 이제 산들바람이 불어오는 화창한 날조차 나를 조롱하는 기운을 내뿜으며 다른 사람들과 마찬가지로 즐거워하는 것 같았다. 그레이스 씨가 가속페달을 세게 밟아 차가 꽁무니에서 큰 소리를 내면서 자갈을 튀기며 나아가는 바람에 나는 얼른 길에서 비켜야 했다. 나의 아버지와 칼로 그레이스는 서로 공통점은 없었지만, 잔인한 장난을 즐기며 노는 경향은 공유하고 있는 것 같았다. 옆창으로 본 클로이는 유리 때문에 얼굴이 똑똑하게 보이지는 않았지만, 놀라는 표정으로 얼굴을 찌푸리며 나를 내다보았다. 마치 그제야 내가 거기 서 있는 것을 보았다는 표정이었다. 아마 그랬겠지. 나는 손을 흔들어주었다. 최대한 아무렇지도 않은 척 꾸미고 있었다. 클로이는 입을 아래로 내리며 짐짓 애처로운 표정을 지으면서 사과하는 뜻으로 과장되게 어깨를 으쓱했다. 어깨가 귀까지 올라갔다. 차가 마일스를 태우려고 속도를 늦추자 클로이는 창에 얼굴을 갖다대고 입으로 말을 그리더니 왼손을 들어올렸는데, 그것이 묘하게도 왠지 공식적인 느낌을 주었다. 일종의 축복이라고 해도 좋을 것 같았다. 나 역시 웃음을 짓고 어깨를 으쓱하고, 또다시 손을 흔드는 것 외에 달리 무슨 수가 있었겠는가. 그녀는 소용돌이치는 배기가스를 뒤에 남기고 떠나버렸고, 뒤창으로 몸으로부터 잘려나온 듯한 마일스의 얼굴이 고소하다는 듯 싱글거리고 있었다.

집은 버려진 듯한 느낌을 주었다. 나는 현관을 지나 대각선으로 줄지어선 나무들이 정원의 끝을 알리는 곳까지 걸어갔다. 그 너머 모가난 파란 이판암이 엉성하게 덮고 있는 철로는 유독한 재와 가스를 내뿜고 있었다. 나무들은 너무 조밀하게 심어 껑충하고 모양도 좋지 않았으며, 가장 높은 가지들은 혼란에 빠진 듯 난잡하게 들어올린 팔들처럼 흔들렸다. 무슨 나무였더라? 떡갈나무는 아니었다―플라타너스였던 것 같다. 나는 나도 모르는 사이에 한가운데 있는 나무를 기어오르고 있었다. 이것은 나답지 않은 일이었다. 나는 과감하거나 모험적인 아이가 아니었다. 높은 곳을 오르는 데 재주가 있었던 것도 아니고 지금도 없다. 그러나 나는 올라갔다, 계속 위로 올라갔다, 손과 발등, 발등과 손으로, 이 가지에서 저 가지로. 주위에서 잎들이 분개하여 쉭쉭거리는 소리로 항의하고 잔가지들이 얼굴을 때렸지만, 나무에 오르는 것은 환희를 안겨줄 만큼 쉬웠다. 곧 나는 우듬지 근처에 이르렀고, 그곳이 내가 갈 수 있는 최대치였다. 나는 그곳에 매달려 있었다. 삭구에 올라탄 뱃사람처럼 두려움이 없었다. 저 밑에서 땅이라는 갑판이 부드럽게 출렁이고 있었고, 위로는 탁한 진줏빛 낮은 하늘이 손에 닿을 만큼 가까웠다. 이 높이에 오니 산들바람이 고체 같은 공기의 꾸준한 흐름으로 느껴졌다. 거기에서는 내륙의 것들, 흙, 연기, 동물의 냄새가 났다. 지평선에 도시의 지붕들이 보였고, 더 멀고 더 높은 곳에 얼룩 같은 창백한 바다에 아주 작은 은색 배가 신기루처럼 꼼짝도 않고 버티고 있었다. 새 한 마리가 잔가지에 내려앉더니 놀란 눈으로 나를 보고는 불쾌하다는 듯이 찍찍거리며 다시 잽싸게 날아가버렸다. 이제 클로이가 잊었다는 것을 잊어버리고, 이렇게 높이, 모든 것으로부터 이렇게 멀리 떨어져 있다는 것이 몹시 기뻐 조증 같은 환희에 사로잡혔다. 흐느끼는 소리가 들리기 전까지는 밑에 로즈가 있다는 것도 몰랐다.

로즈는 내가 회를 틀고 있는 나무 옆의 나무 밑에 서 있었다. 어깨는 웅크렸고, 팔꿈치는 몸을 똑바로 세우려는 듯 옆구리에 딱 붙이고 있었다. 흥분한 손으로는 뭉친 손수건을 꼭 움켜쥐고 있었다. 그러나 너무 삼류소설 같은 자세로 서서 오후의 윙윙거리는 바람 속에서 울고 있었기 때문에, 나는 처음에 그녀가 손에 쥔 것이 손수건이 아니라 구겨진 연애편지인 줄 알았다. 위에서 보니 그녀의 모습이 얼마나 이상해 보이던지. 키가 압축되어 어깨와 머리로 이루어진 불규칙한 원반처럼 보였고, 머리의 가르마는 그녀가 손에 쥔 젖은 손수건과 마찬가지로 잿빛이 섞인 흰색이었다. 뒤에서 발소리가 들리자 그녀는 황급히 몸을 돌렸다. 그녀의 몸이 공이 스치고 지나간 볼링 핀처럼 잠깐 흔들렸다. 그레이스 부인이 빨랫줄 밑 풀밭에 사람 발에 밟혀 생겨난 좁은 길을 따라 다가오고 있었다. 그녀는 머리를 숙이고 두 팔을 엇갈려 납작해진 젖가슴을 덮고, 손으로는 반대편 어깨를 움켜쥐고 있었다. 맨발에 반바지 차림이었으며, 위에 걸친 남편의 하얀 셔츠가 너무 커서 날씬해 보였다. 부인은 로즈에게서 조금 떨어진 곳에 발을 멈추더니 잠시 입을 다물고 서 있었다. 손으로 어깨를 잡은 채 원을 4분의 1쯤 그리며 좌우로 몸을 틀었다. 부인 역시 로즈처럼 두 손으로 자신의 몸을 지탱하고 있는 것 같았다. 자신이 아이가 된 듯이 품에 안고 흔들어주는 것 같았다.

"로즈." 부인이 장난스럽게 달래는 말투로 불렀다. "오, 로즈, 무슨 일이야?"

다시 단호하게 먼 들판 쪽으로 얼굴을 돌린 로즈는 물기 섞인 콧소리를 냈다. 웃음이 아니었다.

"무슨 일이냐고요?" 로즈가 소리를 질렀다. 그녀의 목소리가 마지막 단어에서 위로 솟구치더니 그녀의 주위로 흘러넘쳤다. "무슨 일이냐고요?"

로즈는 분개해서 뭉쳐진 손수건 끝자락으로 코를 풀더니 머리를 획 젖히며 콧소리로 마무리를 했다. 내가 있는 곳에서도 그레이스 부인이 웃음을 짓다가 이내 입술을 깨무는 것이 보였다. 내 뒤 멀리서 야유하는 듯한 경적 소리가 들렸다. 시내에서 오는 오후 기차, 새까만 기관차와 그 뒤에 달린 여섯 대의 녹색 나무 객차들이 제멋대로 움직이는 커다란 장난감처럼 진하고 하얀 연기를 공처럼 잇따라 내뿜으며 들판을 가로질러 우리를 향해 어물어물 다가오고 있었다. 그레이스 부인이 소리 없이 앞으로 다가가 손끝으로 로즈의 팔꿈치를 건드렸지만, 로즈는 뜨거운 것에 닿은 듯 팔을 얼른 뒤로 뺐다. 돌풍이 지나가면서 셔츠를 그레이스 부인의 몸 위로 납작하게 눌러 젖가슴의 통통한 윤곽을 선명하게 드러냈다. "아, 그만해, 로지." 부인은 다시 달렸다. 이번에는 로지의 팔 오금 쪽에 손을 집어넣을 수 있었다. 부인은 몇 번 부드럽게 잡아끌어 로지의 몸을 돌려세웠고, 로지는 뻣뻣하게 못 이기는 척 몸을 돌렸다. 둘은 나무들 아래를 걷기 시작했다. 로즈는 계속 이야기를 하면서 비틀비틀 걸어갔고, 그레이스 부인은 조금 전과 마찬가지로 고개를 숙인 채 거의 말을 하지 않는 것 같았다. 어깨가 자리를 잡은 방식과 몸을 구부정하게 구부리고 발을 질질 끄는 걸음걸이로 보아 부인은 웃음을 억누르고 있는 것 같았다. 로즈가 떨고 딸꾹질을 해대면서 하는 말 가운데 내가 알아들은 것은 사랑과 바보 같다와 그레이스 씨 정도였다. 그레이스 부인의 대답 가운데는 큰 소리로 칼로? 하는 소리밖에 알아듣지 못했다. 그 뒤에 믿을 수 없다는 외마디 감탄사가 이어졌다. 갑자기 기차가 다가와 내 무릎 사이의 나무줄기가 진동했다. 지나가는 기관차 조종실에서 연기에 시커메지고 번들거리는 이마 아래의 흰자위가 나를 향해 번뜩이는 것이 똑똑히 보였다. 내가 다시 시선을 돌렸을 때 두 여자는 긴 풀밭에서 걸음을 멈추고 서로 얼굴을 마주보고 서 있었다. 그레이스 부인은 웃음을 지으며 로즈의 어깨에 손을 올려놓았고, 로즈는 콧구멍 가장자리가 분홍색으로 변한 채 두 주먹으로 눈물이 흐르는 눈을 후벼파고 있었다. 그 순간 시커먼 기차 연기가 거세게 내 얼굴을 덮쳤고, 연기가 사라졌을 때 그들은 몸을 돌려 함께 집을 향해 걸어가고 있었다.

그렇게 되었구나. 로즈는 자신이 돌보고 있는 아이들의 아버지를 사랑하게 되었구나. 낡은 이야기였다, 나이가 너무 어린 나로서는 얼마나 낡은 이야기인지 알 수 없지만. 내가 무슨 생각을 했을까, 무슨 느낌이었을까? 가장 분명하게 기억나는 것은 로즈가 쥐고 있던 뭉친 손수건과 그레이스 부인의 맨살로 드러난 단단한 종아리 뒤쪽, 초기 정맥류를 드러내는 가늘고 파란 줄 세공 같은 정맥들이다. 그리고 물론 철컥거리며 역에 멈춰 선 증기기관차. 기관차는 이제 다시 떠날 때를 초조하게 기다리며 부글거리고 씩씩거리면서 그 매혹적일 정도로 복잡한 하부로부터 펄펄 끓어오른 물을 가늘게 분사하고 있었다. 그런 단순한 물건들의 그 지속적인 강렬함과 비교할 때 산 존재들이란 대체 무엇이란 말인가?

로즈와 그레이스 부인이 사라진 뒤 나는 나무에서 내려왔다. 올라갈 때보다 어려웠다. 나는 아무것도 보지 못하는 소리 없는 집을 살며시 지나가 텅 빈 오후의 번들거리는 백랍 빛을 받고 있는 스테이션 로드를 따라 걸어갔다. 기차는 역에서 빠져나가 이미 다른 어딘가에, 완전히 다른 어딘가에 가 있었다.

물론 나는 지체없이 클로이에게 내가 발견한 사실을 알렸다. 그애의 반응은 내가 예상하던 것이 전혀 아니었다. 물론 처음에는 충격을 받은 것 같았다. 그러나 곧 회의적인 태도로 나오더니, 심지어 짜증을 내는 것 같기도 했다. 그러니까 그런 이야기를 했다는 이유로 나에게 짜증을 냈다는 뜻이다. 당혹스러웠다. 나는 내가 이야기하는 나무 밑의 장면을 그애가 즐겁게 깔깔거리며 받아들이기를 몹시 기대했다. 그래야 나도 자신있게 그 일을 농담처럼 대할 수 있을 터였기 때문이다. 그렇지 않으면 나도 심각하고 칙칙하게 받아들일 수밖에 없지 않은가. 상상해보라, 칙칙하게 말이다. 그런데 왜 농담이었을까? 어린아이들에게 웃음은 대상을 무력하게 만드는 힘이기 때문일까? 공포를 길들이기 때문일까? 로즈는 우리보다 나이가 거의 두 배가 많았지만 여전히 어른의 세계와 우리를 갈라놓는 만의 이쪽 편에 있었다. 우리는 그들이, 진짜 어른들이 은밀한 장난을 한다는 사실을 받아들여야 한다는 생각만으로도 기분이 나빴다. 하물며 로즈가 칼로 그레이스의 나이에 이른 남자—그 올챙이배, 그 불거진 사타구니, 그 잿빛이 점점이 반짝거리는 밤색 털—와 깡충거릴 수도 있다는 가능성은 아직 풋내나는 섬약한 내 감수성으로는 받아들이기 힘든 것이었다. 그녀가 그레이스 씨에게 사랑을 고백했을까? 그도 똑같은 반응을 보였을까? 창백한 로즈가 사티로스의 거친 포옹을 받으며 누워 있는 모습들이 눈앞을 스쳐가자, 나는 흥분하는 동시에 경악했다. 그레이스 부인은 어떨까? 부인은 얼마나 차분하게 로즈의 갑작스러운 고백을 받아들였던가. 심지어 가볍게, 재미있어하면서. 왜 부인은 그 반짝거리는 주홍색 긴 손톱으로 로즈의 눈을 긁어버리지 않았을까?

그리고 연인들 자신도 문제였다. 나는 그들이 그들 사이에서 벌어지는 모든 일을 그렇게 수월하게, 그렇게 부드럽고 뻔뻔스럽게 감춘 것에 놀랐다. 이제 칼로 그레이스의 태평함 자체가 범죄적 의도의 증표로 보일 정도였다. 냉담한 유혹자가 아니라면 어떻게 그렇게 웃음을 터뜨리고 놀릴 수 있을까? 턱을 쑥 내밀고 그 밑의 회색 턱수염을 손톱으로 빠르게 긁어 귀에 거슬리는 소리를 낼 수 있을까? 사람들 앞에서 그가 로즈에게 자기 앞을 우연히 가로지르는 행인을 대하는 정도의 관심밖에 기울이지 않았다는 사실은 교활하고 능숙한 은폐의 또다른 증표에 불과했다. 로즈는 그에게 신문만 건네주면 되었고 그레이스 씨는 그녀로부터 그것을 받기만 하면 되었다. 그것만으로도 내 경계를 늦추지 않는 뜨거운 눈에는 은밀하고 상스러운 교환이 일어난 것이나 다름없었다. 그레이스 씨 앞에서 로즈가 보여주던 온화하고 수줍은 태도는 내 눈에 타락한 수녀의 행동거지였다. 이제 나는 그녀의 은밀한 수치를 알고 있었기 때문에, 상상력의 더 깊은 곳에서는 그녀의 희게 빛나는 형체가 그와 희미하고 추잡하게 결합해 있는 영상들이 나타났다. 어두운 기쁨에 사로잡혀 그가 소리 죽여 포효하고 그녀가 입을 꼭 다물고 신음을 토하는 소리가 귀에 들렸다.

무엇에 내몰려 로즈는 고백을 했을까? 그것도 그가 사랑하는 배우자한테? 그녀는, 가엾은 로지는 대문 기둥과 대문 밖의 좁은 길에 마일스가 분필로 써놓은 낙서를 처음 보았을 때 무슨 생각을 했을까? RV는 CG를 사랑한대요. 그리고 그 낙서에 붙은 유치한 그림을 보았을 때. 여자의 몸통이 있고, 중앙에 점이 찍힌 원이 두 개 있고, 허리를 나타내는 곡선 두 개가 있고, 그 밑으로 수직으로 짧게 갈라진 금을 둘러싼 한 쌍의 괄호가 있는 그림. 로즈는 얼굴을 붉혔을 것이다, 오,

얼굴이 활활 타올랐을 것이다. 로즈는 그 사실을 알아낸 사람이 내가 아니라 클로이라고 생각했을 것이다. 그러나 묘한 일이지만 그렇다고 해서 로즈를 지배하는 클로이의 힘이 더 커진 것은 아니었다. 그 반대였다, 어쨌든 그렇게 보였다. 이제 가정교사의 눈이 클로이에게 머물 때 전에 보지 못하던 강철 같은 면이 드러났고, 놀랍고 당혹스럽게도 클로이는 그 표정 앞에서 겁을 먹는 것 같았다. 전에 한 번도 본 적이 없는 모습이었다. 그런 식으로, 한쪽은 눈을 번쩍거리고 다른 쪽은 부끄러워하는 식으로 그들을 생각해보니, 그 조수가 이상했던 날에 일어난 일이 어떤 면에서는 로즈의 은밀하고 뜨거운 감정을 폭로한 결과였을지도 모른다고 추측할 수밖에 없다. 나라고 다른 멜로드라마 작가처럼 이야기의 말미에 산뜻한 반전을 보여달라는 요구에 예민하게 반응하지 못할 이유가 어디 있을까?

조수는 해변을 기어올라 모래언덕 발치까지 밀려들었다. 바다가 테두리를 넘어 넘치는 것 같았다. 우리는, 우리 셋은, 클로이와 마일스와 나는, 한 줄로 나란히 앉아, 말없이 물의 꾸준한 전진을 지켜보고 있었다. 골프 코스의 첫번째 티 옆에 있는, 사용하지 않는 코스 관리인용 오두막의 껍질이 벗겨지는 회색 판자에 등을 기대고 있었다. 수영을 하다가 나와 앉아 있었다. 파도도 없이 쉬지 않고 밀려오는 조수에, 불길한 느낌으로 차분하게 계속 차올라오는 조수에 불안을 느꼈기 때문이다. 하늘은 안개로 온통 흰빛이었고, 창백한 금빛의 납작한 해는 그 한가운데 박힌 채 미동도 하지 않았다. 갈매기들이 급강하하며 비명을 질렀다. 공기는 잠잠했다. 그래도 주변의 모래를 뚫고 자라는 벼 비슷한 잡초의 잎 하나하나가 자기 앞의 모래에 깔끔하게 반원을 새기던 것을 똑똑하게 기억한다. 바람이 불고 있다는 뜻이었다. 적어도 미풍은 분다는 뜻. 어쩌면 그날은 다른 날이었는지도 모른다, 풀잎이 모래에 그렇게 자국을 남기는 것을 보았던 날은. 클로이는 수영복을 입고, 어깨에는 하얀 카디건을 걸치고 있었다. 젖어서 거무스름해진 머리카락은 머리에 딱 달라붙어 있었다. 그 그림자 없는 우유 같은 빛 속에서 그애의 얼굴은 특징이 모두 사라져버린 것처럼 보였다. 그애와 그 옆의 마일스는 동전 두 개에 새겨진 옆모습처럼 똑같았다. 우리 아래쪽으로 모래언덕이 우묵하게 파인 곳에 로즈가 두 손으로 머리를 받치고 비치 타월 위에 누워 있었다. 잠이 든 것 같았다. 그녀의 발꿈치에서 1야드도 떨어지지 않은 곳에 더껑이가 낀 바다의 가장자리가 있었다. 클로이는 그녀를 바라보며 혼자 웃음을 지었다. "저러다 쓸려나갈지도 몰라." 클로이가 말했다.

오두막 문을 연 사람은 마일스였다. 맹꽁이자물쇠를 힘껏 비틀자 빗장이 나사에서 부러지면서 그의 손에 잡혀 떨어져나왔다. 오두막 안에는 아주 작은 방이 하나 있었고, 텅 빈 방에서는 오래된 오줌 냄새가 났다. 한쪽 벽을 따라 나무 벤치가 놓여 있었고, 그 위로 작은 창문이 달려 있었는데 틀은 말짱했지만 유리는 사라진 지 오래였다. 클로이는 벤치에 무릎을 꿇고 앉아 팔꿈치를 창틀에 얹고 창문에 얼굴을 갖다댔다. 나는 클로이 옆에 앉았고, 마일스는 반대편 옆에 앉았다. 왜 우리가 그렇게 거기 앉아 있는 것에 뭔가 이집트적인 것이 있다는 생각이 들까? 클로이는 무릎을 꿇고 밖을 내다보고, 마일스와 나는 벤치에 앉아 작은 방 안을 보고 있는 모습에. 내가 죽은 자들의 책을 편집하고 있어서일까? 클로이는 스핑크스였고, 우리는 앉아 있는 그녀의 사제들이었다. 정적이 흘렀다. 갈매기들의 울음소리만 들렸다.

"로지가 물에 빠져 죽었으면 좋겠어." 클로이가 말했다. 창문에 대고 말하고 있었다. 그러더니 그애 특유의 날카롭게 끽끽대는 웃음을 터뜨렸다. "정말 그랬으면 좋겠어."—끽 끽—"난 로지가 싫어."

마지막 말. 이른 아침, 동이 트기 직전에 애나는 의식을 회복했다. 나는 잠을 깼는지 아니면 잠을 깼다고 꿈을 꾸고 있었는지 정확하게 알 수가 없었다. 그녀의 병상 옆 팔걸이의자에 널브러진 채 보내던 그 밤들은 묘하게 세속적인 환상들이 풍부했다. 그녀를 위해 음식을 준비하기도 하고, 처음 보는 사람들에게 그녀에 관해 이야기하기도 하고, 그냥 그녀와 함께 걷기도 하던 비몽사몽. 나는 그녀와 별 특색 없는 침침한 거리를 걸었다. 그러니까 나는 걷고, 그녀는 혼수상태에 빠져 내 옆에 누워 있었지만, 그럼에도 움직여서 나와 보조를 맞추고 있었다. 어떻게 했는지 단단한 공기 위를 미끄러져 '갈대 벌판'으로 가고 있었다. 이윽고 그녀는 잠을 깨더니 축축한 베개에서 머리를 돌려 물밑에서 가물거리는 듯한 야간등 불빛 속에서 눈을 크게 뜨고 나를 보았다. 크게 놀랐지만 경계하는 표정이었다. 그녀는 나를 몰랐던 것 같다. 나는 몸이 마비될 듯한 감각, 경외감과 놀라움이 뒤섞인 감각에 사로잡혔다. 야생의 생물과 갑자기, 예기치 않게 혼자 마주쳤을 때 찾아오는 감각이었다. 심장이 액체처럼 느릿느릿 쿵쿵거리는 것을 느낄 수 있었다. 끝없이 다가오는 똑같은 장애물에 걸려 계속 넘어지고 있는 것 같았다. 애나가 기침을 했고, 뼈가 덜그럭거리는 듯한 소리가 났다. 나는 끝임을 알았다. 이 순간을 감당할 능력이 없어 도와달라고 소리를 지르고 싶었다. 간호사, 간호사, 빨리 좀 와요, 아내가 나를 떠나려고 해요! 나는 생각을 할 수가 없었다. 내 마음속에 흔들리는 석조건물들이 가득 들어찬 것 같았다. 애나는 여전히 나를 물끄러미 바라보고 있었다. 여전히 놀란 표정이었고, 여전히 의심하는 표정이었다. 복도 저 아래쪽에서 보이지 않는 누군가가 뭔가를 떨어뜨려 덜거덕거리는 소리가 났다. 애나는 그 소리를 듣고 안심하는 것 같았다. 그것이 내 말소리라고 생각하고, 자신이 그것을 이해한다고 생각했던 것 같다. 그녀가 고개를 끄덕였기 때문이다. 하지만 초조하게. 마치, 아냐, 당신이 틀렸어, 그게 절대로 아니야! 하고 말하는 것 같았다. 애나는 손을 뻗더니 짐승의 발톱 같은 느낌으로 내 손목을 꽉 움켜쥐었다. 그 원숭이 같은 손아귀, 그것이 지금도 나를 쥐고 있다. 나는 공황 같은 것에 사로잡혀 의자에서 앞으로 떨어져, 무릎걸음으로 침대 옆으로 기어갔다. 놀란 신자가 유령 앞에 쓰러져 숭배하는 모습으로. 애나는 여전히 내 손목을 움켜쥐고 있었다. 나는 다른 손을 그녀의 이마에 얹었고, 이마 뒤에서 그녀의 정신이 열을 내며 활동하는 것이, 마지막 생각을 하느라 엄청나게 노력하고 있는 것이 느껴지는 듯했다. 내가 평생 지금처럼 이렇게 다급하게 집중하여 그녀를 본 적이 있었던가? 그렇게 보는 것만으로 그녀를 여기에 잡아둘 수 있기라도 한 것처럼, 내가 눈을 움찔하지만 않으면 그녀가 떠나지 못할 것처럼. 애나는 숨을 헐떡거렸다, 부드럽게, 천천히, 마치 아직 몇 마일을 더 달려야 하는 달리기 선수가 잠시 쉬는 것 같았다. 그녀의 숨에서 온화하고 메마른 악취가 났다. 시든 꽃 냄새 같았다. 내가 이름을 불렀지만, 애나는 잠깐 눈을 감기만 했다, 귀찮다는 듯이, 이제 자기는 애나가 아니라는 것, 자기는 아무도 아니라는 것을 내가 알아야 한다는 듯이. 이윽고 그녀는 눈을 뜨더니 나를 다시 노려보았다. 아까보다 더 강하게. 이제 놀란 표정이 아니라, 명령을 하듯 엄한 표정이었다. 자신이 하는 말이 무엇인지 들어야 한다는, 듣고 이해해야 한다는 의지를 드러내고 있었다. 애나는 내 손목을 놓더니 잠깐 침대를 헤적이며 뭔가를 찾았다. 내가 그녀의 손을 잡았다. 엄지손가락 아래쪽에서 맥이 뛰는 것을 느낄 수 있었다. 내가 무슨 말을 했다. 가지 마 또는 나하고 함께 있어 같은 얼빠진 소리였다. 그녀는 다시 초조하게 고개를 저으며, 내 손을 자기 쪽으로 바짝 잡아당겼다. "저 사람들이 시계를 멈춰 세우고 있어." 가느다란 실 같은 속삭임, 모의를 꾸미는 듯한 목소리였다. "내가 시간을 멈추었어." 그러더니 애나는 고개를 끄덕였다. 다 안다는 듯이, 엄숙하게 고개를 끄덕였다. 웃음을 짓기도 했다. 그것이 웃음이었다고 맹세라도 하겠다.

클로이가 능숙하게, 활달하게 어깨를 쓱 흔들어 카디건을 벗는 모습으로 재촉하는 바람에, 허락하는 바람에, 나는 내 옆에 무릎을 꿇고 있는 그애의 허벅지 뒤쪽에 손을 갖다댔다. 피부는 싸늘했고 소름이 점점이 돋아 있었지만, 표면 바로 밑에서 피가 바쁘게 몰려다니는 것을 느낄 수 있었다. 클로이는 내 손길에 반응을 보이지 않고, 무엇을 보고 있는지 몰라도 어쨌든 그것을 계속 내다보고 있었다. 어쩌면 그 모든 물, 냉혹하게 천천히 흘러드는 큰물을 보고 있는지도 몰랐다. 나는 조심스럽게 손을 위로 미끄러뜨렸고, 이내 손가락이 수영복의 팽팽한 가두리에 닿았다. 내 무릎에 놓여 있던 그애의 카디건은 이제 주르르 미끄러져 바닥에 떨어졌다. 그것을 보자 뭔가가 생각났다. 아마 떨어뜨린 꽃가지, 아니면 떨어지는 새였을 것이다. 그렇게 그애의 엉덩이 밑에 손을 댄 채 거기에 계속 앉아 있는 것만으로도 충분했을 것이다. 심장은 중간중간 건너뛰며 방망이질을 했고, 눈은 맞은편 나무 벽의 옹이구멍에 고정되어 있었다. 그러나 그녀는 경련을 일으키듯이 한쪽 무릎을 벤치를 따라 옆으로 아주 조금씩 움직여 내 놀란 손가락 끝에 자신의 허벅지를 열었다. 뭔가를 채워넣은 듯한 그애의 수영복 가랑이는 바닷물에 흠뻑 젖어 있지만, 내 손끝에는 델 것처럼 뜨겁게 느껴졌다. 내 손가락들이 그곳에서 그애를 발견하자마자 그애는 허벅지를 다시 오므려 내 손을 가두었다. 아주 작은 전류 같은 떨림이 그애의 몸 전체를 흐르다 허벅지 안쪽으로 들어갔다. 그애는 몸을 꿈틀거려 내 손을 벗어났다. 다 끝났다고 생각했으나 내가 잘못 생각한 것이었다. 클로이는 얼른 몸을 돌리더니 벤치에서 무릎과 팔꿈치로 기어내려와 내 옆에 꿈틀거리며 앉더니 얼굴을 들어올려 나에게 차가운 입술과 뜨거운 입을 내밀었다. 그애의 수영복 끈은 목덜미에 나비 모양으로 묶여 있었다. 클로이는 입을 내 입에서 떼지 않고 손을 뒤로 올려 매듭을 풀더니 젖은 수영복을 허리까지 잡아내렸다. 나는 계속 입을 맞추면서 머리를 한쪽으로 기울여 볼 수 있는 눈으로 그애의 귀를 지나 등뼈의 이랑을 따라 좁은 엉덩이와 그곳의 갈라진 틈이 시작되는 곳을 볼 수 있었다. 깨끗한 강철 나이프 색깔이었다. 클로이는 다급하게 내 손을 잡아 보일 듯 말 듯 부풀어오른 한쪽 젖가슴에 갖다댔다. 젖꼭지는 차갑고 단단했다. 그애의 반대편 옆에는 마일스가 다리를 느슨하게 펼친 채 앉아 벽에 머리를 기대고 눈을 감고 있었다. 클로이는 무턱대고 손을 옆으로 뻗어 벤치 위에 손바닥을 위로 한 채 놓여 있는 마일스의 손에 닿자 그대로 움켜쥐었다. 그렇게 하면서 내 입에 더 바짝 입을 들이댔고, 나는 그녀의 목에서 나오는 고양이 울음 같은 희미한 신음을 들기보다는 느낄 수 있었다.

나는 문이 열리는 소리를 듣지 못했다. 작은 방에서 빛이 변하는 것만 느꼈을 뿐이다. 내 몸에 닿은 클로이의 몸이 뻣뻣하게 굳었다. 그애는 고개를 재빨리 돌리더니 뭐라고 말을 했다. 나는 알아들을 수 없는 한마디였다. 로즈가 문간에 서 있었다. 수영복 차림이었지만 검은 펌프스를 신고 있어 길고 창백하고 가는 다리가 더 길고 창백하고 가늘어 보였다. 그녀를 보자 뭔가가 떠올랐는데, 무엇인지 생각이 나지 않았다. 그녀는 한쪽 손을 문에 다른 쪽 손을 문설주에 댄 채로, 두 강풍, 오두막 안에서 그녀를 향해 몰아치는 바람과 밖에서 그녀의 등을 누르는 바람에 걸려 꼼짝도 못하고 있는 것 같았다. 클로이는 얼른 늘어진 수영복 자락을 끌어올려 목뒤에서 끈을 다시 묶고, 나지막하지만 거칠게 다시 내가 알아들을 수 없는 한마디를 내뱉었다. 로즈의 이름이었을까? 아니면 그냥 욕이었을까? 클로이는 벤치에서 낮게 뛰어내리더니 여우처럼 빠르게 고개를 숙이고 로즈의 팔 밑을 통과하여 문밖으로 빠져나갔다. "이리 돌아와!" 로즈가 갈라진 목소리로 말했다. "당장 이리 돌아오라니까!" 그러더니 로즈는 나를 보았다. 분노보다는 슬픔이 더 강한 표정이었다. 그녀는 고개를 젓더니 몸을 돌려 죽마를 탄 듯한 흰 다리로 황새처럼 걸어가버렸다. 여전히 벤치에 널브러져 있던 마일스가 낮게 웃음을 터뜨렸다. 나는 마일스를 물끄러미 바라보았다. 그애가 무슨 말을 한 것 같았기 때문이다.

그뒤에 이어진 일들은 마치 카메오 세공으로 보듯이 아주 작게 보인다. 또는 위에서 내려다본 듯 둥그렇게 보인다. 옛 화가들은 그런 둥그런 그림의 중심에서 약간 벗어난 곳에 극적인 순간을 아주 작고 꼼꼼하게 그려놓았기 때문에 바다와 하늘의 넓은 파란색과 금색 사이에서 알아보기가 쉽지 않다. 나는 벤치에서 약간 머뭇거리며 숨을 쉬었다. 마일스는 내가 어떻게 행동하는지 보려고 기다렸다. 내가 오두막에서 나갔을 때 클로이와 로즈는 모래언덕과 물가 사이 반원형의 작은 모래밭에 내려가 있었다. 서로 맞서서 상대방의 얼굴에 대고 소리를 지르고 있었다. 무슨 이야기를 하는지는 들리지 않았다. 클로이가 자세를 바꾸어 발을 구르면서 좁은 원을 그리며 돌자 모래바람이 일었다. 클로이는 로즈의 수건을 걷어찼다. 물론 내 환상에 불과하다는 것을 알지만, 작은 파도들이 굶주린 듯 그애의 뒤꿈치에 찰랑거리는 것이 보인다. 마침내 클로이는 마지막으로 소리를 한번 내지르고 묘하게 손과 팔뚝으로 찍는 듯한 몸짓을 하더니 몸을 돌려 파도가 밀려오는 가장자리로 가서 두 다리를 엇갈리며 모래밭에 주저앉아 무릎을 가슴으로 당기고는 두 팔로 두 무릎을 감싸고 얼굴을 수평선 쪽으로 쳐들었다. 로즈는 허리에 두 손을 얹고 서서 그애의 등을 노려보았지만 아무런 반응도 끌어낼 수 없다는 걸 알고 성난 표정으로 몸을 돌려 자기 물건을 챙기기 시작했다. 그녀는 어부의 부인이 물고기를 통발에 던지듯이 수건, 책, 수영모자를 겨드랑이에 끼워넣었다. 뒤에서 마일스 소리가 들리는가 싶더니 그애가 머리를 앞세우고 곤두박질하듯이 나를 지나 달려갔다. 달린다기보다는 옆으로 재주를 넘어가는 느낌이었다. 마일스는 클로이가 있는 곳에 이르자 옆에 앉아 팔로 어깨동무를 하고 클로이의 머리에 자기 머리를 갖다댔다. 로즈는 하던 일을 멈추고 어쩔 줄 모르겠다는 표정으로 그곳에서 세상에 등을 돌린 채 함께 서로를 감싸고 있는 두 아이를 흘끗 보았다. 이윽고 두 아이는 차분하게 일어서서 첨벙첨벙 바다로 걸어들어갔다. 기름처럼 매끄러운 바다는 그들의 움직임에도 거의 부서지지 않았다. 두 아이는 함께 몸을 앞으로 기울이더니 천천히 헤엄쳐나갔다. 두 개의 머리가 희끄무레한 큰 파도 위에서 까닥이며 밖으로, 밖으로 나가고 있었다.

우리는, 로즈와 나는 그들을 지켜보았다. 로즈는 모은 물건들을 몸에 끌어안고 있었고, 나는 그냥 서 있었다. 무슨 생각을 하고 있었는지 모르겠다. 어떤 생각을 했다는 기억도 없다. 자주는 아니지만 그럴 때가 있다. 정신이 그냥 텅 비어버릴 때. 이제 그들은, 두 아이는 바깥 멀리 나가 있었다. 너무 멀어 창백한 하늘과 더 창백한 바다 사이에서 창백한 점으로 보였다. 이윽고 점 하나가 사라졌다. 그뒤에는 모든 것이 아주 빠르게 끝나버렸다. 그러니까 우리가 볼 수 있는 것이 끝나버렸다는 뜻이다. 물의 철썩임, 약간의 하얀 물, 그 주위의 다른 모든 것보다 더 하얀 물, 이어 아무것도 없었다. 무관심한 세계가 닫히고 있었다.

외침 소리가 들렸다. 로즈와 내가 고개를 돌렸다. 짧게 자른 잿빛 머리에 몸집이 크고 얼굴이 붉은 남자가 우리를 향해 모래언덕을 달려내려왔다. 미끄러지는 모래 때문에 당황하여 무릎을 높이 치켜들고 허둥지둥 달리는 모습이 우스꽝스럽기도 했다. 노란 셔츠에 카키 바지를 입고 두 가지 색을 배합한 구두를 신었으며, 골프채를 휘두르고 있었다. 구두는 내가 꾸며낸 것일 수도 있다. 하지만 남자가 오른손에 낀 장갑, 골프채를 쥔 손에 낀 장갑은 확실하게 기억난다. 옅은 갈색에 손가락이 없고 등에는 잔구멍을 여러 개 뚫어놓은 것이었다. 왜 그것이 특별하게 내 주의를 끌었는지는 모르겠다. 그는 계속 경비대를 불러와야 한다고 소리를 질렀다. 무척 화가 난 것 같았다. 줄루 전사가 높게

리*를 흔들듯이 골프채를 공중에 흔들고 있었다. 줄루? 혹이 붙은 곤
봉? 어쩌면 아세가이** 이야기를 하려던 것인지도 모르겠다. 둑 위에
있던 남자의 캐디는 목까지 단추를 채운 트위드 재킷에 트위드 모자를
쓴, 나이를 알 수 없는 바싹 여윈 꼬마였는데, 발목을 꼬고 골프 가방
에 태평하게 몸을 기댄 채 빈정거리는 표정으로 아래서 펼쳐지는 장면
을 바라보고 서 있었다. 그다음에는 꼭 끼는 파란 수영복을 입은 근육
질의 젊은 남자가 나타났다. 어디서 나타났는지는 모르겠다. 그냥 허
공에서 뚝 떨어진 것 같았다. 그는 불필요한 동작 없이 바로 바다로 뛰
어들어 전문적인 뻣뻣한 팔동작으로 빠르게 헤엄쳐나갔다. 이제 로즈
는 물가에서 왔다갔다 움직이고 있었다. 세 발 이쪽으로 갔다가, 발을
멈추고 몸을 휙 돌려, 갔던 방향으로 다시 와서 또 발을 멈추고 몸을
휙 돌렸다. 가엾게도 미쳐버린 낙소스 해안의 아리아드네*** 같았다.
여전히 수건, 책, 수영모자는 가슴에 꼭 껴안고 있었다. 잠시 후 자칭
인명구조원이 돌아와, 파도 없는 물에서 수영하는 사람들 특유의 앞이
막힌 곳을 헤쳐나가는 듯한 으스대는 걸음걸이로 우리를 향해 성큼성
큼 걸어오더니 고개를 저으며 콧김을 뿜었다. 틀렸어, 그가 말했다, 틀
렸어. 로즈가 소리를 질렀다. 일종의 흐느낌이었다. 고개를 빠르게 좌
우로 흔들었다. 골퍼가 그녀를 노려보았다. 이윽고 그들 모두 내 뒤로
작아졌다. 내가 스테이션 로드와 시더스 방향으로 해변을 따라 달리고

---

* 혹이 붙은 곤봉.
** 줄루족이 사용한 가는 투창의 일종.
*** 그리스신화에 나오는 미노스 왕의 딸. 테세우스에게 실을 줘 미궁에서 탈출하도록 돕
지만, 테세우스는 낙소스 섬에 아리아드네를 남겨두고 혼자 도망친다.

있었기 때문이다. 달리려고 노력했기 때문이다. 왜 골프 호텔 구내를 가로질러 지름길로 가서 도로를 만나지 않았을까? 그렇게 했다면 훨씬 쉽게 갈 수 있었을 텐데. 하지만 나는 쉽게 가는 것을 원치 않았다. 내가 가는 곳에 이르고 싶지 않았다. 종종 꿈속에서 나는 그곳으로 돌아간다. 점점 저항이 강해지는 모래밭을 힘들여 걷는다. 내 발 자체가 어떤 무겁고 잘 부서지는 물질로 만들어진 듯한 느낌이 든다. 내가 무엇을 느꼈을까? 가장 강했던 것은 경외감이었던 것 같다. 나 자신에 대한 경외감. 이제 갑자기 죽어버린 두 사람을 살아 있을 때 알았던 나. 하지만 그들이 죽었다고 믿었던가? 내 마음속에서 그들은 광활한 밝은 공간 속에 정지해 있었다. 몸을 똑바로 세운 채. 어깨동무를 하고 눈을 크게 뜨고, 앞에 펼쳐진 바닥 모를 빛의 바다를 엄숙하게 바라보면서.

마침내 녹색 철대문에 이르렀다. 차가 자갈밭에 서 있었다. 현관문은 자주 그랬듯이 활짝 열려 있었다. 집안의 모든 것이 고요하고 잠잠했다. 나는 나 자신이 공기로 만든 것처럼, 떠도는 영인 것처럼, 풀려나 어쩔 줄 모르는 에어리얼*인 것처럼, 방들 사이를 움직였다. 거실에 그레이스 부인이 보였다. 그녀는 나를 돌아보더니 손으로 입을 막았다. 뒤에서 오후의 우유 같은 빛이 넘실거렸다. 사방이 정적이었다. 바깥에서 들려오는 여름의 졸린 콧노래 소리뿐이다. 이윽고 칼로 그레이스가 중얼거리며 들어왔다. "망할 것, 마치······" 그러다 그도 말을 끊었다. 우리는 고요 속에, 우리 셋은, 마지막에 그렇게 서 있었다.

나 잘한 거야?**

---

* 중세 전설에 나오는 공기의 요정. 셰익스피어의 『템페스트』에도 등장한다.
** 『템페스트』 5막 1장에서 에어리얼이 프로스페로에게 한 말.

밤이다. 고즈넉하기 짝이 없다. 아무도 없는 것 같다. 나 자신도 없는 것 같다. 바닷소리는 들리지 않는다. 다른 밤이면 우르릉대고 으르렁거릴 텐데, 가까워져 삐걱거리는가 하면, 멀어지며 희미해질 텐데. 나는 이렇게 혼자이고 싶지 않다. 왜 돌아와서 나를 쫓아다니지 않는 거야? 내가 당신한테 최소한 그 정도는 기대할 수 있는 거 아냐? 왜 날이면 날마다, 밤이면 그 끝도 없는 밤마다 이런 적막인 거야? 꼭 안개 같아, 당신의 이런 침묵은. 처음에는 수평선에 뭔가 희끄무레한 것이 보이는가 했는데, 다음 순간에는 우리가 그 안에 들어가 있었다. 서로 달라붙은 채 반소경이 되어 비틀거렸다. 토드 씨를 찾아간 날부터 시작되었다. 우리는 병원에서 사람 없는 주차장으로 걸어나왔다. 그곳에는 모든 기계들이 단정하게 줄을 맞추어 서 있었다. 돌고래처럼 늘씬한 차들은 아무런 소리도 내지 않았다. 젊은 여자가 하이힐을 또각거리는 기미조차 없었다. 이윽고 우리집이 충격을 받아 그 나름의 적막에 빠져들었다. 그 직후 병원의 고요한 복도, 소리 죽인 병동, 대기실, 그리고 그 모든 방 가운데 마지막 방. 당신 유령을 돌려보내줘. 원한다면 나를 괴롭혀줘. 바닥을 가로질러 사슬을 덜거덕거리고, 수의를 질질 끌어줘. 죽음을 알리는 요정처럼 곡을 해줘. 뭐라도 좋아. 유령이 오면 좋겠어.

내 병이 어디 있더라. 커다란 젖병이 필요하다. 나를 달래주는 것이.

배버수어 양이 동정하는 눈으로 나를 바라본다. 나는 그녀의 눈길 밑에서 움츠러든다. 그녀는 내가 묻고 싶은 질문을 안다. 처음 이곳에 왔을 때부터 묻고 싶어 안달이 났지만 물어볼 배짱이 없었던 질문. 오늘 아침 내가 다시 말없이 그 질문들을 정리하는 것을 보더니 그녀는 고개를 저었지만 냉정한 표정은 아니었다. "나는 도와드릴 수가 없어요." 배버수어 양이 웃음을 지으며 말했다. "이 점을 꼭 아셔야 해요." 꼭이라니 도대체 무슨 뜻인가? 나는 뭐든 아는 게 너무 없다. 우리는 휴게실에 있다. 자주 그러듯이 활 모양의 퇴창 앞에 있다. 밖은 밝고 춥다. 겨울다운 겨울은 오늘이 처음이다. 이 모든 것이 역사적 현재 속에 있다. 배버수어 양은 대령의 양말처럼 보이기도 하는 것을 고치고 있다. 그녀에게는 커다란 버섯처럼 생긴 목재 도구가 있는데, 그 위에 양말 뒤꿈치를 펼쳐놓고 구멍을 깁는다. 그녀가 시간을 벗어난 이런 일을 하는 걸 지켜보자니 속이 부글거린다. 나에게는 휴식이 필요하다. 머릿속에 축축하게 젖은 솜이 가득 들어 있는 것 같고, 입안에서는 구토를 한 듯 시큼한 맛이 난다. 배버수어 양이 갖다준 우유를 탄 차와 모로 쌓아올린 얇게 썬 토스트로도 없어지지 않는다. 관자놀이의 명도 욱신거린다. 나는 V양 앞에서 회개하듯 수줍게 앉아 있다. 비행청소년이 된 듯한 느낌이 그 어느 때보다 강하게 든다.

하지만 어제는 얼마나 멋진 날이었던가. 얼마나 멋진 밤이었던가. 우와! 얼마나 멋진 숙취였던가. 모든 것이 아주 멋진 약속에서 시작되었다. 공교롭게도, 나중에 밝혀졌지만, 대령의 딸이 올 예정이었다. 남편과 자식들을 데리고 오기로 했다. 대령은 태연해 보이려고 애쓰는 바람에 외려 몹시 퉁명스럽게 느껴졌다. "이 집이 제대로 침략당할 거요!" 그러나 아침을 먹을 때 그의 손이 흥분으로 심하게 떨리는 바람에 탁자가 흔들리고 찻잔들이 접시 위에서 덜거덕거렸다. 배버수어 양은 대령의 딸 가족이 모두 점심을 먹고 가야 한다고 고집을 부렸다. 닭요리를 하겠다고 했고, 아이들이 무슨 아이스크림을 좋아하느냐고 묻기도 했다. "허 참." 대령이 고함을 질렀다. "정말이지, 그럴 필요 없다는데!" 그러나 그는 분명히 깊은 감동을 받았다. 심지어 잠시 눈이 축축해지기도 했다. 나도 약간 기대감을 품고 마침내 그 딸과 그녀의 사내다운 남편을 보게 될 시간을 고대했다. 하지만 아이들이 온다고 생각하자 약간 풀이 죽었다. 안됐지만 아이들은 보통 내 속의 그렇게 깊지 않은 곳에 잠복해 있는 질 드 레*를 불러내기 때문이다.

그들은 원래 정오에 오기로 했는데, 정오의 종이 치고 점심시간이 지나갔지만, 차가 문 앞에 멈추고 '어린 것들'이 즐겁게 외치는 소리는 들리지 않았다. 대령은 뒷짐을 지고 어슬렁거리다 창 앞에 멈춰 서곤 했다. 입을 앞으로 쭉 내밀고, 손목을 쭉 뻗어 눈높이까지 들어올린 다음 책망하는 눈으로 손목시계를 노려보았다. 배버수어 양과 나는 조바심을 내면서도 감히 아무런 말도 하지 못했다. 집안에 퍼지는 닭고기 굽는 냄새가 잔인하게 조롱하는 것 같았다. 오후 늦게 복도에서 전화벨이 울리는 바람에 우리 모두 화들짝 놀랐다. 대령은 고해실에서 절망하는 사제처럼 수화기에 귀를 기울였다. 대화는 짧았다. 우리는 그가 하는 말을 듣지 않으려 했다. 그는 부엌으로 들어오더니 헛기침을 했다. "차가," 대령은 아무도 보지 않고 말했다. "고장났답니다." 그가 거짓말을 들었거나, 아니면 지금 우리에게 거짓말을 하는 것이 분명했다. 대령은 쓸쓸한 웃음을 지으며 배버수어 양을 돌아보았다. "닭은 미

---

* 프랑스의 부유한 귀족이었지만, 사탄숭배와 유아의 유괴 및 살해 혐의로 재판을 받고 처형당했다. 후대에 동화 「푸른 수염」의 모티프가 되었다.

안하게 됐소." 대령이 말했다.

내가 대령에게 나가서 한잔하자고 했지만 대령은 거절했다. 피곤해서요, 대령은 말했다. 갑자기 머리가 좀 아프네요. 대령은 자기 방으로 갔다. 얼마나 무겁게 층계를 올라가던지, 얼마나 살짝 방문을 닫던지. "오, 저런." 배버수어 양이 말했다.

나는 혼자서 피어헤드 바로 가 술에 취했다. 그럴 생각은 아니었지만 그렇게 되어버렸다. 오후의 햇빛이 줄무늬를 이루며 구슬프게 밀려드는 그런 가을날이었다. 햇빛은 머나먼 과거의 어느 날 정오의 이글거림에 대한 기억 같았다. 아까 내린 비로 도로에는 하늘보다 더 창백한 물웅덩이가 생겼다. 하루의 마지막이 그 안에서 죽어가는 것 같았다. 바람이 불자 외투 자락이 나 자신의 '어린 것들'처럼 다리에 휘감기며, 그들의 아버지에게 술집에 가지 말라고 간청하고 있었다. 그래도 나는 갔다. 피어헤드는 V양의 파노라믹 텔레비전에 맞먹을 만한 거대한 텔레비전이 중심에 자리잡은 음산한 술집이었다. 늘 텔레비전을 켜두었지만 소리는 줄여놓았다. 술집 주인은 뚱뚱하고 물렁하고 느린 남자로 말수가 적었다. 이름이 독특했는데, 지금 갑자기 기억나지 않는다. 나는 브랜디를 더블로 마셨다. 기억에서 저녁의 묘한 순간들이 도드라진다. 안개 속의 가로등 기둥처럼 밝으면서도 뿌연 느낌이다. 술집의 어떤 늙은이를 내가 자극했거나 아니면 그 늙은이가 나를 자극해 논쟁을 벌인 기억이 난다. 그러다 훨씬 젊은 사람, 그의 아들, 아니면 그의 손자에게 질책을 받았다. 내가 그 젊은이를 밀었고, 젊은이는 경찰을 부르겠다고 위협했다. 술집 주인이 개입했을 때—배러그리, 그래, 그게 그 사람 이름이다—나는 주인도 밀려고 했다.

쉰 목소리로 소리를 지르며 카운터 너머로 그에게 달려들려 했다. 사실 이건 전혀 나답지 않은 짓이다. 도대체 뭐가 문제였는지 모르겠다. 그러니까 보통 문제가 되는 것 외에 달리 무엇이 문제였는지 모르겠다는 말이다. 마침내 그들은 나를 진정시켰고, 나는 툴툴거리며 구석의 소리 안 나는 텔레비전 밑의 탁자로 물러났다. 나는 그곳에 앉아 혼자 웅얼거리며 한숨을 쉬었다. 그 술에 취한 한숨들, 거품이 보글거리며 떨리는 그 한숨은 흐느낌 소리와 어찌 그리도 닮았는지. 술집 유리창의 색을 칠하지 않은 위쪽 4분의 1을 통해 보이던 저녁의 마지막 빛은 그 사나운 자줏빛을 띤 갈색의 색조, 가슴을 뭉클하게 하면서도 괴롭게 하는 색조였다. 바로 겨울의 색깔이었다. 그렇다고 내가 겨울에 무슨 반감이 있다는 말은 아니다. 사실 겨울은 내가 가을 다음으로 좋아하는 계절이다. 하지만 올해 11월의 빛은 겨울 이상의 어떤 것을 예시하는 듯해 씁쓸하고 우울한 분위기에 빠져들었다. 내 무거운 가슴을 어루만지려고 브랜디를 더 주문했지만 배러그리가 거절했다. 지금 생각해보면 분별력 있는 태도였지만 나는 격분하여 자리를 박차고 나갔다. 아니, 박차고 나가려 했지만 사실은 비틀비틀 걸어나갔다. 나는 시더스의 내 술병이 있는 곳으로 돌아왔다. 내가 다정하게 '꼬마 하사'*라고 부르는 술병에게로. 층계에서 블런딘 대령을 만나 몇 마디 주고받았지만, 무슨 이야기를 했는지는 모르겠다.

이제 밤이었다. 하지만 나는 방안에 처박혀 있다가 잠자리에 드는 대신 술병을 외투 밑에 집어넣고 다시 밖으로 나갔다. 그다음에 어떤

---

* 나폴레옹 1세의 별명이기도 하다.

일이 있었는지, 지금은 침침하고 고르지 못한 조명 밑에서 깜빡이는 기억밖에 남지 않았다. 어떤 웅장하고 보편적인 계시를 기다리며 가로등의 흔들리는 광채 밑에서 바람을 맞으며 서 있다가, 계시가 오기도 전에 흥미를 잃어버린 기억이 난다. 그러다가 어둠 속의 해변으로 나가 두 다리를 쭉 뻗고, 이제는 텅 빈 또는 거의 비어버린 브랜디 병을 허벅지에 올려놓고 앉았다. 멀리 바다에는 빛이 있는 것 같았다. 해안에서 멀리 떨어진 어선 함대의 불빛들처럼 까닥이고 흔들렸다. 하지만 내 상상이었으리라, 그 바다에는 어선이 없으니까. 외투를 입었는데도 추웠다. 내 외투의 두께로는 내가 앉은 모래의 축축한 냉기로부터 엉덩이를 보호할 수 없는 것 같았다. 그러나 내가 마침내 안간힘을 써서 일어나게 된 것은 습기와 냉기 때문이 아니었다. 그 빛들로 가까이 다가가 조사를 해보겠다는 결심 때문이었다. 아마 바다로 걸어들어가 그 빛들을 만날 수 있는 곳까지 헤엄쳐 나아가겠다는 생각까지 했던 것 같기도 하다. 그러나 물가에서 발을 헛디디는 바람에 넘어져 관자놀이를 돌에 찧고 말았다. 나는 얼마인지도 모르는 시간 동안 그곳에 누워 있었다. 의식이 파닥거리며 돌아왔다 나가곤 했다. 움직일 수도 없었고 움직이고 싶지도 않았다. 썰물이었던 것이 다행이다. 나는 고통을 느끼지도 않았고, 별로 화가 나지도 않았다. 외려 어둠 속에, 소란스러운 하늘 아래, 희미하게 인광을 발하는 파도를 지켜보며 널브러져 있는 것이 지극히 당연하게 느껴졌다. 파도는 열심히 앞으로 철벅철벅 다가오다가 다시 물러나곤 했다. 호기심은 많지만 소심한 쥐떼 같았다. 나만큼이나 취한 '꼬마 하사'는 판자 위에서 앞뒤로 구르며 귀에 거슬리는 소리를 냈다. 저 위로 눈에 보이지 않는, 공기의 홈과 깔때기

234

로 바람이 지나가는 소리가 들렸다.

그러다 잠이 들었던 것 같다, 아니, 정신을 잃었던 것 같다. 대령이 나를 찾아낸 것을 기억 못하니 말이다. 대령은 내가 아주 똑똑하게 말을 했다고 한다. 자기가 나를 부축하여 시더스까지 데려다주어도 순순히 따랐단다. 아마 그랬을 것이다. 그러니까 어떤 면에서는 의식이 있었을 거라는 뜻이다. 그렇지 않았더라면 나를 업거나 발을 잡고 질질 끌어 해변에서 집까지 운반하기는커녕, 나를 일으켜 세우지도 못했을 것이다. 하지만 대령이 어디에 가면 나를 찾을 수 있는지 어떻게 알았을까? 아마 충계에서 나눈 대화, 대령의 말에 따르면 주로 나 혼자서 주절거렸으니까 대화라고 하기에는 뭣하지만, 어쨌든 그때 나는 잘 알려진 사실, 그러니까 나의 말을 따르자면 잘 알려져 있기도 하고 사실이기도 한 것, 즉 익사가 가장 부드러운 죽음이라는 사실을 길게 이야기한 모양이다. 그런데 밤늦도록 내가 돌아오는 소리가 들리지 않자, 대령은 내가 취한 상태에서 실제로 나 자신을 죽이려고 할지도 모른다는 걱정이 들어 나를 찾으러 나오기로 한 것이다. 대령은 오랫동안 해변을 뒤져야 했다. 결국 수색을 포기하려는데, 달인지 아니면 가장 밝은 별인지 몰라도 어떤 빛이 돌이 많은 연안에 반듯이 누워 있는 내 형체를 비추었다. 여러 주제에 관한 종잡을 수 없고 또 자주 끊기기도 하는 내 중언부언을 들으며 마침내 시더스에 도착하자, 대령은 나를 부축하여 충계를 올라와 내 방까지 들여보내주었다. 이런 이야기를 들었지만, 앞서도 말했듯이 나는 비틀거리는 진군을 전혀 기억하지 못했다. 나중에 대령은 내가 방안에서 시끄럽게 토하는 소리를 들었다—다행스러운 일이지만 양탄자에 토한 것이 아니라 창밖의 뒤뜰에 토했다고 한다. 이어 무겁게 넘어지는 느낌이 들어 대령은 내 방으로 들어올 수밖에 없었으며, 그날 밤 두번째로 내가 침대 발치에서 의식을 잃고, 흔히 하는 말로 고주망태가 되어 쓰러져 있는 걸 발견하자 대령은 나에게 급히 의사가 필요하다고 판단했다.

나는 아직 어두운 이른 아침에 잠이 깨 맥이 풀리는 묘한 광경을 보았다. 처음에 나는 환각을 보는 줄 알았다. 대령이 그곳에 있었다. 트위드와 캐벌리 트윌 차림으로 평소와 다름없이 말쑥했다. 아예 침대에 들어가지 않은 것이다. 그는 얼굴을 찌푸린 채 어슬렁거리고 있었다. 이것보다 훨씬 더 믿기 어려운 일이었지만, 배버수어 양도 있었다. 나중에 보니 그녀도 내가 창에 대고 한바탕 토한 뒤에 쓰러지면서 우지끈하는 소리를 들었던 것이다, 아니, 들었다기보다는 낡은 집의 뼈가 흔들리는 것을 느꼈다. 그녀는 일본풍 가운을 입고, 머리는 내가 어린 시절 이후 본 적이 없는 머리망 속에 모아넣었다. 그녀는 나에게서 조금 떨어진 의자, 옆으로 벽에 붙여 놓은 의자에 앉아 있었다. 휘슬러* 어머니의 자세 그대로였다. 손은 허벅지 위에서 마주잡고 고개는 숙였기 때문에 그녀의 눈구멍은 텅 빈 검은 구덩이 두 개 같았다. 램프—나는 초인 줄 알았다—가 그녀 앞의 탁자에서 불을 밝혀, 이 장면에 침침한 원형의 빛을 뿌리고 있었다. 전체적으로 이 장면, 그러니까 침침한 원형의 빛이 비추는 가운데 여자는 앉아 있고 남자가 어슬렁거리는 장면은 제리코 혹은 라투르**의 야간 스케치처럼 보였다. 나는 당황하여, 무슨 일이 벌어지는 것인지, 두 사람이 어떻게 거기 와 있는지 이해하려

---

* 미국 화가.
** 둘 다 프랑스 화가.

는 모든 노력을 포기하고, 다시 잠이 들었다. 아니, 정신을 잃었다.

다시 잠에서 깼을 때는 커튼이 열려 있고 밝은 낮이었다. 방은 순화되어, 약간 부끄러워하는 것 같았다. 그런 생각이 들었다. 모든 것이 창백하고 별 특징이 없었다. 여자의 화장하지 않은 아침 얼굴 같았다. 바깥에서는 균일하게 하얀 하늘이 침울하게 꼼짝도 하지 않았다. 지붕보다 불과 1, 2야드밖에 높지 않은 것 같았다. 혼탁한 의식 속으로 밤의 사건들이 얼굴을 붉히며 뒤죽박죽 모호하게 돌아왔다. 방탕한 짓이 끝난 뒤처럼 침구가 둘둘 말린 채 저멀리 떨어져 있었다. 토사물 냄새가 강하게 났다. 나는 손을 들어올렸다. 돌에 부딪힌 관자놀이가 과육처럼 부어오른 곳에 손을 댔더니 찌르는 통증이 찾아왔다. 그제야 나는 의자에 젊은 남자가 앉아 있는 것을 보고 침대가 삐걱거리는 소리를 낼 정도로 화들짝 놀랐다. 청년은 두 팔을 접어 내 책상 위에 올려놓은 채 가죽으로 만든 받침 위에 펼쳐진 책을 읽고 있었다. 철테 안경을 쓴 청년은 이마 높은 곳이 벗어지기 시작했으며, 성긴 머리카락은 이렇다 할 색깔이 없었다. 옷 역시 특색이 없었다. 다만 녹색 코르덴이라는 전체적인 인상만 남았다. 내가 움직이는 소리를 듣고도 청년은 서두르지 않고 천천히 책에서 눈을 들더니 고개를 돌려 나를 보았다. 아주 차분했고, 심지어 웃기까지 했다. 그러나 전혀 즐거운 기색은 아니었다. 청년은 몸이 좀 어떠냐고 물었다. 몹시 난처해서─그래, 그 말이 어울린다─나는 침대에서 몸을 일으켰다. 매트리스에 끈적거리는 진한 액체가 담겨 있기라도 하듯 침대가 출렁거리는 느낌이었다. 나는 오만하게 심문하는 눈길로 청년을 노려볼 작정이었다. 그러나 청년은 전혀 동요하지 않고 계속 차분하게 나를 바라보았다. 의사가, 청년은

마치 세상에 의사는 하나뿐이라는 투로 이야기했나, 아까 왔다 갔습니
다, 나가 계신 동안에요. 청년은 나가 있다고 표현했다. 잠시 나는 당황
하여 내가 나 자신도 알지 못하는 사이에 다시 해변에 갔다 왔나 짚어
보았다. 의사 말이 뇌진탕에, 심각하지만 일시적인 알코올 중독이 겹
친 것처럼 보인다고 하더군요. 보인다고? 보인다고?

"클레어가 운전을 해서 내려왔습니다." 청년이 말했다. "클레어는
지금 자고 있고요."

제롬! 턱주가리가 없는 애인! 이제 알았다. 이 녀석이 어떻게 다시
내 딸의 총애를 받게 되었을까? 한밤중에 대령이든 배버수어 양이든
전화를 해서 자기 애비가 빠져든 새로운 곤경을 이야기해주었을 때 의
지할 만하다고 생각한 유일한 사람이 바로 이 녀석이었을까? 그렇다
면, 나는 생각했다, 그건 내 탓이야. 그러나 나도 이유는 알 수 없었다.
내가 폭음으로 머리가 흐릿한 상태로 거기 총독한테나 어울릴 침대에
널브러져 있는 나 자신, 그 뻔뻔스러운 자식에게 달려들어 먹살을 잡
아 두번째로 쫓아낼 힘조차 없는 나 자신을 얼마나 저주했는지. 그러
나 그게 최악이 아니었다. 그 녀석이 클레어가 깼는지 알아보겠다며
나간 뒤에, 이번에는 그애가 그 녀석과 함께 들어왔는데, 일그러진 얼
굴에 눈에는 붉은 테를 두르고, 슬립 위에는 레인코트를 두르고 있었
다. 클레어는 곧바로, 차라리 얼른 사격의 표적으로 나서는 것이 총알
을 피할 수 있는 훨씬 더 좋은 방법임을 안다는 듯이 둘이 약혼을 했다
고 알렸다. 나는 잠시 어리둥절하여 그애가 무슨 말을 하는지 알 수가
없었다. 누구하고 뭘 했다고? 결국 그렇게 잠시 동안 멈칫거리는 바람
에 내가 졌다. 나는 그 이야기를 다시 입에 올리지 않게 되었다. 따라

서 시간이 흐를수록 그애가 나에게 거둔 승리는 공고해졌다. 이것이 이런 일들에 순식간에 승패가 갈리는 방식이다. 메스트르*의 전쟁 이야 기를 읽어봐라.

그러나 클레어는 거기에서 멈추지 않았다. 최초의 승리에 얼굴이 달 아오른데다가, 내 일시적 허약함으로 인해 유리한 고지에 서게 되자, 조형물 같은 손을 엉덩이에 걸치더니, 내가 당장 짐을 싸서 시더스를 떠나야 하며, 자기가 집―집, 그애가 그렇게 말하고 있다!―까지 데려 다줄 것이며, 그곳에서 자기가 나를 돌볼 것이라는 등의 이야기를 늘 어놓았다. 내가 이해하는 바로는 그 돌본다는 것이 의사―다시 등장했 다―가 내가 이런저런 일, 그러니까 사는 일이겠지, 어쨌든 그런 일에 적합하다고 말할 때까지, 모든 알코올이 들어간 흥분제나 마취제를 끊 는 것을 포함할 것이다. 내가 어떻게 한단 말인가? 어떻게 저항한단 말 인가? 클레어는 이제 내가 진지하게 일을 할 시간이 되었다고 말한다. "거의 끝내셨어." 그애는 자기 약혼자에게 말하는데, 자식으로서 느끼 는 자부심이라는 허영도 없지는 않은 것 같았다. "보나르에 관한 큰 책 이야." 나는 그애한테 보나르에 관한 나의 '큰 책'―마치 코코넛 떨어 뜨리기 시합의 상품이라도 되는 것처럼 들린다―이 제1장으로 추정되 는 양의 반 이상을 나아가지 못했고, 공책에는 파생적이고 설익은 개 요 비슷한 것만 적혀 있을 뿐이라고 차마 말할 용기가 없었다. 뭐 그건 상관없다. 다른 일을 할 수도 있으니까. 파리에 가서 그림을 그릴 수도 있지. 아니면 수도원으로 물러나 조용히 무한을 명상하며 여생을 보낼

---

* 프랑스 정치학자이며 소설가.

수도 있고, 아니면 거기서 위대한 논문, 죽은 자들에 관한 표준이 될 만한 책vulgate*을 쓸 수도 있다. 나는 수염을 길게 기르고 깃털 펜을 들고 모자를 쓴 채 유순한 사자獅子와 함께 수도원의 방에 앉아 있는 나 자신을 본다.** 내 방의 창문으로는 멀리 농민이 건초를 만드는 모습이 아주 작게 보인다. 내 이마 위에서는 빛나는 비둘기가 맴돌고 있다. 아, 그래, 인생은 많은 가능성들을 잉태하고 있다.

집을 파는 것도 허락받지 못할 것 같다.

배버수어 양은 내가 그리울 거라고 말하지만, 그래도 내가 옳은 일을 한다고 생각한다. 시더스를 떠나는 것은 내 뜻이 아니다, 나는 그녀에게 말한다, 어쩔 수 없이 떠나는 거다. 그녀는 그 말에 웃음을 짓는다. "오, 맥스, 뭘 억지로 하실 분은 아니라고 생각해요." 그 말에 나는 잠시 입을 다문다. 내 의지력에 바치는 찬사 때문이 아니라, 그녀가 처음으로 내 이름을 불렀다는 사실에 생각이 미쳤기 때문이다. 나는 희미하게 충격을 받는다. 그렇다고 내가 그녀를 로즈라고 부를 수 있다고 생각하지는 않는다. 우리가 형성했던, 지난 몇 주 동안 다시 형성했던 미려한 관계를 잘 유지하려면 어떤 형식적 거리가 필요하다. 그러나 이런 친밀함의 암시에, 오래된, 묻지 않았던 질문들이 다시 떼를 지어 몰려나온다. 클로이의 죽음이 자신의 탓이라고 생각하는지 묻고 싶다. 내 생각을 말하자면, 아무런 근거도 없지만, 나는 클로이가 먼저 물에 잠겼고, 마일스가 그애를 구하려고 뒤따라 들어갔다고 믿는다. 그렇게 함께 익사하는 것이 전적으로 사고라고 생각하는지, 아니면 다르게 생

* vulgate의 v를 대문자로 쓰면 히에로니무스가 번역한 라틴어성경을 가리키는 말이 된다.
** 성 히에로니무스의 전형적인 모습이며, 히에로니무스의 영어식 표기는 제롬이다.

각하는지 묻고 싶다. 만일 내가 물어본다면 그녀는 아마 말을 할 것이다. 그녀는 과묵한 사람이 아니다. 그녀는 그레이스 가족에 관해서, 칼로와 코니에 관해서 상당히 많이 재잘거렸다. "그 사람들 인생은 물론 박살이 났죠." 또 그들이 쌍둥이를 잃은 지 얼마 지나지 않아 죽었다는 이야기도 했다. 칼로가 먼저 동맥류로 가고, 이어 코니가 자동차 사고로 갔다. 내가 어떤 사고냐고 묻자 그녀는 나를 물끄러미 본다. "코니는 자살할 사람이 아니었어요." 그녀는 그렇게 말하면서 희미하게 입술을 씰룩거린다.

그들은 그녀에게 잘해주었다, 그 일 뒤에도. 그녀는 그렇게 말한다. 책망이나 의무를 방기했다는 비난 같은 것은 내비치지도 않았다. 그들은 그녀가 시더스에 자리를 잡게 해주었다. 그들은 번네 집안을 알았기 때문에, 그녀에게 집을 맡기자고 그들을 설득했다. "그래서 지금도 여기 있는 거예요." 그녀가 차가운 웃음을 조그맣게 입에 걸고 말한다. "이렇게 오랜 세월이 흐른 뒤까지."

대령은 위층에서 움직이고 있다. 신중하지만 분명하게 소리를 내고 있다. 대령은 내가 가서 기분이 좋고, 나는 그것을 안다. 나는 대령에게 어젯밤 도와줘서 고맙다고 인사했다. "내 목숨을 구해주었는지도 모르겠소." 말을 하다보니 갑자기 그것이 사실이리라는 생각이 든다. 대령은 한참 가쁜 숨을 쉬더니 헛기침을 한다. 허 참, 무슨 말씀을, 내 할 일을 했을 뿐인데! 그러더니 내 어깻죽지를 재빨리 움켜쥔다. 대령은 심지어 고별 선물까지 준다. 만년필이다. 아마 자기 나이만큼이나 오래 되었을 스완 제품이다. 여전히 상자에 담겨, 노랗게 바랜 티슈 위에 누워 있다. 지금 그것으로 이 말들을 새기고 있다. 만년필은 우아하게 움직인다. 부드럽고 빠르다. 이따금 얼룩이 남는 게 문제일 뿐이다. 이걸 어디서 얻었을까? 궁금하다. 나는 무슨 말을 해야 좋을지 몰랐다. "아무 말도 필요 없소." 대령이 말했다. "나는 쓸 일이 없었을 뿐이오. 글도 쓰고 하는 양반이 가지셔야지." 그러더니 대령은 늙고 메마른 흰 손을 비비며 부산을 떤다. 주말도 아닌데 노란 조끼를 입고 있는 것이 눈에 들어온다. 그가 정말로 육군 출신인지 아니면 사기꾼인지 이제는 알 수가 없을 것이다. 그것 역시 내가 배버수어 양에게 물어볼 수 없는 질문들 가운데 하나다.

"내가 보고 싶은 건 그 사람이에요." 그녀가 말한다. "코니—그레이스 부인—말이에요." 내가 물끄러미 바라보았나보다. 그녀는 다시 안쓰럽다는 듯 나를 흘긋 본다. "그레이스 씨가 아니었어요, 나하고 말이에요." 그녀가 말한다. "그 생각은 못했죠, 그렇죠?" 나는 그날 나무 밑에, 내 밑에 서서 흐느끼던 그녀를 생각했다. 원근법 때문에 줄어들어 쟁반처럼 보이던 어깨에 놓여 있던 머리, 손에 뭉쳐 쥔 손수건. "오, 아니에요." 그녀가 말했다. "절대 그레이스 씨는 아니었어요." 나는 피크닉을 갔던 날도 생각했다. 풀밭의 내 뒤에 앉아, 내가 탐욕스럽게 바라보던 곳을 보았을 그녀를 생각했다. 그러니까 내가 보던 것은 결코 나에게 보여주려던 것이 아니었던 셈이다.

애나는 동트기 전에 죽었다. 솔직히 말하면 그 일이 벌어졌을 때 나는 그 자리에 없었다. 아침의 광택이 나는 검은 공기를 깊이 들이마시러 요양소 계단까지 나가 있었다. 그 순간, 그 차분하고 황량한 순간, 나는 다른 순간, 오래전인 그해 여름 밸리레스의 바다에서 맞이했던 순간을 기억했다. 나는 혼자서 헤엄을 치러 나갔다. 왜 그랬는지, 클로이와 마일스는 어디에 있었는지 모르겠다. 아마 그애들은 자기네 부모와 어디 갔을 것이다. 아마 그들의 마지막 몇 번의 나들이 중 하나였을 것이다. 어쩌면 맨 마지막 나들이였을지도 모른다. 하늘은 흐렸고, 산들바람도 없어 해수면은 잠잠했다. 그 가장자리에서나 작은 파도가 거듭거듭 늘쩍지근하게 줄을 지어 달려와 부서졌다. 졸린 재봉사가 끝도 없이 뒤집는 가두리 같았다. 해변에는 사람이 거의 없었고, 그 얼마 안되는 사람들마저 나와는 거리가 멀었다. 밀도가 높고 움직임이 없는 공기 속의 뭔가 때문에 그들의 목소리는 실제보다 더 멀리서 들리는 것 같았다. 나는 완벽하게 투명한 물에 허리까지 담근 채 서 있었다. 바다 바닥에 늑골 무늬를 그리고 있는 모래가 또렷하게 보였다. 더불어 아주 작은 조개껍질과 게의 부러진 발톱 조각, 그리고 내 발도 보였다. 진열장 아래 전시된 표본처럼 핏기 없고 이질적인 내 발. 그곳에 서 있는데 갑자기, 아니, 갑자기는 아니었지만, 어쨌든 몰려오며 몸을 들썩이듯이 바다 전체가 솟아올랐다. 단순한 파도가 아니라, 깊은 곳으로부터 올라온 것처럼 보이는 부드럽게 굽이치는 너울이었다. 마치 저 밑에서 거대한 뭔가가 몸을 흔든 것 같았다. 나는 몸이 잠깐 들려 해변 쪽으로 약간 밀려갔지만, 다시 전처럼 두 발로 섰다. 아무 일도 없었던 것처럼. 실제로 아무런 일도 없었다, 중요한 일은 없었다. 그저 큰 세상이 또 한번 무관심하게 어깨를 으쓱한 것일 뿐이었다.

그때 간호사가 나를 부르러 왔고, 나는 몸을 돌려 간호사를 따라 안으로 들어갔다. 마치 바닷속으로 걸어들어가는 것 같았다.

스타일리스트 밴빌

　노벨문학상의 미덕은 아마도 특정 수상자를 선정하는 일보다는 수상 후보들로 거론되는 작가들의 면면을 살펴보게 해주는 데 있을 것이다. 수상자야 상에 따르기 마련인 여러 변수가 작용하여 결정되지만, 그래도 후보자는 작가의 업적을 고려하여 사람들 입에 오르내리기 때문이다. 그 덕분에 우리는 세계적으로 문학적 성취를 인정받는 여러 나라 작가들을 알게 되고, 후보자들 가운데, 특히 그리 유력하지 않은 후보자들 가운데 이미 알던 작가 외에 귀에는 설지만 호기심이 당기는 이름을 발견하기도 한다. 아일랜드의 존 밴빌이나 윌리엄 트레버도 그런 작가들일 것이다.

　이들 노벨문학상 후보들이란 사실 노벨상위원회에서 발표한 명단이 아니라 주로 도박사들 입에 오르내리는 이름들인 데 반해, 후보 명단을 주최측에서 공개하는 상도 많다. 영국의 권위 있는 문학상으로 꼽히는 맨부커상이 그런 경우로, 후보 명단, 최종후보 명단, 수상작의 순서로 발표를 한다. 이 명단을 보면 귀에 익은 작가도 여럿 있지만 귀에 선 작가도 많아 관심의 폭을 넓혀야겠다는 생각이 들곤 한다. 가령 2005년의 명단을 보아도 익숙한 이름과 그렇지 않은 이름이 공존한다. 지금은 조금 다를지 몰라도, 당시 이 명단에서 존 밴빌은 당연히 귀에 선 이름에 속했을 것이다. 영국 독자들에게도 크게 다를 바 없었기에, 이 해에 밴빌의 『바다』가 상을 탄 것은 예상을 완전히 뒤엎는 이변이었다.

그러나 이때 밴빌의 나이는 이미 59세였고, 『바다』는 그의 열네번째 장편이었다. 존 밴빌은 1945년 아일랜드에서 자동차 정비소 직원의 아들로 태어나 아일랜드 출신답게 십대 초반에 제임스 조이스의 『더블린 사람들』을 읽고 "조이스가 실생활을 써나가는 방식"에 감명을 받아 그의 작품을 흉내내기 시작했다. 훗날 맨부커상 심사 때 5명의 심사위원 가운데 4명이 2 대 2로 갈린 상황에서 밴빌의 손을 들어주어 그의 수상에 결정적 역할을 했던 심사위원장 존 서덜랜드는 조이스의 『율리시스』를 예로 들어 밴빌의 문학 언어를 옹호하면서, 밴빌의 언어를 비난하는 사람들은 1922년에 맨부커상이 있었다 해도 조이스에게 상을 주지 않았을 것이라고 말했는데, 은연중에 조이스와 동급이 된 셈이니 밴빌로서는 감회가 남달랐을 것이다.

그렇지만 밴빌은 어렸을 때는 문학에 대한 관심을 이어가기보다는 미술에 관심을 가져 화가나 건축가가 되려고 했다. 가족으로부터 멀어지고 싶다는 이유로 대학에 들어가지 않고 아일랜드 항공사에 취직해 그리스, 이탈리아 등을 여행했다. 1968년에서 1969년에는 미국에서 살았고, 1969년에 〈아이리시 프레스〉의 편집자로 입사하여 직장 생활을 시작했다. 직장 생활은 1995년 〈아이리시 프레스〉가 문을 닫은 뒤 〈아이리시 타임스〉로 옮겨가면서 1999년까지 이어졌다. 그만둘 무렵에는 문학 편집자 일을 했는데, 회사 경영이 어려워지면서 명예퇴직과 부서 이동을 선택하게 되었을 때 퇴직을 선택하여 30년에 가까운 직장 생활을 마감하게 된다. 만일 일을 계속할 수 있었다면 퇴직하지 않았을 수도 있으니 꽤나 성실한 직장인이었던 셈이고, 이런 면에서는 미술 책을 쓰는 딜레탕트인 『바다』의 주인공 맥스 모든과는 꽤 거리가 있는 셈이다.

신문사에 입사한 무렵인 1970년에 첫 단편집 『롱 랭킨』이 나온 것으로 보아 밴빌은 일찌감치 작가 생활과 신문사 출퇴근을 병행하기로 결심한 듯하다. 2005년에 출간한 『바다』가 열네번째 장편이니, 신문사 생활을 하면서도 대략 2, 3년에 한 권꼴로 꾸준하게 장편을 써낸 셈이다. 이러한 흐름은 퇴직 후 조금 속도가 붙었을 뿐 지금까지도 계속 이어지고 있어, 작품 활동에서도 성실한 글쟁이의 면모가 유감없이 드러난다고 할 수 있다. 그러나 거기에서 그친 것이 아니다. 그는 직장 생활을 하고 소설을 쓰면서도 1990년부터는 문예지 『뉴욕 리뷰 오브 북스』의 고정 필진으로 참여해왔을 뿐 아니라, 그 외의 간행물에도 서평 등의 글을 많이 썼다. 또 연극과 라디오 드라마, 영화 시나리오에도 관여했다. 그리고 2006년부터는 마치 직장 생활이 빠진 부분을 메우려는 듯, '벤저민 블랙'이라는 필명으로 범죄소설을 쓰기 시작하여 지금까지 줄기차게 발표해오고 있다. 그는 벤저민 블랙의 범죄

소설을 "싸구려 픽션"이라고 부르며—꼭 이 경우가 아니더라도 그는 자신이 쓴 글을 좋게 이야기하는 법이 없다—이런 것을 쓸 때는 공인 工人으로, 문학적인 소설을 쓸 때는 예술가로 일한다고 말한다. 밴빌은 이렇게 공인과 예술가 노릇을 겸하면서도 시간이 남는지 SNS에도 열심히 글을 올리고 있다.

『바다』 같은 소설을 쓴 사람이 한평생을 꽤 성실하게 살아왔다는 것이 놀랍고, 그 성실한 삶을 여러 부분으로 쪼개 운영해왔다는 것도 놀랍지만, 전체적으로 보면 아일랜드의 노동계급 출신으로 잘 안 팔리는 소설을 쓰는 작가의 생존 방식이 눈에 들어오는 듯하다. 2005년 맨부커상을 놓고 가즈오 이시구로와 경합을 벌일 무렵 이시구로의 『나를 보내지 마』는 양장본만 2만 5천 부 가까이 팔린 반면, 밴빌의 『바다』는 겨우 3천 부가 조금 넘게 팔렸을 뿐이었다. 이런 상황을 헤아린다면 밴빌의 성실한 직장 생활을 포함한 많은 과외 활동은 다른 이유와 더불어 자신이 예술가로서 하는 일을 제대로 해나가기 위한 방편으로 볼 수도 있을 듯하다. 1968년 미국에서 생활할 때 만난 부인 재닛 더넘은 글을 쓰고 있을 때의 그를 가리켜 "막 유혈이 낭자한 살인을 마치고 돌아온 살인자" 같다고 말했다는데, 밴빌의 조건을 떠올리면 이 말을 여러 의미에서 되새겨보게 된다.

밴빌은 첫 단편집을 내고 나서 이후 발표한 두 편의 장편소설에 '아일랜드 소설'이라는 평가가 따르자 새로운 작풍과 주제에 몰두하며 '과학 4부작'으로 묶이는 『닥터 코페르니쿠스』 『케플러』 『뉴턴 레터』 『메피스토』를 쓰고, 살인자 프레디 몽고메리가 화자로 나오는 '예술 3부작'

『증거의 책』『고스트』『아테나』를 잇달아 출간한 뒤,『이클립스』와『장막』(알렉산더 클리브와 캐스 클리브가 등장하는 이 두 작품은 2012년에 나오는『오래된 빛』과 더불어 3부작의 꼴을 갖추게 된다)을 내놓는다. 이 과정에서 그를 지지하는 비평가들로부터 '현존하는 영어권 최고의 스타일리스트'라는 찬사를 얻게 되었다. 밴빌이 이시구로를 누르고 맨부커상을 타게 되었을 때도 〈가디언〉은 이 일을 "스타일이 멜랑콜리한 내용을 누른 승리"라고 표현했는데, 밴빌 자신이 시와 소설을 섞어 어떤 새로운 형식을 만드는 것을 목표로 삼았던 만큼 이런 찬사가 무엇보다도 고마웠을 것이다. 그러나 이런 찬사를 얻는 데에는 대가가 따르지 않을 수 없었다. 앞서도 말했듯이 일단 책이 잘 팔리지 않기 때문에 자신의 목표를 이루기 위해 온 시간을 투자할 수 없다는 점에 더해, 풍부한 언어로 소설을 조탁해나가는 이런 과정이 소수의 집단이 자기들끼리 즐기는 비의적秘儀的 의식에 불과하다는 비판까지 받아야 했다. 비평가들이나 읽을 소설을 쓰는 사람 취급을 당했던 것이다. 실제로『바다』가 맨부커상을 수상한 것을 두고 "참사"라고 표현한 사람도 있고,『바다』는 쓰레기통에나 들어가야 할 책이라고 독설을 퍼부은 비평가도 있었다.

물론 밴빌은 모더니스트답게 이를 그저 자신의 문학이 치러야 하는 대가라고 생각할 것이다. 앞서 밴빌이 조이스에게 받은 영향을 이야기했지만, 밴빌은 〈가디언〉과 이야기하면서 모든 아일랜드 작가는 조이스 추종자와 베케트 추종자로 나뉘는데, 자신은 베케트 진영이라고 말한 적이 있다. 실제로, 특히 아일랜드 내에서 밴빌을 지지하는 사람들은 이제 그가 능력으로 보나 성취로 보나 베케트와 어깨를 나란히 할 만하다고 평가하기도 한다. 그러나 그들이 보기에는 조이스와 베케트 사이에 큰 차이가 있겠지만, 또 실제로도 물론 큰 차이가 있겠지만, 어떤 면에서 이 둘은 모더니스트로 한데 묶을 수 있고, 밴빌이 둘 가운데 어느 파이건 아일랜드 모더니즘의 적자라는 사실에는 변함이 없을 것이다. 더불어 밴빌을 평할 때 함께 호명하는 블라디미르 나보코프나 헨리 제임스도 크게 보면 이들과 한데 묶을 수 있을 듯한데, 이들은 모두 자신들의 소설과 대중 간의 소통은 물론이거니와 애초에 사람과 사람 사이의 소통에도 별다른 기대가 없다는 점에서 생각이 다 비슷할 것이다. 다만 밴빌은 이들보다 지명도가 떨어지는데다가 훨씬 늦은 시대에 살기에 소설로 먹고살기가 더 불리할 따름이다. 지금은 모더니즘이 이른바 모더니즘 "이후"의 다른 흐름에 밀려 한물간 것으로 취급받는데다가, 소설 자체가 존립 위기에 섰다―모더니즘이 자초한 면도 없지는 않겠지만―는 이야기도 심심치 않게 들리기 때문이다.

따라서 기왕에 모더니즘을 고수하는 스타일리스트가 된 이상 밴빌도 여러 가지를 감수할 수밖에 없겠지만, 한 가지, 이 스타일리스트라는 칭호가 겉으로는 미려해 보이나 내용 없는 말장난이나 일삼는 사람이라는 비판이라면 그도 가만히 있지는 않을 것 같다.

우리 삶은 출생과 죽음이라는 고정된 양극 사이에 아른거리는 뉘앙스들이다. 여기 우리의 존재라는 그 반짝임은, 비록 짧지만 무한히 복잡하여 겉치레, 자아기만, 덧없는 현현, 그릇된 출발과 더 그릇된 마무리로 이루어져 있으며―삶에서는 삶 자체 말고는 아무것도 끝나지 않는다―이 모든 것이 자신은 자신이지 단순한 등장인물,

자신들이 모인 덩어리가 아니라는 전제에서 발생한다. 문학예술은 그런 복잡성을 표현하기를 바랄 수는 없지만, 스타일, 즉 작동하는 상상력의 힘으로 그에 대응하는 복잡성을 구축할 수 있으며, 삶과 닮은 상태라는 충분히 설득력 있는 환상을 제공할 수 있다.

이것은 밴빌이 자신의 문학관을 피력한 말로, 여기서 우리는 스타일이 단순히 문장을 쓰는 독특한 방식이 아니라 삶 자체를 표현하는 방식이라는 그의 생각을 알 수 있다. 삶 자체가 미묘하고 복잡한 것이기 때문에 그 삶을 섬세하게 표현하려는 자신의 소설 또한 미묘하고 복잡해진다는 것이다. 물론 그 삶의 출발점은 '자신'이라는 데에서 모더니즘적 성격이 드러난다. 즉 『바다』에서 맥스가 죽은 아내를 떠올리며 이야기하듯이, 사람이 남을 안다는 것은 불가능한 일이고, 따라서 어느 정도 알 수 있는 자기 자신을 이야기하는 것 외에는 삶을 이야기할 방법이 없다는 태도에서 밴빌의 모더니스트적 면모가 여실히 드러난다는 것이다. 그럼에도 자신의 스타일이 어디까지나 '삶'의 표현, 그 복잡성의 표현이라는 그의 발언은 『바다』를 읽을 때에도 반드시 염두에 둘 필요가 있다.

사실 많은 사람들이 『바다』에 찬사를 보내지만, 주로 그 내용은 언어나 스타일과 관련되어 있다. 조금 더 적극적으로 내용을 끌어안더라도 이것이 '상실과 회상'을 주제로 다루었다고 말하는 정도인 듯하다. 비판하는 쪽에서는 『바다』에 기억할 만한 이야기가 없다고 혹평하며, 심지어 밴빌을 적극적으로 옹호하고 나섰던 서덜랜드마저 『바다』에 무슨 이야기가 있느냐고 말할 정도다. 그러나 '삶'을 반영하기 위해 복잡한 스타일을 구사한다는 밴빌의 입장에서 보자면 이것은 조금 억울한 이야기일 수도 있고, 실제로 『바다』에는, 비록 전통적인 사실주의적 방식으로 다루어지지는 않지만 꽤나 흥미로운 이야기가 뚜렷하게 담겨 있다고 할 수 있다. 게다가 그 이야기의 바다에는 뜻밖에도, 노동계급 출신의 모더니스트라는 밴빌 자신의 출신을 반영하듯, 주인공이 하층계급 출신이라는 사실과 그로 인한 자의식이 묵직하게 자리를 잡고 있다.

『바다』는 주인공 맥스가 아내를 암으로 잃고 어린 시절에 머물렀던 바다를 찾아와 그곳에서 또하나의 상실의 기억을 떠올리는 이야기다. 그런 면에서 '상실과 회상'이 주제인 것은 분명하다. 그런데 그 두 상실 사이에 어떤 관계가 있을까? 한 명은 아주 어릴 때 만난 여자아이이고, 다른 한 명은 오랜 세월을 함께 산 부인이기는 하지만 어쨌든 잃어버린 사람이 둘 다 주인공의 삶에서 중요한 자리를 차지한 여자들이었다. 그것은 두 여자 모두 맥스가 "나 자신이 아닌 것"이 되기 위한 "변형의 매개"였기 때문이다. 나 자신이 아닌 것이 되는 방식에는 여러 가지가 있겠지만, 맥스의 경우에는 자신의 계급에서 탈출하는 것이 매우 중요한 요소였다. 어린 시절 자신이 좋아하던 아이의 가족이 "신"들로 보였던 것도 이런 계급적 차이 때문인데, 실제로 『바다』는 맥스의 어린 시절 바닷가 계급 구조와 연결되어 있던 면들을 상당히 세밀하고 자세하게 전해준다. 이렇게 자기 계급에서 벗어나 나 자신이 아닌 것이 되고 싶은 마음은 훗날 결혼할 여자를 만나 오랜 세월을 함께하는 동안에도 중요한 역할을 했다(그래서 남편에게 버림받고 자기 계급의 테두리를 벗어나지 않는 맥스의 홀어머니는 이것을 일종의 "배신"으로 여기고, 두 경우 모두 똑같이 냉랭한 태도를 보인다).

따라서 아내를 잃고 어린 시절의 바닷가에 돌아온 맥스는 단지 아내가 죽었다는 사실 때문만이 아니라 자기 변형의 매개가 사라졌다는 사실 때문에 원래의 나는 누구이고, 어떻게 달라졌고, 아내가 죽은 지금의 나는 누구인지 살펴보는 복잡한 자기 탐사에 들어갈 수밖에 없다. 그리고 이 상황을 거울처럼 비추는 것이 어린 시절 자신의 변형의 매개를 만나고 잃은 과정이다. 그렇기에 그가 아내를 잃고 이 바닷가로 오게 된 것도 매우 자연스럽게 느껴진다. 이곳에서 맥스는 아내가 죽은 충격으로 인해 삶과 죽음 사이의 모호한 시간을 배회하듯이 자신의 뿌리였던 계급과 편입되고 싶었던 계급 사이, 원래의 나와 나 자신이 아닌 나 사이, 또 과거와 현재 사이의 회색 지대를 방황하며 끊임없이 "자기"의 정체를 묻는다. 이 과정이 실제로 회색의 바다 곁을 방황하는 발걸음과 절묘하게 겹치면서 소설은 그야말로 "복잡"해져가고 바다는 점차 생명을 얻어 거대한 은유가 되어간다.

물론 『바다』의 이야기는 이 몇 줄로 요약할 수 없을 만큼 풍성하지만―거기에 반전마저 준비되어 있다―많은 사람들이 말하듯이 이야기를 즐기기 위해서만 읽는 소설은 물론 아니다. 무엇보다도 얇은 종이에 회색 물감이 겹치며 번져나가듯 읽는 사람 속으로 스며드는 밴빌의 스타일은 소설의 회색빛 색조와 어우러지며 마음을 사로잡아 종종 이야기의 흐름마저 깜빡 놓치게 만들지만, '삶'을 무시하고 밴빌의 스타일만 감상할 수 없듯이, 소설 속의 구체적 상황들을 무시한다면 그 스타일의 은은하면서도 아련한 맛 또한 제대로 느낄 수 없을 것이다. 그만큼 『바다』는 자신의 스타일이 삶의 복잡성에 조응한 것이라는 밴

빌의 말을 증명하는 작품이며, 이런 성취가 가능했던 까닭 역시 무엇
보다도 그가 그냥 모더니스트, 그냥 스타일리스트가 아니라, 아일랜드
노동계급 출신의 모더니스트이고 스타일리스트라는 사실과 관련이 있
을 것이다.

정영목

1945년   12월 8일 아일랜드의 웩스퍼드에서 정비소 직원인 마틴 밴빌과 애그니스 밴빌 부부의 삼남매 중 막내로 태어남. 가톨릭계 초등학교인 웩스퍼드의 CBS 초등학교와 중등학교인 세인트 피터스 칼리지를 졸업. 미술과 건축에 관심이 많았지만, 대학에 진학하는 대신 아일랜드 항공에 취직해 그리스와 이탈리아 등을 여행함.

1968년   미국에 1년간 체류하며 텍스타일 디자이너인 재닛 더넘을 만나 결혼.

1969년   〈아이리시 프레스〉의 편집자로 입사해 이후로 30여 년간 기자 생활과 작품 활동을 병행함.

1970년   단편과 노벨라를 묶은 첫 작품집 『롱 랭킨 *Long Lankin*』 출간.

1971년   첫 장편소설 『나이츠폰 *Nightspawn*』 출간.

1973년   『버치우드 *Birchwood*』 출간. 앨라이드 아이리시 은행 소설상을 수상하고, 아일랜드 예술진흥원 매콜리 지원금을 받음.

1976년   『닥터 코페르니쿠스 *Doctor Copernicus*』 출간. 제임스 테이트 블랙 메모리얼 상 수상.

1981년   『케플러 *Kepler*』 출간. 가디언 소설상, 앨라이드 아이리시 은행 소설상 수상.

1982년   『뉴턴 레터 *The Newton Letter*』 출간. 이 작품은 Channel 4에서 TV 드라마로 방영됨.

1986년   『메피스토 *Mefisto*』 출간. 앞서 발표된 코페르니쿠스, 케플러, 뉴턴을 다룬 세 작품과 함께 '과학 4부작'으로 묶임.

1989년	'프레디 몽고메리Freddie Montgomery' 3부작 시리즈의 첫 작품인 『증거의 책The Book of Evidence』을 출간해 맨부커상 최종 후보에 오름. 기네스 피트 에비에이션 도서상 수상.
1990년	문예지 『뉴욕 리뷰 오브 북스The New York Review of Books』에 고정 필진으로 참여함.
1991년	이탈리아에서 『증거의 책』으로 엔니오 플라이아노 상 수상.
1993년	프레디 몽고메리 삼부작 『고스트Ghosts』 출간.
1994년	클라이스트의 희곡 「깨진 항아리」를 개작한 작품이 더블린 애비극장에서 상연됨.
1995년	프레디 몽고메리 삼부작의 마지막 작품인 『아테나Athena』 출간. 〈아이리시 프레스〉가 파산해 〈아이리시 타임스〉로 옮겨 1999년까지 근무함.
1996년	『방주The Ark』 출간.
1997년	냉전을 배경으로 실존 인물인 미술사학자 앤서니 블런트의 이야기를 다룬 실화소설 『언터처블The Untouchable』 출간. 횟브레드 문학상, 래넌 문학상 수상.
1999년	영화감독 닐 조던과 함께 〈애수The End of the Affair〉의 극본을 씀.
2000년	『이클립스Eclipse』 출간.
2002년	『장막Shroud』 출간.
2003년	논픽션 『프라하 풍경Prague Pictures: Portraits of a City』 출간.
2005년	열네번째 소설 『바다The Sea』로 맨부커상 수상.
2006년	'벤저민 블랙Benjamin Black'이라는 필명으로 쓴 첫 소설 『크리스틴 폴스Christine Falls』 출간. 『바다』로 아일랜드 도서상 올해의 소설 수상.
2007년	벤저민 블랙으로 『은빛 백조The Silver Swan』 출간. 왕립 문학회 회원 및 미국예술과학원 외국인 명예 회원으로 선출.

2008년	벤저민 블랙으로『리머*The Lemur*』출간.
2010년	『인피니티스*The Infinities*』출간. 벤저민 블랙으로『4월을 위한 엘레지*Elegy for April*』출간.
2011년	논픽션『상상해본 삶*Imagined Lives: Portrait of a City*』출간. 프란츠 카프카 상 수상. 벤저민 블랙으로『여름의 죽음*A Death in Summer*』출간.
2012년	『오래된 빛*Ancient Light*』출간. 아이리시 PEN 문학상, 오스트리아 정부가 수여하는 유럽 문학상 수상. 벤저민 블랙으로『복수*Vengeance*』출간.
2013년	벤저민 블랙으로『신품성사*Holy Orders*』출간. 스티븐 브라운 감독이『바다』를 영화화한 동명의 작품이 에든버러 국제영화제에 초청됨. 오스트리아 유럽 문학상 수상.
2014년	프린시페 데 아스투리아스 상 수상.
2015년	『파란 기타*The Blue Guitar*』출간. 벤저민 블랙으로『죽은 자들조차*Even the Dead*』출간.
2017년	벤저민 블랙으로 발표한 소설로 스페인 RBA 최우수 추리소설 상 수상.
2020년	『눈*Snow*』출간.

문학동네 세계문학전집 발간에 부쳐

세계문학은 국민문학 혹은 지역문학을 떠나 존재하는 문학이 아니지만 그것들의 총합도 아니다. 세계문학이라는 용어에는 그 나름의 언어와 전통을 갖고 있는 국민문학이나 지역문학의 존재를 인정하면서 그것을 넘어서는 문학의 보편적 질서에 대한 관념이 새겨져 있다. 그 용어를 처음 고안한 19세기 유럽인들은 유럽문학을 중심으로 그 질서를 구축했지만 풍부한 국민문학의 전통을 가지고 있는 현대의 문학 강국들은 나름의 방식으로 세계문학을 이해하면서 정전(正典)의 목록을 작성하고 또 수정한다.

한국에서도 세계문학 관념은 우리 사회와 문화의 변화 속에서 거듭 수정돼왔다. 어느 시기에는 제국 일본의 교양주의를 반영한 세계문학 관념이, 어느 시기에는 제3세계 민족주의에 동조한 세계문학 관념이 출현했고, 그러한 관념을 실천한 전집물이 출판됐다. 21세기 한국에 새로운 세계문학전집이 필요하다는 것은 명백하다. 우리의 지성과 감성의 기준에 부합하는 세계문학을 다시 구상할 때가 되었다.

문학동네 세계문학전집은 범세계적으로 통용되는 고전에 대한 상식을 존중하면서도 지난 반세기 동안 해외 주요 언어권에서 창작과 연구의 진전에 따라 일어난 정전의 변동을 고려하여 편성되었다. 그래서 불멸의 명작은 물론 동시대 세계의 중요한 정치·문화적 실천에 영감을 준 새로운 작품들을 두루 포함시켰다.

창립 이후 지금까지 한국문학 및 번역문학 출판에서 가장 전문적이고 생산적인 그룹을 대표해온 문학동네가 그간 축적한 문학 출판 경험을 바탕으로 새로운 세계문학전집을 펴낸다. 인류가 무지와 몽매의 어둠 속을 방황하면서도 끝내 길을 잃지 않은 것은 세계문학사의 하늘에 떠 있는 빛나는 별들이 길잡이가 되어주었기 때문이다. 우리가 자부심과 사명감 속에서 그리게 될 이 새로운 별자리가 독자들의 관심과 애정에 힘입어 우리 모두의 뿌듯한 자산이 되기를 소망한다.

문학동네 세계문학전집 편집위원
민은경, 박유하, 변현태, 송병선, 이재룡, 홍길표, 남진우, 황종연

세계문학전집 144
바다

1판 1쇄 2016년 11월 11일
1판 6쇄 2023년 5월 25일

지은이 존 밴빌 | 옮긴이 정영목

책임편집 김경은 | 편집 오동규 | 독자모니터 장선아
디자인 김마리 최미영 | 저작권 박지영 형소진 최은진 오서영
마케팅 정민호 김도윤 한민아 이민경 안남영 김수현 왕지경 황승현 김혜원 김하연
브랜딩 함유지 함근아 박민재 김희숙 고보미 정승민 배진성
제작 강신은 김동욱 임현식 | 제작처 영신사

펴낸곳 (주)문학동네 | 펴낸이 김소영
출판등록 1993년 10월 22일 제2003-000045호
주소 10881 경기도 파주시 회동길 210
전자우편 editor@munhak.com | 대표전화 031)955-8888 | 팩스 031)955-8855
문의전화 031)955-1927(마케팅), 031)955-3560(편집)
문학동네카페 http://cafe.naver.com/mhdn
인스타그램 @munhakdongne | 트위터 @munhakdongne
북클럽문학동네 http://bookclubmunhak.com

ISBN 978-89-546-4275-0 04840
    978-89-546-0901-2 (세트)

www.munhak.com

문학동네 세계문학전집

● 문학동네 세계문학전집은 계속 출간됩니다